Wolf Rainer Wendt (Hrsg.)

Sozial und wissenschaftlich arbeiten

Status und Positionen der Sozialarbeitswissenschaft

LAMBERTUS

Wolf Rainer Wendt (Hrsg.)

Sozial und wissenschaftlich arbeiten

Status und Positionen der Sozialarbeitswissenschaft

Lambertus

Band 1 der „Schriftenreihe der
Deutschen Gesellschaft für Sozialarbeit e.V.“

Die Deutsche Bibliothek – CIP-Einheitsaufnahme

Sozial und wissenschaftlich arbeiten: Status und Positionen der Sozialwissenschaft / Wolf Rainer Wendt (Hrsg.). –
Freiburg im Breisgau: Lambertus, 1994
(Schriftenreihe der Deutschen Gesellschaft für Sozialarbeit e.V.; Bd. 1)

ISBN 3-7841-0740-0
NE: Wendt, Wolf Rainer [Hrsg.]

Umschlaggestaltung: Christa Berger, Solingen
Umschlagfoto: Uwe Stratmann, Wuppertal
Satz: Martin Fischer, Tübingen
Druck: Druckerei Franz X. Stückle, Ettenheim
ISBN 3-7841-0740-0

Inhalt

Einführung

Wolf Rainer Wendt

Sozial erfahren wird eine Wissenschaft, die im Gespräch ist, um so mehr eine solche, die sich schon ihres Gegenstandes wegen im Miteinander und in der Kommunikation von Menschen bewegt. Doch inwieweit die Arbeit an den sozialen Problemen der Menschen bzw. die theoretische und forschende Auseinandersetzung damit eine Wissenschaft für sich darstellt und bereits zu einer solchen geworden ist, ist eine offene Frage, die diskursiv zu erörtern, aber nicht abschließend zu beantworten ist. Diese Frage behandeln die Beiträge im vorliegenden Buch. Die Deutsche Gesellschaft für Sozialarbeit hat sich dieses Themas angenommen, weniger weil es theoretisch, vielmehr weil es vom großer praktischer Bedeutung für den Berufsstand der Sozialarbeiterinnen und Sozialarbeiter ist: für ihr professionelles Selbstverständnis, für die Ausbildung und im Verhältnis zu anderen Berufen im sozialen Dienstleistungssystem.

Die Deutsche Gesellschaft für Sozialarbeit widmet sich gemäß ihrer Satzung der „Förderung und Pflege der Sozialarbeit in der Wissenschaft, in der Ausbildung und als Praxis". Die Wechselbeziehung von Berufspraxis und Wissenschaft ist ein dauernder Gegenstand der Diskussion im Forum der Gesellschaft und unter ihren Mitgliedern. Viele von ihnen lehren an Fachhochschulen im Bereich „Sozialwesen" und haben dort den Studierenden im Verhältnis von Theorie und Praxis Rede und Antwort zu stehen. In der Ausbildung kommt man nicht umhin, die Sache der Sozialen Arbeit wissenschaftlich zu erörtern. Entweder wird sie von anderen Disziplinen und Berufsvertretern aus deren wissenschaftlicher Perspektive abgetan: Sie erledigen eigentlich und kompetent, wozu hilfsweise und vorderhand die fachlich nicht einzuordnenden Sozialberufler gebraucht werden. Oder die Profession verständigt sich selber in ihrem Aufgabenbereich und Handlungsfeld und läßt sich in dieser Sache nicht fremdbestimmen und subordinieren.

Die Sozialarbeitswissenschaft entwickelt sich in Spannungsverhältnissen: in der Überschneidung ihrer Domäne mit denen anderer Disziplinen, in der Beschäftigung mit diversen Wohlfahrtsansprüchen der Bürger, in der Durchdringung von Ebenen der Politik und des persönlichen Lebens, in der sowohl individualisierten wie gesellschaftlichen Aufgabenstellung der beruflichen Sozialen Arbeit, in deren eigenem Unbehagen, nicht nach Erfahrungen und Einsichten handeln zu kön-

nen, weil der tägliche Dienst, in dem sie gewonnen werden, sie anzuwenden nicht zuläßt. Die Praxis genügt ihren Ansprüchen nicht, und es bleibt unklar, wie dieses Mißverhältnis zu ändern ist. Es fordert nicht zuletzt zu Anstrengungen im Begriff auf.
Am 25. und 26. Februar 1994 veranstaltete die Deutsche Gesellschaft für Sozialarbeit in Frankfurt am Main eine Tagung unter dem Thema „Sozialarbeitswissenschaft – in der Ausbildung und für die Praxis". Anwesend waren vorwiegend Lehrende aus Fachhochschulen. Während der Veranstaltung gab es einen lebhaften und intensiven Austausch über Positionen der Wissenschaft der Sozialen Arbeit, und es konnte in einigen Punkten weitgehende Übereinstimmung konstatiert werden:

(a) Die Sozialarbeitswissenschaft existiert, und sie hat ihre Traditionen, an die zu erinnern ist und an die angeschlossen werden kann.
(b) Sie ist eine unter anderen Sozialwissenschaften und teilt mit ihnen leitende Konzepte und Forschungsmethoden.
(c) In der Sozialarbeitswissenschaft wird für eine Bildung von Theorie gesorgt, welche die disparaten sozialberuflichen Tätigkeiten und Dienste umfaßt und einbindet.
(d) Anerkannte zentrale Theoreme der Sozialarbeitswissenschaft sind: Alltags- und Lebensweltorientierung, systemische Betrachtungsweise, der Zugang zur gesellschaftlichen und beruflichen Praxis auf mehreren Ebenen (des Makro-, Meso- und Mikrosystems).
(e) Die Sozialarbeitswissenschaft und -forschung bezieht sich auf soziale Problemlagen und berücksichtigt ihre individuellen und ihre gesellschaftlichen Seiten.
(f) Von unserer Wissenschaft ist eigenständig ihr Verhältnis zu anderen Sozial- und Humanwissenschaften zu bestimmen.

Der vorliegende Band enthält die Vorträge und anderen Redebeiträge der Frankfurter Tagung in überarbeiteter und erweiterter Fassung. Es wurde bewußt darauf verzichtet, Konkordanz zwischen den einzelnen Beiträgen herzustellen. Ihre Blickwinkel sind nicht die gleichen; deshalb decken sich auch die Begriffe nicht völlig in den Bedeutungen, die sie beanspruchen. Die Beteiligten meinen mit dem Begriff „Soziale Arbeit" den ganzen Tätigkeitsbereich und setzen sich in ihm mit den – mal enger, mal weiter – gefaßten Teilmengen „Sozialarbeit" und/oder „Sozialpädagogik", der professionellen Arbeit und des freien sozialen Engagements auseinander.[1] Die Autoren sind sich in dem

---

[1] Beim Stand der Dinge haben wir darauf verzichtet, die diffizile Terminologie Sozialer Arbeit in den einzelnen Beiträgen zu vereinheitlichen. In der Varianz

Bemühen um die Entwicklung der Sozialarbeitswissenschaft einig, gehen aber in ihr durchaus verschiedene Wege, und das ist in der Weitläufigkeit des Geländes auch angebracht. Man kann sich auf die Berufstätigkeit und ihr Umfeld konzentrieren oder sich die problematischen Bereiche des sozialen Geschehens und persönlicher Lebensführung vornehmen, welche die Soziale Arbeit veranlassen.
Das Feld der Sozialen Arbeit topographisch abzustecken, unternehmen Wolf Rainer Wendt und Albert Mühlum in den ersten beiden Stükken. Referiert werden Ergebnisse einer Umfrage an Fachhochschulen, der Theoriebestand, methodologische Fragen und Entwicklungsprobleme der Sozialarbeitswissenschaft. Silvia Staub-Bernasconi akzentuiert in ihrem Beitrag einerseits den Handlungsbezug der Theorie in der Sozialen Arbeit, andernteils die Notwendigkeit, aktuelle, reale Probleme von Menschen wissenschaftlich zu untersuchen, die vorhanden sind, bevor berufliche Sozialarbeit/Sozialpädagogik einsetzt, und in denen es um Herrschaft und Abhängigkeit, um Macht und Unterdrükkung geht.
Anschließend wird in drei Beiträgen die Forschung im Feld der Sozialarbeit thematisiert. Während Gerd Gehrmann den Forschungsauftrag aus dem beruflichen Handeln ableitet und sich auf Begleitforschung zur Berufspraxis konzentriert, sieht Bernhard Haupert in Lebensweltanalysen und Fallstudien eine zentrale Aufgabe von Sozialarbeitsforschung. Er holt weit aus, um die Position und Ansätze von Forschung im Kontext von Professionalisierung, Wissenschaft und Praxis zu begründen. Haupert plädiert für eine qualitative Forschung, die kommunikativ vonstatten geht, indem ein persönlicher und sozialer Tatbestand mit denen zusammen, die in und mit diesem Sachverhalt leben, „rekonstruiert" wird. Näher und in Einzelfallstudien erläutert findet der Leser das Konzept rekonstruktiver Sozialforschung anschließend im Beitrag von Klaus Kraimer. Beide, Haupert und Kraimer, bewegen sich in einer in Anschluß an Barney Glaser und Anselm Stauss (1967) gepflegten Tradition qualitativer Forschung, die eine Reihe von Strategien anbietet, welche im Feld Sozialer Arbeit besonders geeignet erscheinen. Einen Schwerpunkt legen die Autoren dabei auf das von Ulrich Oevermann begründete

---

des Wortgebrauchs werden Akzente gesetzt, Meinungsunterschiede angedeutet und semantische Spielräume für den Dialog mit Andersdenkenden in der eigenen Disziplin und interdisziplinär offen gehalten. Im begonnenen Diskurs mag vorerst unentschieden bleiben, ob es deutsch besser „Sozialarbeitswissenschaft" oder „Wissenschaft der Sozialen Arbeit" heißen soll.

Programm einer „objektiven Hermeneutik". (Oevermann 1983; dazu: Garz/Kraimer 1994).
Während der Tagung in Frankfurt war Gelegenheit, Statements zu einzelnen Aspekten der Wissenschaftsentwicklung in der Sozialen Arbeit abzugeben. Zwei dieser Beiträge sind für den vorliegenden Band ausgearbeitet worden. Bekanntlich überschneiden sich die Tätigkeitsbereiche von pädagogischen, pflegerischen, therapeutischen Berufen im Sozialwesen mit denen der professionellen Sozialen Arbeit. Über ihre Beziehung zueinander wird von jeher gestritten. Udo Wilken schlägt in seinem Beitrag mit einem neu gefaßten Verständnis von Rehabilitation die Brücke von Heilpädagogik zu Sozialer Arbeit. Sie verschafft dem Behinderten, statt ihn zu bevormunden, mitmenschliche Assistenz, und wie sie sich einrichten läßt, muß empirisch und theoretisch ausgemacht werden.
Eine analoge Revision der Binnenverhältnisse sozialer Betätigung unternimmt Nando Belardi. Von vielen sozialberuflich Tätigen ist in der Supervision eine Möglichkeit gesucht und gefunden worden, sich aus dem Druck und der Not des Berufsalltags zu entfernen und ihr persönliches Befinden einer Art Kur zu unterziehen. Gegenläufig kann eine supervisorische Reflexion in der Sozialen Arbeit beitragen zu ihrer Organisationsentwicklung, also zu der Art und Weise, wie sie (besser) „gemanagt" wird. Belardi sieht das Gemeinsame von Supervision und Wissenschaft der Sozialen Arbeit in der metatheoretischen Perspektive, welche die Tatbestände und Sachverhalte anders wahrzunehmen gestattet, als wenn wir distanzlos, ohne Gelegenheit, Abstand von ihnen zu gewinnen, in sie verwickelt sind.
Der Titel, der für dieses Buch gewählt wurde, soll indes aussagen, daß die wissenschaftlichen Bemühungen hier als Teil Sozialer Arbeit verstanden werden. Ihr Geschäft, das Wohlergehen von Menschen zu fördern und soziale Probleme zu bewältigen, wird nicht verlassen, wenn Fragen der Wohlfahrt, des Elends und der Ungerechtigkeit in der Gesellschaft theoretisch und forschend nachgegangen wird. Die Positionen der Wissenschaft sind dazu da, daß wir in der Praxis besser Stellung nehmen und neue Lösungen finden können. Gemäß dem Merksatz „global denken, lokal handeln" mag die Theorie vom Boden der Tatsachen abheben, um Überblick über große Zusammenhänge zu gewinnen. Die Praxis ist nicht deshalb wissenschaftlich, weil sie der konkreten Situation und ihren Zufälligkeiten verhaftet bleibt. Forschung kann detailversessener sein als praktisches Handeln, das mit einer unscharfen Logik gangbare Wege findet oder begleitet von einem reflektierenden Bewußtsein sein kann, in dem wir uns auch alltäglich „über die Dinge" zu erheben vermögen.

Der Band wird mit einem Beitrag des Herausgebers zum zivilen Bezugsrahmen Sozialer Arbeit und Wissenschaft abgeschlossen. Sie, die berufspraktische wie die wissenschaftliche Arbeit, braucht die Verständigung unter BürgerInnen, trägt konstruktiv zu ihr bei und gewinnt durch sie. Von einer dem sozialen Ergehen der Menschen verpflichteten Wissenschaft darf erwartet werden, daß sie ihnen in dem Maße plausibel wird, wie sie Anwendung findet und der individuellen und gesellschaftlichen Lebensführung zugute kommt. Diese Forderung ist verbunden mit der anderen, daß die BürgerInnen Verantwortung für ihre Angelegenheiten tragen und sich dafür rüsten. Handlungsorientiert schließt Sozialarbeitswissenschaft an eine „Theorie der Bürgerschaft" (*civics*) an, also eine Theorie dessen, was den Bürger als Bürger angeht. Die soziale Problematik gehört zur Beschaffenheit der *res publica*. Ihr nehmen wir uns auch in Studium und Forschung an. Sozial arbeiten und wissenschaftlich arbeiten: der gemeinsame Nenner ist das Engagement für die humane Lebensgestaltung in dem Gemeinwesen, an dem wir teilhaben.

Wo stehen wir in Sachen Sozialarbeitswissenschaft? Erkundungen im Gelände

Wolf Rainer Wendt

Die Konstruktion von Wissen und Können beginnt nicht erst mit dem Denken, das sich als ein wissenschaftliches darzustellen versteht. Bereits die gewöhnliche Lebenspraxis hält sich an ein Gerüst von Annahmen und Behauptungen und setzt Fertigkeiten ein, die sich in ihrer Ausübung bewährt haben. Der wissenschaftliche Stand der Dinge in der sozialen Arbeit kann deshalb zuerst mit Hinweisen auf die immer schon theoriegeleitete Praxis und auf die Berufsgeschichte belegt werden. Einblick in die gegenwärtige Situation geben sodann die Ergebnisse einer Umfrage an Ausbildungsstätten. In den Studienplänen ist die Sozialarbeitswissenschaft erst ansatzweise vertreten und in der Rolle, die sie spielen soll, selten schon festgelegt. Darum erörtert dieser Beitrag verschiedene Aspekte der Beziehung von Wissenschaft auf die Theoriebildung innerhalb und außerhalb von ihr, auf Berufs- und Alltagspraxis und auf die Polikik, in der soziale Positionen durch wissenschaftliche gestützt und gestärkt werden.

Daß die Soziale Arbeit mit einer Wissenschaft verbunden sein müsse, die sich der Sache und des Handelns im Berufsfeld theoriebildend und forschend annimmt, diese Forderung wird in der Ausbildung und in ihrer Praxis lauter, seitdem sich ihr Gebiet verbreitert, ihre Aufgabenstellung differenziert und ihr Selbstverständnis verwirrt hat. Der *gemeinsame Horizont*, in dem wir uns beruflich bewegen, will geklärt sein. Aktuelle Gründe für den Ruf nach Wissenschaft und für die Beschäftigung mit ihr kommen hinzu: Die gesellschaftlichen Reformen, für die man seinerzeit sozialwissenschaftlich gerüstet war, sind steckengeblieben, und für neue fehlt es nicht nur materiell, sondern auch konzeptionell an Rüstzeug. Die ideologische Fundierung von sozialer Arbeit in einer Gesellschaftstheorie (die viele für die einzig progressive und wissenschaftliche hielten) ist weggebrochen. Mit einer wohlfahrtsstaatlichen bzw. sozialpolitischen Wegleitung (die vorgibt, was Sozialarbeit zu leisten hat) läßt sich weniger rechnen. Die ausgetretenen Pfade sozialer Fürsorge haben sich als Holzwege herausgestellt. Welche Fährten aber führen zum Ziel? Die Profession droht ihre *raison d'être*, wenn sie nicht konstruktiv an ihr arbeitet, zu verlieren. Viele Berufstätige haben sich schon seitwärts vom Weg in die Büsche der Psychotherapie geschlagen. Spezifika deutscher akademischer Bildung machen es der Profession nicht eben leichter: Die Sozialpädagogik, die sich in ihrem universitären Überbau in den letzten 20 Jahren auch als geistige Vorhut sozialer Arbeit gerierte, muß in ihrem erziehungswissenschaftlichen Haus sehen, daß sie anerkannt bleibt. Und sie ist draußen im Feld kaum in der Lage, die dort vorkommenden Aufgaben und Tätigkeiten konzeptuell zu umgreifen. Sozialpädagogik bietet in der Theorie keinen zureichenden Bezugsrahmen für Soziale Arbeit.

Um nicht von ihrem Weg abzukommen und um das schwierige Gelände zu erkunden, in dem sie sich bewegt, zur Klärung im Denken und Handeln also, braucht unsere Profession ihre eigene Wissenschaft und Forschung. Sie gestattet Aussagen über soziales Geschehen und berufliches Handeln, die als wissenschaftliche Aussagen nicht dessen Ordnung angehören, sie somit objektiv beleuchten und in eine von der Kontingenz des Geschehens und Handelns unabhängige Ordnung überführen können. Sozialarbeitswissenschaft hat beispielsweise das Verhältnis sozialer Arbeit zur Psychotherapie zu klären und zur Pädagogik, zur Verwaltung, zur Wirtschaft und zur Politik. Das sind praktische Verhältnisse, in denen der Beruf sich bewegt und sich begreift. Und soziale Arbeit muß öffentlich darstellen und möglichst wissenschaftlich belegen können, wozu die Unmenge Geld wirklich gut ist, die in sozialen Diensten und Einrichtungen ausgegeben wird. Sie haften für diese Ausgaben nur begrenzt, sollten aber wenigstens wissen wofür.

Wie die Praxis einen Zuständigkeitsbereich hat, so hat die Wissenschaft einen *Gegenstandsbereich*: Sie befaßt sich in ihrem spezifischen Erkenntnisinteresse und in ihrem Entwurf von Realität mit dem alltäglichen, sozial wie ökonomisch und politisch bedingten Zurechtkommen von Menschen – mit sich, mit anderen, in Gemeinschaft und allein – und mit den strukturellen Bedingungen dieses Auskommens in unserer Gesellschaft. Kurzgefaßt: Menschen in in ihren konkreten sozialen Situationen sind das *Materialobjekt* unserer Wissenschaft. Sie studiert menschliches Handeln und soziale Verhältnisse aber nicht in jeder Hinsicht, sondern aus einem bestimmten Blickwinkel: Das *Formalobjekt* der Sozialarbeitswissenschaft sind Bewältigungs- und Unterstützungsmöglichkeiten. Sie nimmt Vorgänge und Umstände zu ihrem Gegenstand, die zu Hilfebedürftigkeit führen, und solche, die ein selbstbestimmtes und unabhängiges Leben zu führen gestatten. Sie befaßt sich mit den Ressourcen, welche die einzelnen Menschen, Familien und Gruppen nutzen und aus denen sie Kraft schöpfen. Das Zurechtkommen schließt Probleme und Krisen, Befriedigung und Leiden ein. Menschen erfahren in den modernen Lebensverhältnissen ihr soziales Wohl und Wehe – materiell, physisch, psychisch und geistig-kulturell. Sie geraten in Schwierigkeiten und in Not. Arme Familien „managen“ ihren Alltag, und es gilt zu studieren, wie man sie dabei wirksam unterstützen und ihre Verhältnisse bessern kann (siehe Walker 1993). Empirisch finden sich verschiedene Bewältigungsweisen, Dispositionen des Gelingens und Möglichkeiten des Scheiterns, Situationen des Mangels, Prozesse der Marginalisierung und der Verelendung. Diese Vorgänge und ihre Umstände sind Beispiele für *Erkenntnisobjekte* im formalen und materialen Gegenstandsbereich. Sie alle müssen uns in Theorie und Forschung beschäftigen, wenn die Wissenschaft zur Kompetenz sozialer Arbeit beitragen soll.

Von den Weisen des Zurechtkommens und seiner Problematik gibt es ein *Alltagswissen*. Menschen reflektieren für sich und in sozialer Kommunikation gewöhnliche Lebenssituationen, die Realitäten heutzutage, Wege des Gelingens und die Umstände des Scheiterns. Von diesem Wissen und dieser Reflexion zu unterscheiden ist das *professionelle Wissen* derjenigen, die beruflich bei der Bewältigung des Alltags von Menschen, in Krisensituationen und bei Problemlösungen helfen. Es erlaubt stellvertretende Deutungen und ein sachwaltendes Eintreten für die Belange von Hilfebedürftigen. Das berufliche Erfahrungs- und Handlungswissen ist theorievermittelt und technologisch zweckdienlich aufbereitet. Mit seinem instrumentellen oder funktionalen Wert verschafft dieses Wissen den Berufstätigen aber noch keine Selbständigkeit in der Begründung dessen, was sie tun, und in der Wegleitung, wohin es über kontingente einzelne Zwecke hinaus führen soll. Hier mag ein Glaube angebracht sein, unabhängig von Beweisen, im übrigen aber ist *wissenschaftliches Wissen* gefragt, das in einem eigenständigen Erkenntnisprozeß gewonnen wurde und überprüfbar ist (zur Unterscheidung der Wissensarten: Engelke 1992, 21ff.). Soll sich die Kompetenz beruflicher sozialer Arbeit nicht in einer aus Erfahrung und durch wiederholte Übung gewonnenen Kunstfertigkeit erschöpfen, hält sie sich an eine wissenschaftliche Erkundung ihrer Zuständigkeit und Erschließung ihres Feldes.

Was sich in ihm finden läßt, organisiert die Wissenschaft in *Theorien*. Sie haben unterschiedliche Reichweiten, enthalten Prinzipien und Konzepte und sind auf einem bestimmten Abstraktionsniveau formuliert. Theorien sind in mehrfacher Hinsicht nützlich für das Denken und Handeln. Diesen Nutzen hat kürzlich in der Soziologie (alle Sozialwissenschaften müssen ihren „state of the art“ immer wieder einer Revision unterziehen) Neil Smelser in einigen auch für unsere Wissenschaft gültigen Sätzen zusammengefaßt:

(a) Theorie bezieht verstreute Ergebnisse empirischer Forschung aufeinander und kodifiziert sie in einem begrifflichen Rahmen.
(b) Theorie generalisiert Aussagen über den Bereich hinaus, in dem etwas gefunden und begriffen worden ist.
(c) Theoretische Formulierungen sensibilisieren für Themen und Fragen, die sich bei Betrachtung der Phänomene selber nicht stellen, aber für ihre Erklärung und Interpretation gebraucht werden.
(d) Theorie birgt ein Potential für Anwendungen in verschiedenen Bereichen der Praxis.
(e) Theorie ist ein (durchaus ideologisches) Angebot für den allgemeinen öffentlichen Diskurs; sie gibt ihm eine Richtung (Smelser 1994, 2f.).

In einem vorhandenen Praxisfeld muß theoretisch einige Vorarbeit geleistet werden, um einen wissenschaftlichen Standpunkt einnehmen zu können. Der Erkenntnisgegenstand unserer Wissenschaft liegt nicht fix und fertig als ein Objekt vor, das der Entdeckung harrt und dem man sich nur zuzuwenden und unter Zurückstellung subjektiven Meinens zu widmen braucht. Der Gegenstandsbereich behält den Charakter eines Entwurfs. Wissenschaften *konstruieren* ein Gerüst, in dem sie dann ihre Empirie unterbringen. Konstrukte einer Wissenschaft ersetzen (im Blickfeld von Theorie und Forschung) das Alltagsverständnis, mit dem sich denkende und handelnde Menschen behelfen, wenn sie sich ohne wissenschaftlichen Anspruch in ihrem Erfahrungsfeld bewegen. Praktiker der sozialen Arbeit greifen bisher meist auf Konstruktionselemente der Psychologie, der Medizin, der Soziologie und der Pädagogik zurück, lassen sich diese Elemente in der Aus- und Fortbildung besorgen und legen sie sich in ihrem beruflichen Alltagsverständnis nach Gutdünken zurecht: Für ihr Handlungsfeld fehlt ein ordnendes System von Sätzen, in dem die professionelle Tätigkeit „soziale Arbeit“ eigenständig begriffen und ausgelegt wird. Damit ist die konstruktive Aufgabe der Gegenstandbestimmung einer Wissenschaft der sozialen Arbeit bezeichnet.
Wenn wir uns paradigmatisch entscheiden, das persönliche und soziale Zurechtkommen von Menschen heutzutage in den Focus der Sozialarbeitswissenschaft zu rücken, entscheiden wir uns gegen eine Reduktion auf Notlagen und Randständigkeit. Kein Studium von Schwäche ohne Erforschung von Stärken. In welcher Weise in sozialen Diensten und Einrichtungen personale und strukturierte Unterstützung erfolgen und sonstwie geholfen werden kann, läßt sich auch im konkreten Fall nicht ausmachen ohne Kenntnis von den Weisen und von den Bedingungen des Gelingens – in all ihrer empirischen

Differenziertheit. Wir haben die *Lebensführung, die Verhältnisse und die Lebenswelt einzelner Menschen* und *sozialer Gruppen im Gemeinwesen generell zu studieren*, um für unterstützendes, beratendes, sozialpflegerisches, sozialpädagogisches, rehabilitierendes, normalisierendes und resozialisierendes Handeln Orientierung zu schaffen. Uns beschäftigt die Frage, was zur „Wohlfahrt" gehört und wie sie individuell und familial zustandekommt. Was tun Menschen für ihr Wohlergehen, welche Umstände begünstigen oder beeinträchtigen es, und wie geschieht das in persönlicher und sozialer Lebensführung? Die Entscheidung, die wir hier in der Abgrenzung des Gebietes unserer Wissenschaft treffen, ist eine gegen das primäre Augenmerk auf Defizite und für eine *Erkundung der Ressourcen*, über welche die Menschen verfügen und die im Gemeinwesen vorhanden sind.

Soziale Arbeit ist, historisch betrachtet, erst nötig geworden nach Auflösung vormoderner Haushalte. Soziale Arbeit gehört zum „Projekt der Moderne". Im offenen Raum sozialen Zusammenlebens ein ökonomisches Verhalten zu fördern und für wirtliche und zivile Lebensverhältnisse zu sorgen, war das Vorhaben bürgerlicher Gesellschaften im 18. Jahrhundert und die Veranlassung sozialwissenschaftlicher Erkundungen im 19. Jahrhundert. Sie standen in enger Verbindung mit den frühen Formen sozialer Arbeit. Es sei an die Vielzahl von Pauperismus-Studien erinnert, an Thomas Chalmers' „On the Christian and Civic Economy of Large Towns" (1819), an William Booth' großangelegter Untersuchung in London von „Life and Labour of the People" (1889), an die „scientific charity" der „Charity Organisation Societies", an das „friendly research" der Frauen um Jane Addams im Chicagoer Hull House (auf deren Initiative in der sozial-ökologischen Forschung uns neuerlich Silvia Staub-Bernasconi [1993] hingewiesen hat). Das sind, historisch gesehen, die Wurzeln der Sozialarbeitswissenschaft. Es ist kein plötzlicher Einfall, eine solche einrichten zu wollen; insbesondere die Pädagogik hat keine älteren Rechte auf den fraglichen Gegenstandsbereich.

Aber die frühen Verheißungen sind nicht erfüllt worden. Die SozialarbeiterInnen selber haben in ihrem Bemühen um Professionalität seit Beginn unseres Jahrhunderts auf *Technologien der Menschenbehandlung* gesetzt und auf das nötige Expertenwissen von Techniken der Diagnostik, Beratung und Therapie. Die Psychoanalyse bot sich in den zwanziger Jahren dafür an, später der Behaviorismus mit seiner Lerntheorie, die Gruppendynamik, die Systemtheorie der fünfziger und sechziger Jahre als Rahmenkonzept für geplanten sozialen Wandel. Dieses Angebot an wissenschaftlicher Fertigware hat der eigenständigen Theoriebildung insbesondere in der sozialen Arbeit wenig Raum gelassen. Man denke nur an die verschiedenen Schulrichtungen von Casework und sozialer Gruppenarbeit in ihrer Beeinflussung durch jeweils modische Richtungen in der Psychotherapie. Der gesellschaftliche, zivile Charakter von sozialer Arbeit blieb in den genannten wissenschaftlich-technologischen Orientierungen außen vor – und der Ideologie überlassen. In den sozial bewegten sechziger und siebziger Jahren hatte man guten Grund, nur noch in der Gemeinwesenarbeit das berufliche Proprium vertreten zu sehen.

Parallel dazu gab es angloamerikanische Versuche, eine umfassende und integrative, einheitliche Theorie des social work zu schaffen. Sie trägt für die Profession zusammen, was ihr an Wissen, Werten, Zwekken und Methoden und Fertigkeiten eigen ist (Bartlett 1970; Pincus/Minahan 1973; siehe auch: Lowy 1983). Sie bezieht Beiträge aus verschiedenen Sozial- und Verhaltenswissenschaften ein, die sich für das Funktionieren von sozialer Arbeit nutzen lassen (Middleman/Goldberg 1974). Sie wählt das Paradigma „Person-in-ihrer-Umgebung“, um darin das Wissen, die Forschung und die Praxis der sozialen Behandlung zu konstellieren (Whittaker/Tracy 1989). Indes, die einheitliche Theorie blieb Stückwerk, paradoxerweise vor allem darum, weil sie die Differenziertheit der Praxis nicht zu fassen vermochte und sich also zu sehr von ihr abhob (siehe die Kritik von: Roberts 1990).

Jüngst haben Harry Specht und Mark Courtney unter dem Titel „Treulose Engel. Wie soziale Arbeit ihrer Mission abtrünnig wurde“ beklagt, daß ein großer Teil der amerikanischen Sozialarbeiterschaft ihr berufliches Heil inzwischen in privater psychotherapeutischer Praxis sucht und somit den Auftrag preisgegeben hat, armen und notleidenden Menschen zu helfen. Therapie leiste diese Hilfe nicht wirklich. Um so mehr müsse auf Zielklärung und Präzisierung der Berufsaufgabe Wert gelegt werden. Sache der sozialen Arbeit sei es, „to help people make use of social resources – family members, friends, neighbors, community organizations, social service agencies, and so forth – to solve their problems. ... And just as important is the social worker‘s function of developing and strengthening these resources by bringing people together in groups and organizations, by communiy education, and by organizational development“ (Specht/Courtney 1994, 23). Aber daran zu arbeiten, ist kaum attraktiv, wenn die Praxis wenig fundiert und im gesellschaftlichen Kontext unverbunden neben anderem zivilen Engagement stehen bleibt.

Die Entwicklung der Berufstätigkeit und die Theoriegeschichte ermuntern nach allem kaum zu großen Hoffnungen auf eine eigenständige und in sich konsistente Sozialarbeitswissenschaft. Sie wächst nicht als Frucht langer Erfahrung und fällt der Profession nicht in den

Schoß. Indes kann die Motivation zu sozialer Arbeit – und eine veränderte Motivation – auch der Beweggrund sein, sich um wissenschaftliche Erkenntnis zu bemühen. Der Bedarf an Theorie, an Konzepten, an Wissen ist eine gesellschaftliche Frage. Auf sie läßt sich im Rahmen unserer Berufstätigkeit antworten. In ihr ist der Anspruch auf eine Einzelwissenschaft der sozialen Arbeit gegeben und nachzuweisen, wie Ernst Engelke betont hat. Am besten, so seine Empfehlung, wenn die soziale Arbeit „sich faktisch wie eine Einzelwissenschaft verhält und nicht jammernd oder polemisierend um ihre Anerkennung als Wissenschaft bei jedermann buhlt" (Engelke 1992, 306). Nach einer Sozialarbeitswissenschaft wird heute entschiedener als zuvor verlangt, weil im Objektbereich von sozialer Arbeit, in ihrem Handlungsfeld mit dem bisherigen Instrumentarium, dem Sammelsurium aus der Psychologie, der Soziologie, der Pädagogik nicht mehr gut auszukommen ist. Gesucht sind Wirksamkeit, Sinn und Zweckmäßigkeit des beruflichen Einsatzes. Wozu soziale Arbeit da ist und was sie erreicht, hat sie mit ihrer eigenen ratio zu vertreten, und um diese zu gewinnen, ist Wissenschaft und ist Forschung vonnöten.

Allen Unkenrufen zum Trotz sind von deutschsprachigen Fachvertreterinnen und Fachvertretern bereits respektable Schritte getan. Wir sollten sie nicht gering schätzen und erkennen, daß mit ihnen ein Stück Weg zurückgelegt ist, mit dem nicht immer wieder neu angefangen werden muß. Ich nenne – unter Ausklammerung derjenigen, die im Pädagogenhaus Quartier beziehen, – Hans Pfaffenberger, der seit 1974 zu einer eigenständigen Sozialarbeitswissenschaft ermutigt hat. Helmut Lukas (1979) mit seiner Analyse der Wissenschaftsentwicklung und kritischen Beurteilung des Diskussionsstandes. Peter Lüssis Sozialarbeitslehre (1991) als Entwurf einer zentralen sozialarbeitseigenen Berufstheorie. Ernst Engelkes (1992) Positionsbeschreibung. Zu schweigen von den achtbaren Beiträgen und der konzeptuellen Kompetenz der im vorliegenden Band vertretenen Autoren (siehe Literaturverzeichnis S. 175 ff.).

1. Die Situation in der Ausbildung: Ergebnisse einer Umfrage

Der Hinweis auf die Anfänge und auf die Literaturlage führt uns zur Diskussion des begrifflichen Rahmens und des Inhalts der Sozialarbeitswissenschaft. Beider Beziehung aufeinander ist bisher nur skizzenhaft ausgeführt. Grundsätzlich läßt sie sich entweder freischaffend im Kopf (bzw. auf dem Papier) oder institiitionell in den für Wissenschaft und Forschung ausgewiesenen Räumen und strukturell vorhandenen Gelegenheiten klären. Da nun zuzugeben ist, daß auch der Theoretiker nicht ohne einen Raum zum Arbeiten und nicht ohne ein Netzwerk auskommt, in dem Meinungen gebildet, vertreten und durchgesetzt werden, sind wir auf ihren Betrieb, das heißt vorzüglich auf den Lehrbetrieb, verwiesen. In Blick auf ihn ist festzustellen: Gegenwärtig wird an einigen deutschen Fachhochschulen quasi die Horizonteröffnung für angehende Sozialarbeiterinnen und Sozialarbeiter mit dem Terminus „Sozialarbeitswissenschaft" belegt, also: die Ideengeschichte des Berufes, die Beschreibung seines Aufgabenfeldes, die Methodik professionellen Handelns, das Verhältnis zu anderen Disziplinen. Man *steckt das Einsatzgebiet ab* und reklamiert eine Domäne der Reflexion für soziale Arbeit, worin ihr Selbstverständnis und ihre Kompetenz erörtert werden kann. Dieses Abstecken und Besichtigen des Feldes hat gegenüber barocker Theoriebildung (Roberts 1990, 246) den Vorteil konzeptioneller Schmucklosigkeit. Inhaltlich gibt die summarische Bestandsaufnahme aber noch keinen Aufschluß über die Existenz einer Systematik unserer Wissenschaft oder wenigstens über ihre Grundannahmen. Wenn Wissenschaft ein System von Aussagen über Realität ist, muß die Konstruktion dieses Systems von der Wissenschaft selber besorgt werden. Sie legitimiert ihre Selbständigkeit in der Hervorbringung systematisierten eigenen Wissens.

Die Ansätze dazu sind vorhanden. Teils in einer kategorialen Gliederung des Erfahrungs- und Forschungsfeldes, teils in Theoremen, die den Gegenstandsbereich von der Zielsetzung und Aufgabenstellung sozialer Arbeit her aufrollen oder sie in einem Metadiskurs generell begründen.

Man kann in der für soziale Arbeit bezeichnenden „Alltagswende" mit der Feststellung beginnen: Empirisch liegen Lebensverhältnisse und das Handeln von Menschen in ihnen vor; berufliche soziale Arbeit interveniert in problematischen Situationen, in die Weisen, wie sie bewältigt werden, und mischt sich darin ein. Somit läßt sich wissenschaftlich etwas aussagen und es werden Aussagen gebraucht zu

(a) der Lebenswelt sozialer Gruppen und einzelner Menschen und ihren Alltagserfahrungen,
(b) den Lebenslagen, in denen sie sich objektiv und subjektiv befinden,
(c) den Umständen und Bedingungen, unter denen die konkreten sozialen Probleme und Beeinträchtigungen entstehen, derer sich die soziale Arbeit annimmt,

(d) den Bedingungen und den Verfahren, die zur Bewältigung von Problemen und Beeinträchtigungen führen,
(e) den Systemen des Handelns, in denen in der Gesellschaft die Bearbeitung sozialer Aufgaben formell und informell organisiert ist.

Diese Gebiete stellen Bereiche der Sozialarbeitsforschung dar und nötigen zu konzeptuellen Diskursen („Was heißt Lebenswelt, was System, wie wird interveniert?"). In der Literatur der letzten Jahre sind die genannten Ansätze behandelt und als Beiträge zur wissenschaftlichen Fundierung von sozialer Arbeit vertreten worden (Thiersch 1992; Rauschenbach/Ortmann/Karsten 1993).
Die Deutsche Gesellschaft für Sozialarbeit hat nun im Sommer 1993 bei den Fachbereichen „Sozialwesen" der Fachhochschulen – und ergänzend bei den entsprechenden Studiengängen an Universitäten – nach solchen Ansätzen und nach vorhandenen Angeboten zur Sozialarbeitswissenschaft gefragt. Es wurde um schriftliche Auskunft gebeten,

(a) ob und gegebenenfalls welche Lehrangebote expressis verbis zur Sozialarbeitswissenschaft an der Fachhochschule (planmäßig oder fakultativ) vorhanden sind,
(b) welche Inhalte in der Lehre an der Fachhochschule der Sozialarbeitswissenschaft zugerechnet werden (z.B. Grundlegung des Berufsverständnisses, ideengeschichtlich, zur Erforschung und zur Deskription von Lebensverhältnissen und von Weisen sozialer bzw. individueller Problembewältigung, zur Institutionenlehre, zur Handlungstheorie),
(c) welche Positionen die Sozialarbeitswissenschaft im Stundenplan einnimmt bzw. künftig einnehmen soll (etwa in metatheoretischer und fächerübergreifender Funktion, als Bezugsrahmen des Faches „Sozialarbeit/Sozialpädagogik", als Lehrgebiet innerhalb des Faches bzw. der Theorie sozialer Arbeit),
(d) welche theoretischen Ansätze in der Lehre – als orientierende Konzepte in der Sozialarbeitswissenschaft – gegenwärtig bevorzugt werden (aus der Systemtheorie, der ökosozialen Theorie, der empirischen/qualitativen Sozialforschung, der Erziehungswissenschaft, der Managementlehre usw.).

Auf die Umfrage geantwortet haben im Herbst 1993, mehr oder minder ausführlich, 34 Ausbildungsstätten von 56 angeschriebenen. Alle bekunden ihr Interesse an der Entwicklung der Sozialarbeitswissenschaft. Nur von universitärer Seite kommen hier und da Einwände: Es gebe doch die Sozialpädagogik im Rahmen der Erziehungswissenschaft, und damit solle es genug sein. Dagegen sind aber auch ge-

wichtige Stimmen an den Universitäten zu hören, die für eine universitäre Sozialarbeitswissenschaft plädieren. An der Universität Bremen beispielsweise ist im Studiengang „Sozialpädagogik" beabsichtigt, zwei Schwerpunkte neu zu setzen, nämlich „Sozialarbeitswissenschaft: Lebenskrisen und Bewältigungsformen" und „Sozialarbeitswissenschaft: Soziale Dienstleistungen und Management". Solche Lehrangebote könnten Ansatzpunkte bieten für die in unserer Profession dringend gewünschten Aufbau- und Promotionsstudiengänge im Anschluß an die grundständige Ausbildung.
Die meisten Fachhochschulen, die auf unsere Umfrage antworteten, verweisen auf ihr Lehrprogramm und fügen ein Vorlesungsverzeichnis und eine Studien- und Prüfungsordnung bei. Es wird betont, daß man im Rahmen einer anstehenden oder schon begonnenen Reform des Studienganges an die Sozialarbeitswissenschaft denke, ihr auch im Programm der Ausbildung bereits einen Platz zugewiesen habe. Die erfolgte oder beabsichtigte *Revision der Studieninhalte* führt zu einer neuen Anordnung der Stoffe, und dabei bekommt im Lehrplan die Sozialarbeitswissenschaft ihren Teil ab. Man trägt mit ihr also einem Bedürfnis Rechnung, das nicht aus den Inhalten selber herrührt und keine primär wissenschaftlichen Gründe hat. Das Motiv, zu einem neuen Arrangement in der Lehre zu kommen, ist aber nicht weniger wert. Schließlich kennzeichnet die Systematik, in der das vorhandene Wissen untergebracht und „diszipliniert" wird, eine Wissenschaft, und die Systematik, mit der sie Daten sammelt, analysiert und deren Zusammenhänge erklärt, ist ein ebenso unerläßliches Merkmal. Die Profession hat sich diese Systematik allerdings selber zuzulegen und sollte sie sich nicht länger von anderen Disziplinen bloß ausborgen.
Nach unserer Umfrage müssen wir feststellen: Die Mehrheit der Fachhochschulen mit Ausbildungsgängen im Sozialwesen bietet weiterhin nur ein *Fächerstudium* an, in dem die Sozialarbeit/Sozialpädagogik fachlich nicht dominiert. Hierher zählen wohl durchweg diejenigen Ausbildungsstätten, von denen wir keine Antwort erhielten. An einer Reihe von Fachhochschulen ist offenbar kein Ansprechpartner für unser Thema vorhanden. Die Professoren vertreten ihr angestammtes Fachgebiet, und ein eigenständiges Fach für die soziale Arbeit gibt es nicht. An einigen Fachhochschulen schreibt man neuerdings den Namen Sozialarbeitswissenschaft (wie vordem „Sozialarbeitslehre") über „Theorien der sozialen Arbeit" und Methodenlehre, an anderen Ausbildungsstätten werden Lehrangebote wie „Sozialarbeit in der Gesellschaft", „Berufsbild und Berufsfelder" und die „Geschichte der Sozialarbeit" darunter gefaßt. Studiensystematisch sind

solche Lehrangebote vor allem Einführungsveranstaltungen zugeordnet. Sie haben orientierenden Charakter; sie eröffnen den Blick für Sachverhalte und Tatbestände der sozialen Arbeit. In dieser Funktion verortet die Bezeichnung „Sozialarbeitswissenschaft" die Sachverhalte noch nicht; das Etikett läßt sich an jeder Stelle anbringen, wo man die Sichtweise der sozialen Arbeit betonen will. An einzelnen Fachhochschulen rechnet man die Sozialarbeitswissenschaft zum Vertiefungsangebot, insbesondere dann, wenn engagierte Fachvertreter und Fachvertreterinnen die Sache in einem Seminar voranbringen wollen. Das Problem der Identität der Disziplin und des Berufes finden wir in den Lehrveranstaltungen, die summarisch der Sozialarbeitswissenschaft zugerechnet werden, durchweg angesprochen.
Eine besondere Lösung des Problems, den *systematischen Ort der Sozialarbeitswissenschaft* in der Ausbildung zu bestimmen, besteht in ihrer Zuordnung zunächst zu den Grundlagen, auf denen das Studium aufbaut, und dann zum Anwendungsfeld, in dem die Saat aufgeht und die „Sozialarbeitswissenschaft" dann gewissermaßen als Ernte eingefahren werden kann. So ist in dem von Hermann Heitkamp für den Fachbereich „Sozialwesen" der Hochschule Zittau/Görlitz erarbeiteten Curriculum eine Grundqualifikation in den drei Lernfeldern „Grundlagenfächer sozialer Arbeit" (Gesellschafts-, Human- und Rechtswissenschaften), „Allgemeine Grundlagen der Sozialarbeitswissenschaft" und „Wertorientierte Grundlagen sozialer Arbeit" vorgesehen. Zu dem zweiten genannten Lernfeld sollen gehören: Theorien der Sozialarbeit, Methodenlehre sozialer Arbeit, Interventionslehre sozialer Arbeit und Organisationslehre sozialer Arbeit. Im anschließenden Hauptstudium wird dann, wie es in der Ausarbeitung heißt, „das additive Nebeneinander der Grundlagenfächer weitgehend zugunsten einer integrativen und interdisziplinären Sozialarbeitswissenschaft überwunden".
Was den Lehrstoff betrifft, dürfte für die gegenwärtige Situation an den meisten Fachhochschulen aber immer noch folgende vorsichtige Antwort eines Kollegen aus Bayern charakteristisch sein:

> „Der Bitte um Auskunft, welche Inhalte der Lehre in unserem Fachbereich der Sozialarbeitswissenschaft zugeordnet werden, ist nicht leicht nachzukommen, da wir ein sehr großes Kollegium sind, das sich wiederum in einzelne Fachgruppen aufteilt. Es hat sich in Diskussionen der letzten Zeit insbesondere zur Studienreform herauskristallisiert, daß ein großer Teil der KollegInnen bereit ist, die Theorie, die Geschichte, die Grundlegung des beruflichen Handelns, aber auch Überlegungen zu einzelnen Arbeitsformen mit einer möglichen Sozialarbeitswissenschaft in Verbindung zu

bringen oder aus diesen Bereichen heraus eine originäre Sozialarbeitsforschung wachsen zu lassen. Hier gibt es jedoch von einigen Fachgruppen außerhalb des sogenannten ‚Zentralfaches' wissenschaftstheoretische Einwendungen."

Zur Vorsicht dieser Stellungnahme paßt, daß eine Reihe von Kollegen und Kolleginnen um vertrauliche Behandlung ihrer Mitteilungen bittet. Sie sind vom Kollegium nicht abgesegnet. Natürlich stört ein Wissenschaftsanspruch der sozialen Arbeit die gewohnten Kreise, und ein eigener Forschungsanspruch hergebrachte oder auch bloß angemaßte Zuständigkeiten von Soziologie, Psychologie, Pädagogik usw. Der Fachvertreter bleibt reserviert; aufgeschlossen kann er sein in Fragen des sozialen Berufsverständnisses und der Berufsausübung, die den eigenen fachlichen Anspruch nicht weiter berühren, in der Ökonomie der Ausbildung jedoch ihren Platz haben und behandelt werden sollten.

Im Aufbau der Lehre wird der Sozialarbeitswissenschaft also am ehesten *dort Raum* gegeben, wo es um die Sammlung und Ordnung von *Erkenntnis für die Praxis und für einzelne Arbeitsfelder* geht. Gebraucht wird Wissen für den Umgang mit Menschen, Einblick in ihre Verhältnisse, juristischer Sachverstand, Institutionenkunde. Man mag nehmen, was die anderen Sozialwissenschaften anbieten, eklektisch und polypragmatisch vorgehen oder von speziellen Problemstellungen in der Sozialarbeit her einen Theoriebestand aufbauen, stets wird eine Art Portefeuille gefüllt in der Erwartung, damit für Praxisanforderungen gerüstet zu sein. Die spezielle sozialarbeitswissenschaftliche Reflexion besteht darin, die gesammelten Theorien und Begriffe auf ihre Brauchbarkeit und Funktion in der sozialen Arbeit hin zu prüfen und ihnen danach einen Stellenwert für die Praxis zuzuschreiben. Die Disziplin „Sozialarbeitswissenschaft" bezeichnet sozusagen das Programm-Menue, in dem die für die Profession relevanten Inhalte arrangiert sind. Dermaßen hat die Katholische Hochschule für Soziale Arbeit Saarbrücken in ihrem um 1990 reformierten Studienplan der Sozialarbeitswissenschaft systematisch zugeordnet: Theorien der Sozialen Arbeit, Sozialarbeitsforschung, Interventionslehre Sozialer Arbeit, Organisationslehre Sozialer Arbeit, Philosophie und Ethik der Sozialen Arbeit, Zielgruppenspezifische Soziale Arbeit (Feth 1991, 241). Die Profession nimmt sich mit der Disziplin „Sozialarbeitswissenschaft" das Recht zu einem eigenen wissenschaftlichen „Trichter" als Sortierinstanz.

Mit seinem Einsatz müssen erst einmal Erfahrungen gesammelt werden. Die wissenschaftliche Systematik und die Kategorienbildung sind als vorläufig anzusehen. Zu ihrer Entwicklung könnte eine *ver-*

gleichende Lehre und Forschung beitragen, welche den internationalen Stand der Dinge vermittelt. Theorieansätze wie der systemische und der ökologische bzw. ökosoziale Ansatz sind über Länder- und Sprachgrenzen hinweg verbreitet. Leider wird im Studium an deutschen Fachhochschulen aus Mangel an Zeit und Kapazitäten kaum komparativ gearbeitet. In der Methodendiskussion der sechziger Jahre war das noch anders, als man die amerikanische Sozialarbeitslehre, aber auch Beiträge aus den Niederlanden und aus Skandinavien, rezipierte. Für die komparative Theoriebildung ist bis heute musterhaft Louis Lowy (1983) zu nennen, für die Forschung derzeit die Tätigkeit des „Europäischen Zentrums für Wohlfahrtspolitik und Sozialforschung" in Wien.
Auf die Frage nach *leitenden Theorieansätzen* geht nur ein Teil der Ausbildungsstätten ein, die auf unsere Umfrage antworteten. Gleich häufig werden der systemische Ansatz und der ökosoziale Ansatz genannt. Sie schließen sich bekanntlich nicht gegenseitig aus. Ergänzend wird auf die zunehmende Bedeutung der Management-Lehre für angehende Sozialarbeiter und Sozialarbeiterinnen verwiesen, womit aber der metatheoretische Bezugsrahmen schon in Richtung auf eine Technologie, zu einer Verfahrenslehre hin verlassen ist. Man muß ökologisch zunächst wissen, was zum Haus gehört, und begreifen, was „haushalten" heißt, um danach den Haushalt richtig (effektiv und effizient) führen, den Betrieb also managen zu können.

2. Theorie der Praxis oder angewandte Wissenschaft?

Bei einer Fraktionierung verfügbaren Wissens bevorzugt man in der Ausbildung traditionell Praxiswissen bzw. Praxistheorien. Sie konzentrieren sich auf die Frage, wie gehandelt wird, wo und unter welchen Umständen. Praxistheorien sind, wie Louis Lowy (1983) für die Sozialarbeit betont hat, kein Ersatz für wissenschaftliche Erkenntnis- und Erklärungstheorien (Lowy 1983, 10). Sie machen eine weitere Art von Wissen aus, das Lowy „Basiswissen" nennt. Es wird in der Ausbildung herkömmlich den anderen Human- und Sozialwissenschaften entnommen. Eine Rangordnung ist hier kaum zu vermeiden, und wir haben uns zu fragen, ob die Sozialarbeitswissenschaft den Status erreichen kann, den jene Humanwissenschaften für sich reklamieren. Die Gleichrangigkeit ist auch an den Fachhochschulen bestritten worden: Es gebe „nicht nur keine Sozialarbeit als Fachwissenschaft, sondern dies ist auch gar nicht denk- oder wünschbar ... Wissenschaftlich wird Sozialarbeit dadurch, daß Sozialarbeiter humanwissenschaftlich Gebildete werden" (Weißenfels 1980, 402 f.).

Vielleicht liegt für den, der eine solche Ansicht teilt, eine Kompromißlösung darin, sich für die soziale Arbeit mit einer Anwendungswissenschaft zu bescheiden? Dies scheint eine verbreitete Meinung unter den Lehrenden zu sein, die zwar die Notwendigkeit einer wissenschaftlichen Fundierung sehen, aber meinen, daß eine paradigmatisch, in ihren Grundannahmen selbständige Theorieentwicklung für die soziale Arbeit nicht zu haben sein wird. In dieser Beschränkung bedient man sich schon lange hilfsweise der genannten Praxis- oder *Handlungstheorie*. Der Begriff läßt den wissenschaftlichen Anspruch offen, der mit einer derartigen Theorie erhoben wird. Eine Handlungstheorie erklärt sinnhaftes Handeln in seinem Bezugssystem.
In unserem Falle ist ihr Gegenstand das berufliche Handeln im dienstlichen Rahmen – und nicht etwa das Verhalten von Menschen, auf die bezogen die Berufstätigkeit ausgeübt wird. Geklärt, begriffen und begründet wird in einer Handlungstheorie sozialer Arbeit der Prozeß, in dem sie vonstatten geht: die Arbeit mit Menschen als Handlung. Für die Ausbildung kann das heißen, die Elemente der Kunstfertigkeit zu vermitteln, die Sozialarbeiterinnen und Sozialarbeiter in den verschiedenen Praxisfeldern brauchen. In diesem Sinne weist die Katholische Fachhochschule Berlin einen Studienbereich „Handlungstheorien" aus und faßt darunter (für die im Hauptstudium ausgewiesenen drei Studienrichtungen) die Wissensgebiete der Sozialarbeitswissenschaft/Sozialarbeit, der Erziehungswissenschaft/Sozialpädagogik, der Heilpädagogik und der Beziehungen zwischen Sozialarbeit, Sozialpädagogik und Heilpädagogik in integrativer Absicht. Der Studienbereich bündelt, wie Teresa Bock in ihrem Rektorbericht über die Gründungsphase der Katholischen Fachhochschule Berlin schreibt, Basistheorien, stellt Rahmenmodelle vor und macht mit Fragestellungen der Sozialarbeitsforschung bekannt. Die Lehrgebiete „bilden eine Brücke zu den Instrumenten sozialarbeiterischen/sozialpädagogischen Handelns", den Arbeitsweisen und ihnen zugeordneten Arbeitsmethoden, die im Studienbereich „Handlungskonzepte" erörtert werden (Bock 1993, 20).
Analog weisen einige Fachbereiche Sozialwesen ein Gebiet „Grundlagen und Methoden sozialarbeiterischen Handelns" aus (so an der Universität Bamberg) und ordnen es curricular einem Zentral- oder Grundlagenfach „Wissenschaft der Sozialen Arbeit" zu, das sich, wie öfter betont wird, in der Entwicklung befindet und dem erst einmal – aber immerhin schon – die Planstelle einer Professorin oder eines Professors für Sozialarbeitswissenschaft gewidmet wird. (Im Fachbereich Sozialwesen der Hochschule Zittau/Görlitz sind von 14 Profesorenstellen sechs für die Sozialarbeitswissenschaft ausgewiesen.)

Wer diese Stellen besetzt, tritt in den Reflexionszirkel einer Wissenschaft ein, die in einem von den Akteuren selber initiierten Prozeß behaupten und in Lehrveranstaltungen darstellen muß, daß sie eine Wissenschaft ist. Wie es sich mit ihr verhält, braucht *keine interdisziplinäre Angelegenheit* mehr zu sein, in der die Vertreterinnen und Vertreter der Soziologie, Psychologie und Pädagogik untereinander ausmachen, was der sozialen Arbeit zukommt. Nein, in der Lehre wird das Verhältnis der sozialen Arbeit und ihrer Wissenschaft zu den Bezugswissenschaften Soziologie, Psychologie, Pädagogik usw. dargelegt und definiert – und auch die Beziehung zu den Nachbargebieten der Pflege(wissenschaft), der Gesundheitswissenschaften, der Heilpädagogik erörtert. Mindestens darf von den Lehrenden erwartet werden, daß sie künftig auf den Inhalt der Ausbildung im Sozialwesen bestimmenden, jene Verhältnisse klärenden Einfluß nehmen.

Nichtstaatliche Fachhochschulen können sich in Sachen Studienreform eher bewegen als staatliche. Deshalb orientieren sich jene auch leichter an einem sozialarbeitswissenschaftlichen Programm. Kommt hinzu, daß konfessionelle Fachhochschulen den diakonischen Auftrag bzw. ein caritatives Verständnis in der sozialen Arbeit vermitteln, woraus sich in der Spannung zur Wissenschaft die Notwendigkeit gegenseitiger Legitimation ergibt. Hugo Maier von der Katholischen Fachhochschule Köln bemerkt in seiner Antwort auf unsere Umfrage, die

> „Logik des Sozialen (lasse sich) schwerlich unter die gängigen Theorien subsumieren. Notwendigerweise wird deshalb von einem pluralistischen Theorie-Ansatz ausgegangen, mittels dessen Soziale Arbeit konzeptionell beschrieben, analysiert und reflektiert werden kann. In der derzeitigen Diskussion kristallisieren sich jedoch zwei Begriffe, nämlich Wirklichkeit und Verantwortung heraus, die möglicherweise als Orientierungspunkte für ein Konzept der Sozialarbeitswissenschaft taugen."

Ich denke, damit sind zwei Kategorien und Ebenen der Betrachtung benannt, denen in ihrer Beziehung aufeinander eine konstitutive Rolle zukommt: *Empirie* und *Normativität.* Die Lebensverhältnisse der Menschen sind sozial zu verantwortende; die Gesellschaft und jeder einzelne Mensch in seinem Lebenskreis verantwortet die Wirklichkeit, welche sich in der sozialen Praxis ergibt. Sie konstituiert den Prozeß, der sich den an ihm Beteiligten und auch dem Wissenschaftler als (soziale) Realität darstellt. Was wir empirisch vorfinden, ist bereits normiert. Die Normativität und Wertorientierung menschlichen Handelns gehört zur Empirie. Für eine strenge Wissenschaft ist ein solcher zirkulärer Zusammenhang natürlich problematisch; dennoch kann in ihm genügend Wissen gesammelt und als Substanz wissenschaftlicher Arbeit ausgemacht werden.

Nehmen wir Immanuel Kants Bemerkungen in der Vorrede zu seiner „Anthropologie in pragmatischer Hinsicht“ als Fingerzeig: Die pragmatische Menschenkenntnis geht auf die Erforschung dessen, was der Mensch „als freihandelndes Wesen aus sich selber macht, oder machen kann und soll“. Gefragt ist „Erkenntnis des Menschen als Weltbürger“. Dazu gehört „die Welt kennen und Welt haben ...; indem der eine nur das Spiel versteht, dem er zugesehen hat, der andere aber mitgespielt hat“ (Kant 1977, 399f.). Mögen die Lebenskreise, in denen soziale Problematik behandelt wird, auch eng und in mancherlei Hinsicht abgekapselt sein, in ihnen haben die Spieler ihre Welt, und sozial können wir nicht zusehen, wie ihnen darin übel „mitgespielt“ wird. Erkenntnis dient pragmatisch dazu, in einer gemeinsamen Welt uns als Gespielte zu verstehen und aus diesem Verständnis heraus das Spiel zu gestalten.

3. Ein eigenständiger Theoriediskurs

In der Fachöffentlichkeit werden eine Reihe von Themen behandelt, die mit dem eigenen „Spiel“ und dem Selbstverständnis der sozialen Arbeit zu tun haben: die Rolle der Methoden, die Funktion von Management, die Beziehung des Professionellen zum Klienten, Anwaltschaft, Empowerment, „Erziehung“ oder „Pflege“ als Element oder Rahmen sozialer Arbeit. Solche Themen werden meist unabhängig voneinander abgehandelt. Man muß schon unterstellen, daß sie in der Reflexion von Praxis, in der Selbstreferenz des Berufes zusammenhängen, um zu finden, daß sie auch in einen gemeinsamen Diskurs gehören. An ihm hat wohl kein Interesse, wer sich als Psychologe mit der Beziehungsgestaltung, als Erziehungswissenschaftlerin mit Bildungsfragen und im Gesundheitswesen mit Fragen der pflegerischen Versorgung befaßt. Auch wer unter den Lehrenden der sozialen Arbeit meint, sich in den anderen Disziplinen beweisen zu müssen, weil nur in ihnen akademische Anerkennung zu erlangen sei, trägt wenig zur Geistesgegenwart in unserer Profession bei. Sie braucht eine *Reflexionskultur*, die sich aus sich selber fortzeugt.

Die Eigenständigkeit des diskursiven Unterhalts, der Wissen organisiert, und die Eigenständigkeit der sozialen Arbeit als Profession, in der ein Können organisiert ist, bedingen einander. Damit ist nicht die Forderung nach einer einheitlichen Theorie verbunden. Allerdings begeben wir uns auf eine Plattform oder Metaebene der Orientierung, der Analyse und der Konzeptentwicklung. Die systemtheoretische Perspektive hat zu ihr in den letzten Jahren viel beigetragen

(Staub-Bernasconi 1986). Was geschieht in der sozialen Arbeit? Wie läßt sich das begrifflich fassen? Was gehört infrastrukturell und superstrukturell (politisch und in der öffentlichen Meinungsbildung) dazu? Wie ordnen wir demnach Methodenfragen, Beziehungsfragen und Managementfragen ein?
In dieser Frage, die den Gegenstandsbereich unserer Wissenschaft betrifft, muß sorgfältig zwischen *Deskription* und *Präskription*, also zwischen beschreibender Darstellung und normativen Aussagen, unterschieden werden. Der Zusammenhang des Diskurses über Praxis läßt sich in der sozialen Arbeit dadurch herstellen, daß man sich von Werten und Wertorientierungen leiten läßt. Malcolm Payne (1991) vertritt in seiner Darstellung „moderner Sozialarbeitstheorie" die Meinung, die Theorie gewinne bei unterschiedlicher Kombination von Elementen aus den verschiedenen Sozialwissenschaften dadurch an Stabilität, daß man sich im Kontext von sozialer Arbeit in folgenden Gesichtspunkten einig sei: Die Menschen werden als Individuen betrachtet; sie und ihr Handeln lassen sich mit psychologischen und sozialem Wissen verstehen; soziale Arbeit geschieht in „Beziehungen" und erfolgt in einem organisatorischen Rahmen; sie klärt Bedarf (need), ist dazu da, sowohl wichtige soziale Strukturen zu erhalten als auch anwaltlich für die Klienten einzutreten (Payne 1991, 22 ff.). Dies sind durchweg wertbezogene Aussagen zu Obligationen. Sozialarbeiter und Sozialarbeiterinnen handeln verantwortlich, wenn sie der Individualität von Menschen gerecht werden (wollen), Verständnis suchen, „Beziehungen" pflegen und sich Anliegen zu eigen machen. Aber Wirklichkeit wird so nicht erfaßt.
In einer *Metatheorie* sozialer Arbeit kann die berufliche und in freiem Engagement erfolgende Tätigkeit als partikularer gesellschaftlicher Prozeß begriffen werden, also in ein Verhältnis zur Ökonomie, zur Politik, zur Kultur und zur rechtlichen Verfassung des Gemeinwesens gebracht werden. Dieses Verhältnis hat deskriptive und präskriptive Seiten: Das Soziale umfaßt Tatsachen: wirtschaftliches, politisches und kulturelles Geschehen – und Absichten, Handlungsanweisungen in ihm: Wir wollen „sozial" sein und erkennen „soziale" Aufgaben inmitten der gesellschaftlichen Handlungsfelder. Die Ökotheorie bzw. der ökosoziale Ansatz stellt einen solchen Versuch der gesellschaftsinternen, auf einen äußeren locus observandi verzichtenden Grundlegung von sozialer Arbeit dar (Wendt 1982, 1990). In diesem Kontext erscheint Wissenschaft nicht mehr als unabhängige und wertfreie Instanz. Sie nimmt sich selbst in historischer, kultureller, ethischer und politischer Rücksicht wahr. Beispielsweise reflektiert sie den Zusammenhang ihrer Entstehung mit den sozialen Fragen in

der Vergangenheit und in der Gegenwart, klärt ihre Beziehung zu anderen Wissenschaften vom Menschen und den Modernismus ihrer eigenen Fragestellungen. Und sie beleuchtet den Theorie-Praxis-Dissenz in der sozialen Arbeit.

Präskriptionen werden zum Gegenstand der Beschreibung und diskursiven Erörterung. Sie legt aus – und verfährt insoweit hermeneutisch. Die Praxis von sozialer Arbeit stellt eine Art Text dar, der sich auf seinen sprachlich-intersubjektiv konstituierten Sinn hin lesen läßt, – einen Text, den man dekonstruieren und rekonstruieren kann (zur „objektiven Hermeneutik", die „latente Sinnstrukturen" aufdeckt, siehe: Oevermann 1983; Garz/Kraimer 1994). Die Gesellschaft ist ein Text, hergestellt, bearbeitet und erzählt von ihren Angehörigen (Brown 1987). Er ist unterschiedlich „formatiert". Die Berufspraxis läßt sich als eine spezifische Weise der Handhabung diskreter Textteile auffassen. In der Beschäftigung mit den Programmen und den Einzelheiten ihrer Realisierung sind wir die Faktenhuberei der sich streng gerierenden Wissenschaften zunächst einmal los und tragen eine andere Art von Wissen zusammen, als jene gelten lassen wollen. Es verbindet die Praxis der Professionellen mit der Lebenspraxis, der sie sich widmen, und erlaubt im Feld der Meinungen, also im aristotelischen Sinne topisch, eine Auseinandersetzung über Praxis schlechthin. Falls jemand einwendet, das zu Meinungen geronnene oder aus ihnen zu gewinnende Wissen bleibe unter dem Niveau dessen, was von wissenschaftlichen Aussagen zu verlangen sei, kann ihm geantwortet werden: Die Bearbeitung von Lebenspraxis und der darin verbreiteten Meinungen ergibt nicht wieder Meinungen, sondern durchaus zweifelsfreie Aussagen. Die topoi bahnen sie. In ihnen ist vorgebildet, was öffentlich, hier: sozial, für bedeutsam gehalten und für ausgemacht gilt.

Dieser Spur will ich ein Stück weit folgen. Sie führt uns weg von der Gegenüberstellung von Wissenschaft und Alltag und vermeidet die Dichotomie von szientifischem Zugang und pragmatischem Zugang zur sozialen Realität in Konzentration darauf, was in dieser Realität gemeint sein und ihr „eingeschrieben" werden kann. Sie erlaubt eine *objektivierende Distanz* zwischen Subjekten, die wissen, daß sie Subjekt sind und objektiv handeln, und sie vermeidet *distanzierende Objektivität*, die davon absehen läßt, daß im Gegenstandsbereich von sozialer Arbeit keine anderen Subjekte agieren als die, welche ihn erforschen.

In seinem Buch „Moderne Sozialarbeitstheorie" nennt Malcolm Payne als zentrale These seiner Ausführungen: „social work is a socially constructed activity" (Payne 1991, 7). Sozialarbeitswissenschaft wäre somit (Instanz der) Selbstreferenz dieser Aktivität. Die Konstruktion erfolgt im Kontext gesellschaftlicher Prozesse. Darin werden Meinungen gebildet, getauscht und in topoi arrangiert. Es gibt z.B. eine Meinungsbildung über Armut, über Sucht, sexuellen Mißbrauch, über Gewalt und Fremdenfeindlichkeit, um einige aktuelle Themen zu nennen. Mit dem Ziel, den in gesellschaftlicher Diskussion konstellierten Problemen beizukommen, setzt soziale Arbeit mit Programmen, Projekten, Einzelmaßnahmen ein – und kommt dabei nicht umhin, sich des Fundus an Argumenten zu bedienen, der topisch vorliegt. Wissenschaft findet in der zu erörternden Problematik nicht nur Beweggründe, sondern pragmatisch auch die Spezifikation ihres Gegenstandes. Die als soziale Arbeit konstruierte Tätigkeit und ihre als Wissenschaft zu konstruierende Theorie behalten ihre Referenz auf die gesellschaftlichen Prozesse bei, in denen beide unterhalten werden. Wir dürfen folgern, daß Sozialarbeitswissenschaft insoweit der Praxis nicht überlegen ist, wie andere Wissenschaften das gegenüber ihrem Anwendungsfeld behaupten.

4. Die Praxisrelevanz einer topischen Sozialarbeitswissenschaft

Fehlende Wissenschaftlichkeit in der sozialen Arbeit wird oft damit begründet, daß der berufliche Alltag wenig Gelegenheit für ein derart rational begründetes und geregeltes Handeln bietet, wie es die moderne Wissenschaft verlangt. Das sozialwissenschaftliche Aussagensystem allgemein und das besondere Handlungssystem in der beruflichen Praxis stimmen nicht überein. Gemessen an ihr scheint dann, wenn überhaupt, nur eine Wissenschaft minderer Güte für die soziale Arbeit in Frage zu kommen. Aber die Disjunktion von Theorie und Alltagspraxis wird nicht dadurch aufgehoben, daß man an der Wissenschaft Abstriche macht, sondern indem die Praxis kompetenter und dazu von mehr Wissenschaft durchdrungen wird. Gemeint ist die Lebenspraxis, das individuelle und gemeinschaftliche Handeln in Bewältigung von Problemen, die das moderne Dasein mit sich bringt. In ihm soll soziale Arbeit ihre Zwecke erfüllen.

Der Bezugsrahmen und das Erfahrungsfeld der sozialen Arbeit ist weiter gesteckt als das berufliche Handlungsfeld. Sie ist Teil gesellschaftlicher Prozesse, läßt sich von sozialen Bewegungen bestimmen, ist in ein staatliches Leistungssystem eingebunden und an die Wahrnehmung von Rechten geknüpft. Dagegen sind in der beruflichen Praxis von sozialer Arbeit ihre dienstlichen Funktionen beschränkt. In sozialer Arbeit werden einzelne Menschen und Gruppen unterstützt, beraten, gefördert, begleitet. In dieser Beschränkung auf

Interaktionen und Interventionen definieren manche die professionelle soziale Arbeit privatistisch als „Beziehungsarbeit". Wie die Tätigkeit aber gleichzeitig eine gesellschaftliche und im Gemeinwesen notwendige sein kann, zu dieser weiterreichenden Auslegung ist die Sozialarbeitswissenschaft aufgerufen.
Ihr Blick richtet sich andererseits auf die Details der Praxis. Wie läßt sich Unterstützung (social support) auf Bewältigung (coping) abstimmen? Wie funktioniert innerfamiliale und sonstige informelle Unterstützung in Einheit mit sozialen Bewältigungsweisen? Da sich eine dienstliche und formelle Unterstützung in vielen Momenten von der informellen unterscheidet, ist zu fragen, wie sie dennoch zweckmäßig eingerichtet und auf Personen und Gruppen abgestimmt werden kann? Mit dieser Thematik beschäftigt sich auch die Psychologie und Soziologie, aber ihre Forschungen und ihre Theoreme sind nicht von vornherein auf das Handlungsfeld der sozialen Arbeit orientiert. Anwendungsbezogen haben wir die Abläufe und Bedingungen der „Wohlfahrtsproduktion" in Diensten und Einrichtungen zu studieren (was kann eine Wohngruppe leisten und ein Heim nicht?), die realen Perspektiven von Kindern, die aus ihrem Elternhaus weglaufen (subjektive und objektive Perspektiven, die abzuwägen sind, um nicht vorschnell einzugreifen), die Lebenswege und Lebensumstände von Süchtigen, um die Chancen der Prävention zu bessern. Hier sind sehr spezifische Aussagen vonnöten, weniger die allgemeinen populationsbezogenen der empirischen Sozialforschung.
Ihrer „behandelnden" Arbeit mit Menschen wegen wird die soziale Arbeit auch als *klinische Profession* bezeichnet, die wie eine Heilkunde oder eine Kunstfertigkeit mit reiner Forschung und Theoriebildung wenig im Sinn habe bzw. sich darauf konzentrieren sollte, ihre zweckdienlichen Verfahren (Methoden und Techniken) zu verbessern, um das person- und situationsbezogen Richtige tun zu können. In der amerikanischen sozialen Arbeit hat die klinische Ausrichtung zahlreiche Anhänger; ihr korrespondiert eine auf Fallstudien konzentrierte Forschung (Orcutt 1990; LeCroy 1992). Die klinische Ausrichtung der sozialen Arbeit wird aber von vielen Berufsvertretern und -vertreterinnen auch als einseitig kritisiert. Wer Menschen helfen will, in ihrer individuellen Lage zurechtzukommen oder ihre Lage zu ändern, kommt nicht umhin, sich mit der Welt um sie herum zu befassen, in der es sich mit ihnen dermaßen verhält. „Klinik" und Fallbezug hindern gar nicht an einer sozialwissenschaftlichen Zuständigkeit (siehe: Holden u.a. 1992.). Auch in der Medizin als klassischer klinischer Disziplin ist längst die strategische Bedeutung medizinwissenschaftlicher und gesundheitswissenschaftlicher Forschung und Theorie-

bildung erkannt. Ihre Konstrukte bahnen den Weg für methodisches Handeln in der Praxis. In der sozialen Arbeit sind die Entwicklung des Unterstützungsmanagements und des Sozialmanagements in den letzten Jahren ein gutes Beispiel für den zurüstenden Charakter einer Praxistheorie, hier als Teil sozialarbeitswissenschaftlicher Reflexion.
Eine Besonderheit sozialer Arbeit in der Praxis und in der Theorie ist sicher die *mikrologische* Sicht der Dinge. Konkrete Unterstützung wird zugeschnitten auf die eigentümlichen Gegebenheiten einer persönlichen Situation, familialer Verhältnisse und auf spezifische soziale Umstände. Was man davon wissen kann, hat Anton Hunziker in Berufung auf Aristoteles der „Topik" zugerechnet, einer Art situativem Wissen, auf das soziale Arbeit nach Louis Lowy neben „Basistheorien" und „Praxistheorien" zurückgreift (Lowy 1983, 105f.). Im Blick auf die Spezifik der gemeinten Gehalte und Formen erscheint soziologisches Wissen abgehoben und wenig anwendbar. Menschen mögen sich nach ihrer Schichtzugehörigkeit und in ihrem Rollenverhalten unterscheiden, eine Strategie im Umgang mit einer bestimmten Person und in den Details ihrer Angelegenheiten läßt sich aus solchen Erkenntnissen nicht ableiten. Die Sozialforschung kennt den „ökologischen Trugschluß", wenn auf der Gruppenebene aggregierte Daten und mit ihnen auszumachende Muster zu der Annahme verführen, sie träfen auch auf der individuellen Ebene zu.
Topisches Wissen haftet nun nicht an der Singularität und Zufälligkeit eigentümlicher Ereignisse und Gegebenheiten. Dann taugte es außer für die historische für keine andere Wissenschaft. Die Topik hält sich zwischen idiographischer Anschaulichkeit und nomothetischer Abstraktion auf (im Sinne von Wilhelm Windelbands Gegenüberstellung der Erkenntnisziele von Geistes- und Naturwissenschaften). Das topische Vorgehen stellt eine „dialektisch" (in der Kunst der Unterredung) forschende Problemerörterung und Argumentationsweise dar (Bornscheuer 1976, 93), wobei Situationen erhellt, Erfahrungen vermittelt und Geschehnisse beurteilt werden. In der sozialen Arbeit berühren sich wissenschaftliche Anteilnahme und alltägliche Lebensführung, die Geltungsansprüche der Praxis und die Thesen der Theorie. Die Wissenschaft setzt sich mit der Praxis auseinander, ist aber auch von ihr durchdrungen und im sozialen bzw. lebensweltlichen Kontext, in der Interpretationsgemeinschaft der Zeitgenossen an die Meinungsfiguren und Denk- und Handlungsmuster verwiesen, in denen ihr Gebiet für die berufspraktische und die forschende Arbeit erschlossen ist (zur Topik siehe: Wendt 1989, 90ff.). Läßt sie sich auf jene ein, nimmt sie „Abschied vom Experten" (Olk 1986), fällt darum aber nicht in ein vorwissenschaftliches Stadium von Theorie und Praxis zurück.

Die Topik gibt leitende Gesichtspunkte, Denkmuster und „Örter" an, in denen oder von denen aus Wirklichkeit, die wir zu verantworten haben, erfaßt wird. In der sozialen Arbeit beschäftigen wir uns mit dem, was nach herrschender Meinung und Verabredung Notlagen, Belastungen und Beeinträchtigungen, Erziehungs- und Verhaltensprobleme, Süchte, Pflegebedürftigkeit und Betreuungserfordernisse sind. Von all dem ist keine Objektivität ohne subjektive Beurteilung bzw. intersubjektive Absprache zu haben. Was heißt und wie kommt „sexueller Mißbrauch" vor? Welche Rolle spielt „Gewalt" in einem bestimmten Milieu, und was fällt unter sie in der jeweiligen Subkultur? Was meinen und wie verstehen wir, wenn einer sagt, er habe „ein Problem mit Alkohol", und andere sagen, sie würden sozial benachteiligt? Es bleibt „in Rede stehend" wie auch Wohlbefinden und Lebensqualität (wenn wir uns nicht allein auf fixe Indikatoren verlassen wollen). Der Gegenstand der Sozialarbeitswissenschaft ist topisch vorstrukturiert, und sie trägt etwas zu ihm bei, kommt in seiner Erkenntnis voran auf den Bahnen und in den Auszeichnungen des Feldes, so sehr sie selber auch bei seiner Erkundung kritische Aufmerksamkeit verdienen.
Sozialarbeitswissenschaft kann sich ihren Gegenstandsbereich kritisch-reflektierend sichern, indem sie dessen topische Struktur zur Kenntnis nimmt. Betrachten wir das in letzter Zeit vielbenutzte Denkmuster *„Lebenswelt und/oder System"*. Beider Dichotomie ist topisch insofern, als sie den Gehalt des Gemeinten gegeneinander abhebt und auszeichnet. Lebenswelt als auch System gewinnt durch Differenz. In Opposition zueinander verstehen wir Lebenswelt nicht im Sinne von Husserl und System nicht im Sinne der Allgemeinen Systemtheorie. Gleichzeitig läßt sich Lebenswelt (was das Leben von Menschen ausmacht) aber auch unterscheiden von der Welt, in der wir leben, und Systeme in unserer Umwelt von dem seine Umwelt definierenden System à la Niklas Luhmann. Bei der Spezifik ihres Gegenstandes müßte Sozialarbeitswissenschaft auf Begriffe verzichten, akzeptierte sie diese nicht in ihrer topischen Gegebenheit. Sie erlauben eine hinreichende intersubjektive Verbindlichkeit von Aussagen, weil die Geltung, die sie bei den Erkenntnissubjekten genießen, sich funktional mit der Wirklichkeit, sprich: der Praxis, des Erkenntnisobjekts deckt.
Lothar Bornscheuer hat vier Charakteristika topischen Begreifens herausgestellt: *Habitualität, Potentialität, Intentionalität und Symbolizität* (Bornscheuer 1976, 91 ff.):

(1) Ein erstes Leistungsmoment des Topos ist darin zu sehen, daß er das Denken und Handeln in ein Grundmuster verfügt.

> „Ein Topos ist ein Standard des von einer Gesellschaft jeweils internalisierten Bewußtseins-, Sprach- und/oder Verhaltenshabitus, ein Strukturelement des sprachlich-sozialen Kommunikationsgefüges, eine Determinante des in einer Gesellschaft jeweils herrschenden Selbstverständnisses und des seine Traditionen und Konventionen regenerierenden Bildungssystems." (Bornscheuer 1976, 96)

In der Sozialen Arbeit haben wir es mit Problemen zu tun, die Bürgern, Gruppen und der Gesellschaft bis zu einem gewissen Grade gemein sind und in dieser kollektiv-habituellen Vorprägung (Habitualität) behandelt werden.

(2) Ein zweites Charakteristikum der Topik ist die Fülle der Gesichtspunkte, unter denen sich etwas topisch erhellen und auslegen läßt. Unbegrenzt viel ist über Beziehungen zwischen Menschen zu sagen oder über ihre Bedürftigkeit und ihr Befinden. Das liegt nicht am Wort; wir können es austauschen. Gemeint ist der Schematismus dessen, was sich in solchen Vorstellungen und Begriffen verbindet. Ihm ist das Strukturmoment der polyvalenten Interpretierbarkeit oder „Potentialität" eigen.

> „Ein Topos ist ein inhaltlicher oder formaler Gesichtspunkt, der in vielen konkreten Problemerörterungen verwendbar ist und der die verschiedenartigsten Argumentationen bzw. amplifikatorischen Explikationen ermöglicht." (Bornscheuer 1976, 99)

Er eröffnet Zusammenhänge oder führt in ihnen nach der einen oder anderen Seite hin weiter. Der Verweisungszusammenhang liegt objektiv vor; er besteht auch, wenn er nicht gerade von Interpreten ausgemacht wird.

(3) Als drittes Merkmal ist dem Topos „Intentionalität" in einem Kommunikationsprozeß eigen. Zur allgemeinen Überzeugungskraft eines Topos, so Bornscheuer, trete

> „normalerweise noch eine situationsbezogene, die jedoch immer erst interpretatorisch vermittelt werden muß. Ohne die gesellschaftlich garantierte Vorausgeltung eines Topos ließe sich ihm auch keine situativ-interpretatorische Geltung abgewinnen, ohne seine permanente und vielsinnige Interpretationsfähigkeit verlöre er umgekehrt seine habituelle Qualität und ohne argumentatorische Applikation in konkreten Problemsituationen würde er schließlich zum nutzlosen, ‚nur' habituellen Klischee oder zum beliebig verwendbaren, unverbindlichen potentiellen Gesichtspunkt degenerieren (Bornscheuer 1976, 101).

Ein Topos bewährt sich in seinem kommunikativen Gebrauch (nutzt sich in ihm auch ab); seine Intention und Aussagekraft kommt in ihm zum Zuge.

(4) In einer Topik konzentrieren sich formelhaft hergebrachte Überzeugungen und herrschende Meinungen. Bornscheuer nennt deshalb als viertes Funktions- oder Strukturmerkmal eines Topos dessen „Symbolizität". Er ist „ein elementarer, kategorialer Bedeutungsträger" für eine Gruppe, eine Zeit oder eine Kultur, eine Merkform innerhalb einer „gesellschaftlich relevanten Verständigungsstruktur" (Bornscheuer 1976, 104). Die Angehörigen einer „Szene" pflegen einen bestimmten Jargon nicht in erster Linie, um sich abzugrenzen, sondern um ihren spezifischen Erfahrungen Ausdruck zu verleihen. Sollen sie ein Gegenstand von Wissenschaft werden, kann sie nicht auf die topische Wissensform verzichten.

Menschen regulieren ihren Alltag und arrangieren sich in ihm aus dem inneren Zusammenhang ihrer Erfahrung und ihres Subjektseins. Ihre Zeit teilen sie gewiß nicht danach ein, wie es nach einer REFA-Studie optimal wäre; sie bringen täglich Anforderungen in einer Weise „unter einen Hut", die nicht in erster Linie ihnen gerecht wird; sie verhalten sich nur beschränkt „sachlich" oder „ökonomisch" in der Regelung ihrer Angelegenheiten; sie gebrauchen einander zugleich als Mittel und als Zweck, was immer rational dagegen zu sagen wäre. Teilnehmer und Teilnehmerinnen an solcher Praxis sind auch die sozialberuflich Tätigen. Sie müssen sich nicht erst wissenschaftlich aus ihr ausschließen, um dann einen Zugang zu suchen, mit dem sie ihr wissenschaftlich gerecht werden können.

Um in der beruflichen Praxis beraten zu können, muß ich mich in verfügbarem Rat auskennen und mit den Bedingungen seiner Brauchbarkeit. Ich verlasse nicht den Rahmen kommunen sozialen Sinns und gehe doch auf die konkrete Situation ein. Die Kunden von Diensten und Einrichtungen nehmen ihr Anrecht auf sie wahr, weil ihre Belange genereller und nicht singulärer Natur sind. Die Helfenden haben gelernt, sich auf Individualität einzustellen, lassen sich aber auch dazu verführen, soziale mit privaten Ansprüchen zu verwechseln. Die Besonderung der persönlichen Verhältnisse ist ein Grund für die Neigung vieler Berufsvertreter und -vertreterinnen zum Psychologisieren. Tiefenpsychologische Einsichten täuschen Gerechtigkeit gegenüber dem Individuellen mehr vor, als daß sie den Anspruch einlösen, die Lage und die realen Handlungsmöglichkeiten einer Person zu klären. Der psychologische „Durchblick" verliert sich nicht weniger im innerlich Allgemeinen als der soziologische in der äußerlich gesellschaftlichen Natur des Menschen.

Es kommt in der sozialen Arbeit gewiß darauf an, sich in die Situation von Menschen hineinzudenken und in ihrem lebensweltlichen Hori-

zont zu handeln. Die Arbeit beginnt in der Praxis und in der Theorie damit, daß wir uns die Lage einzelner Personen, von Familien und sozialen Gruppen, die szenische Struktur ihres Lebens direkt angelegen sein lassen. Suchen wir beispielsweise Menschen zu helfen, die „Platte machen“, stoßen wir auf nachhaltig wirksame Brüche in ihrer Biographie: auf ein Fluchtverhalten, auf Alkoholabhängigkeit, auf Mangel an Mut und Selbstachtung und auch auf zähen Behauptungswillen gegenüber den Widrigkeiten des Lebens auf der Straße. Mit den Erklärungsmustern „Arbeits- und Wohnungslosigkeit“ allein kommen wir nicht weiter und mit der Psychologie erworbener Hilflosigkeit schon gar nicht. Sozialarbeitswissenschaft hat hier ihren Ort und ihre Funktion in der Aufklärung von mikrologischen Verwicklungen, die Menschen aus den Geleisen einer bürgerlichen Existenz werfen und die es ihnen schwer machen, wieder in sie zurückzufinden.
Die Lage von Menschen differenziert zu erörtern, schließt nicht aus, sie unter Begriffe zu bringen, die das Typische der Situation und des Verhaltens erfassen (etwa in einer Theorie der Lebensführung; siehe Vetter 1991; Voß 1991; Jurczyk/Rerrich 1993) und zu sozial angemessenen Lösungen hinführen. Es müssen aber nicht soziologische Kategorien und psychologische Konstrukte sein. Topisches Wissen hilft hier weiter. Die Lage und Handlungsweise von Personen oder Familien zu charakterisieren, die Formen ihres Verkehrs und die Szenen ihrer Interaktion im Gelingen und Scheitern zu verstehen, ihre sozialpraktische Funktionalität und Dysfunktionalität zu untersuchen, darf als eine der Sozialarbeitswissenschaft eigentümliche Aufgabe betrachtet werden. Dabei wird auf strukturelle Allgemeinheiten und auf überindividuelle Beweggründe Bezug genommen, Bewertungen nicht ausgeschlossen. Bliebe es bei einer bloßen Addition psychologischer, medizinischer, soziologischer und juristisch-administrativer Gesichtspunkte, wäre weiter keine spezifische Theoriearbeit nötig. Die Charakteristik des Ergehens und Handelns von Menschen korrespondiert aber mit einer Theorie der Lebensführung und der Selbstsorge unter erschwerten Bedingungen. Wie Menschen im Einzelfall zurechtkommen, interessiert in dieser theoretischen Perspektive (nicht jedoch in gleicher Weise aus der Perspektive einer anderen Sozialwissenschaft). Bei einem anderen, abgehobenen Interesse an Wissen legt sich die Praxis quer. Peters hat in einem Beitrag zur „mißlungenen Professionalisierung der Sozialarbeit“ (1971) einen „Widerspruch von Verwissenschaftlichungsinteresse und Funktionsbehauptung in der Sozialarbeit“ postuliert. Eine wissenschaftliche Fundierung der Methoden der sozialen Arbeit würde die Etablierung der sozialen Arbeit als Profession verhindern.

> „Der Sozialarbeiter, der sich wissenschaftlich fundierter Methoden bediente, würde nämlich bald merken, daß sich die in der Fürsorgeliteratur behauptete Heterogenität der Fälle strukturieren würde. Unter der Perspektive wissenschaftlicher Begriffe würden die ‚verstreuten Situationen' in Fallgruppen geordnet werden können. Die mit Hilfe wissenschaftlicher Begriffe strukturierte Perzeption des Sozialarbeiters würde durch Abstraktion das Gemeinsame verschiedener Fälle erkennen können und sie damit den hinter den Begriffen stehenden Theorien zugänglich machen. ... Die mit der Verbreitung jeder wissenschaftlichen Begrifflichkeit verbundene Tendenz, Phänomene ihrer Individualität zu berauben und zu egalisieren, könnte dazu führen, auch die auf Veränderung dieser Phänomene zielenden Maßnahmen zu egalisieren." (Peters 1971, 108 f.)

Generelle Maßnahmen seien aber sozialpolitische, und die Sozialarbeit wäre dann ziemlich überflüssig.

> „Die behauptete Individualität der ‚cases' erweist sich damit ebenso wie die Forderung nach wissenschaftlicher Fundierung der Methoden der Sozialarbeit als Resultat der Professionalisierungsbestrebungen der Sozialarbeit, die befürchten muß, in der Strategie genereller Sozialpolitik aufzugehen." (a.a.O., 110)

Diese Befürchtung ist in den neunziger Jahren geringer denn je. In der sozialpolitischen Strategie (wenn denn von einer solchen überhaupt die Rede sein kann) mangelt es an operativen Konzepten, wie sich mit dem Einsatz der Mittel in differenzierter Weise Wohlfahrt bewerkstelligen läßt, und an einer fundierten Reflexion, die an vielen konkreten Einzelfällen festmachen kann, was an Wohlfahrt substantiell erreichbar ist. Wer politisch „Verteilungsgerechtigkeit" möchte, weiß noch lange nicht, auf welche Weise daraus etwas Billiges und Rechtes für junge Menschen, für Behinderte oder Multiproblemfamilien werden kann. Hier ist eine wissenschaftlich informierte und reflektierte Professionalität nachgerade unverzichtbar.

5. Der sozialwissenschaftliche Blick und die Alltagspraxis

„Die Alltagspraxis ist weiter als die Theorie", unterstellt Bernd Dewe (1992, 10) und charakterisiert damit das grundsätzliche Verhältnis zwischen Sozialwissenschaft und der Praxis, auf die sie sich bezieht. Sozialwissenschaften entdecken und erforschen kein unbekanntes Gelände; es bedarf schon einer ethnomethodologischen „Verstellung", um gesellschaftliches und persönliches Handeln hinreichend fremd erscheinen zu lassen. In der gewöhnlichen Praxis ist mehr Erfahrung und mehr Handlungswissen vorhanden als im Sektor der

Wissenschaft begriffen. Sie wird Lebenspraxis nicht ersetzen können; die Wissenschaft ist und bleibt als solche ihr gegenüber eine Außenseiterin. In dieser Position wirft sie (bzw. die Forscher und Forscherinnen) ihre Netze im sozialen Raum und Milieu aus.

Ich teile die Meinung vieler Fachkollegen und -kolleginnen, daß ihres Gegenstands wegen die Sozialarbeitswissenschaft in Theoriebildung und Forschung alltags- und erfahrungsbezogen angelegt sein und für einen *zivilen Diskurs* geeignet bleiben muß. Es geht ihr primär nicht um ein Spezialwissen für Experten, die mit ihm besser und anders als der Bürger von der Straße handeln können.

> „An die Stelle der Vorstellung, daß sich soziale ebenso wie technische Probleme durch wissenschaftsbasierte soziale Technologien lösen lassen, soll demnach eine hermeneutisch aufgeklärte Professionalität treten, die ein rekonstruktives Fallverstehen mit dem Respekt vor der Autonomie und der Problemlösungskompetenz der Betroffenen verbindet." (Dewe u.a. 1993, 7)

Für sie und ihre Belange treten die beruflich Handelnden ein; sie deuten komplementär zum eigenen Rat der Klienten und Klientinnen, und sie deuten stellvertretend für ihre Praxis eine Lage oder einen Sachverhalt: Bürger und Bürgerinnen treten für andere ein. Die Deutung schließt an die Alltagspraxis an. Damit wäre deren Weise aber nur fortgesetzt, verfügten die Professionellen nicht über ein topisches Verständnis und Wissen von Lagen und Sachverhalten jenseits der Verwicklung und Verstrickung eines Einzelfalles und seiner subjektiven Interpretation. Die Differenz in der Perspektive und im Deutungsvermögen (danach auch im Handlungsvermögen) zwischen den beruflichen Helfern und ihren Klienten gestattet erst eine fruchtbare und zielwirksame Auseinandersetzung. Die Professionellen versichern sich ihrer Perspektive und ihrer Kompetenz durch Wissenschaft.

Sie thematisiert beispielsweise, wie Familien unter verschiedenen Lebensbedingungen ihren Alltag organisieren und Konflikte lösen. Diese Empirie liefert Folien, auf denen Bedarfslagen beschrieben werden können, bei denen im Verfahren der Jugendhilfe begleitende Beratung oder eine Hilfeform wie die Sozialpädagogische Familienhilfe angebracht ist. Sie wiederum kann Gegenstand von Praxisforschung sein, unter deren Punktlicht auch das gewöhnliche Familienleben in seinen Schwierigkeiten deutlicher hervortritt.

Im Ergebnis diskursiver Auseinandersetzung kommt es in der Praxis zu Entscheidungen, was zu tun ist. Sie werden nach Möglichkeit gemeinsam beraten. Der Professionelle kann dem mündigen Klienten Entscheidungen nicht abnehmen. Es sind auch keine wissenschaftlichen, es bleiben alltagspraktische Entscheidungen. Die Wissenschaft bewahrt ihre Unabhängigkeit in ihrer Art Reflexivität, die sich von den Entscheidungszwängen der täglichen Lebensführung und auch des beruflichen Handelns frei hält.

Eine Wissenschaft beherrscht ihr eigentümliche Verfahren. Die Diskussion um die Sozialarbeitswissenschaft ist nun aber zu der gleichen Zeit lebhafter geworden, in der viele Fachvertreter und -vertreterinnen meinen, die Vorstellung besonderer Methoden der sozialen Arbeit verabschieden zu müssen. Sie unterscheide sich in ihren spezifischen Handlungsmodalitäten nicht von anderen Berufen (Rauschenbach/ Ortmann/Karsten 1993, 7). Diese These ist keineswegs neu; Abraham Flexner hat sie der amerikanischen Sozialarbeiterschaft bereits 1915 vorgetragen. Originär verfügten über die Verfahren die Fachleute aus der Medizin, Psychologie, Soziologie und Juristerei; Professionelle in der sozialen Arbeit seien nur mittelbar im Geschäft, sowohl was das Wissen als auch was das Handeln betrifft.

Heuristisch vonnöten ist hier eine klare Unterscheidung von Arbeitsweisen als Methoden der beruflichen Praxis einerseits und Handlungsanweisungen in der Forschung andererseits. Die Methoden des Forschers sind zunächst nicht die des Managers. Der Wissenschaftler hält sich aus den Zwangslage heraus, in situ abklären, planen, entscheiden, ausführen, bewerten und Rechenschaft ablegen zu müssen. In dem Maße allerdings, in dem wir uns in der soziale Arbeit mit Bürgern und Bürgerinnen und untereinander die Freiheit der objektiven Einschätzung, eines Entwurfs von Lebensgestaltung, gemeinsamer Entscheidungsfindung, der Überwachung und Steuerung einer Leistungserbringung, der Prozeß- und Ergebnisevaluation und objektiver Prüfung nehmen, geraten Forschungs- und Arbeitsweise in eine engere Beziehung und Wechselwirkung.

Nehmen wir sie als Vorzug unserer Wissenschaft. In der Beziehung auf ihren Gegenstand zeichnet sie sich gerade dadurch aus, daß sie nahe an der Erfahrung und an den sozialen Problemen der Menschen bleibt. Sie hält sich nicht von ihnen fern und hält sich nicht vornehm heraus. Sozialarbeitswissenschaft kann eine spezifische klärende, um nicht zu sagen: emanzipatorische Funktion für die Gesellschaft übernehmen, nämlich beitragen „toward a liberating discourse for societal self-direction“, wie es Richard Harvey Brown (1989, 143) formuliert hat: zu dem zivilen Diskurs der internen Selbstbearbeitung gesellschaftlicher Aufgaben.

Zur Notwendigkeit und Programmatik einer Sozialarbeitswissenschaft

Albert Mühlum

Wohl das Bemerkenswerteste an meinem Thema ist, daß in unserer wissenschaftsgläubigen Welt eine Begründung verlangt und fast eine Entschuldigung vorgelegt werden muß, weshalb Soziale Arbeit eine eigene Wissenschaft braucht. Wäre es da nicht ebenso angebracht zu fragen, weshalb Soziale Arbeit theoretisches Wissen benötigt oder noch grundsätzlicher: Braucht Soziale Arbeit überhaupt Wissen? Schließlich radikal zugespitzt: Bedarf es denn überhaupt der Sozialen Arbeit? Oder die Wissensfrage anders gestellt: Wäre eine Gesellschaft ohne Soziale Arbeit nicht eo ipso die bessere Gesellschaft?
Die Verwirrung hat mit der Ambivalenz einem Beruf gegenüber zu tun, der notwendigerweise und aus Überzeugung zwischen vielen Stühlen sitzt. Muß sich Soziale Arbeit mit ihrem Anspruch auf Wissenschaft nun aber auch noch mutwillig zwischen die Mühlsteine akademischer Interessen und Richtungskämpfe begeben? Ich meine: Ja! Ich halte die Sozialarbeitswissenschaft für überfällig, wenngleich ich auch enorme praktische und methodische Probleme und mächtige Widerstände sehe.
Im ersten Teil meiner Ausführungen dazu werde ich mich ein wenig mit Spurensuche und mit Begründungen beschäftigen (Abschnitt 1.). Im zweiten Teil stehen Fragen des Standorts einer Sozialarbeitswissenschaft im Vordergrund (Abschnitt 2.) und im dritten Teil will ich einige Ausführungen zum Programm der Sozialarbeitswissenschaft machen (Abschnitt 3.).

1. Die Bedeutung einer eigenen Wissenschaft für Soziale Arbeit

(1) Spurensuche

Trotz der verbreiteten Klage über fehlende wissenschaftliche Fundierung der Lehre und der Praxis lassen sich theoretische Bemühungen zur Sozialen Arbeit seit Beginn der Berufsgeschichte nachweisen, spätestens seit systematisch auf berufliche Anforderungen vorbereitet wird, also mit Beginn unseres Jahrhunderts. Erinnert sei nur an die Pionierinnen des amerikanischen social work wie Jane Addams und Mary Richmond ... an Alice Salomon in der deutschen Sozialarbeit. 1930 wurde in Preußen sogar regierungsamtlich von den „sozialarbeitswissenschaftlichen Grundlagen der Ausbildung" gesprochen. Der theoretische Anspruch war also selbstverständlich, jedoch wurde er im wesentlichen in Form einer Berufskunde oder Sozialarbeitslehre vertreten. In Deutschland verstärkten sich seit den sechziger Jahren die Bemühungen um eine theoretische Fundierung der Sozialen Arbeit; ich habe sie 1982 vergleichend kommentiert (Mühlum 1982). Der Begriff „Sozialarbeitswissenschaft" war von Hans Pfaffenberger 1966 wieder ins Gespräch gebracht und von Helmut Lukas 1979 mit seinem Buch „Sozialpädagogik/Sozialarbeitswissenschaft" verbreitet worden. In den Empfehlungen der „Studienreformkommission ‚Pädagogik/Sozialpädagogik/Sozialarbeit'" ist dann 1984 von der „Basis einer Sozialarbeitswissenschaft" (Studienreformkommission 1984, 23) und seit 1988 durchgängig von Sozialarbeitswissenschaft die Rede. Trotz dieses Impulses blieb die weitere Theorieentwicklung in Deutschland vom nach wie vor ungeklärten Verhältnis von Sozialarbeit und Sozialpädagogik, von Sozialarbeitswissenschaft und Erziehungswissenschaft bestimmt. Dem entsprechen auch die Theorielinien:

(1) Die Anlehnung der Sozialpädagogik an die Erziehungswissenschaft als Leitwissenschaft prägt hierzulande fast die gesamte universitäre Lehre und Forschung zum Gegenstandsbereich der Sozialen Arbeit. In die gleiche Richtung tendieren die Zeitschrift „Neue Praxis" und die „Kommission ‚Sozialpädagogik'" der „Deutschen Gesellschaft für Erziehungswissenschaft". Nahezu alle Autoren dieser Richtung sind ausgewiesene Erziehungswissenschaftler und betreiben die Theorie der Sozialarbeit/ Sozialpädagogik entsprechend diesem Verständnis. Das reicht von einer unbedarften Vereinnahmung der Sozialarbeit bei Richard Münchmeier (in Vahsen [1992, 26]: „Als wissenschaftlicher Ort, an dem die Probleme der Sozialarbeit reflektiert und analysiert werden, hat sich seit der Jahrhundertwende die wissenschaftliche Sozialpädagogik herausgebildet.") bis zu durchaus offenen und selbstkritischen Überlegungen bei Hans Thiersch und Thomas Rauschenbach (Thiersch/Rauschenbach 1987; Thiersch 1992, 22): „Die Sozialpädagogik als Wissenschaft hat sich in verschiedenen Traditionen entwickelt ... die Entwicklung aber ist offen: Wird sich Sozialpädagogik eigenständig, etwa als Sozialarbeitswissenschaft etablieren? ... oder wird Sozialpädagogik sich im Kontext der Erziehungswissenschaft konsolidieren?".

(2) Die zweite Theorielinie in der deutschsprachigen Literatur steht in der Tradition des social work und beharrt auf der Notwendigkeit einer eigenständigen Sozialarbeitswissenschaft zwischen den etablierten Human- und Gesellschaftswissenschaften. Sie stimmt mit der internationalen, insbesondere der angloamerikanischen, Entwicklung überein (Lowy 1983) und wird überwiegend in Fachhochschulen, in den Wohlfahrtsverbänden und von der „Deutschen Gesellschaft für Sozialarbeit“ vertreten. Einen neuen Impuls in dieser Richtung gab Ernst Engelke 1992 mit seinem Buch „Soziale Arbeit als Wissenschaft“, das sowohl eine zusammenfassende Darstellung der vorliegenden Theoriebeiträge als auch ein Plädoyer für eine eigenständige Wissenschaft enthält. Seitdem folgen in immer kürzeren Abständen neue Beiträge und Klärungsversuche in Werkstattgesprächen und Konferenzen und in Diskussionen an Fachhochschulen. Der Begriff „Sozialarbeitswissenschaft“ hat Konjunktur, kein Zweifel. Was aber steht dahinter?

(2) Begründungen

Eine eigenständige Sozialarbeitswissenschaft wird gebraucht in der Ausbildung, für die Berufspraxis und zur Überwindung der „disziplinären Heimatlosigkeit der Sozialarbeit/Sozialpädagogik“ (Haupert/ Kraimer 1991). Die Berufspraxis benötigt eine verläßliche Selbstkontrolle und theoretisch fundierte Anleitung, die der Komplexität des sozialberuflichen Handlungsfeldes gerecht wird. Für die Ausbildung ist eine adäquate wissenschaftliche Grundlegung und eine integrierende Perspektive für die Beiträge der Nachbardisziplinen erforderlich. Für Profil und Identität der Sozialen Arbeit schließlich ist die Vergewisserung der eigenen, unverwechselbaren Theoriebasis und – nicht nur beiläufig – auch die Selbstrekrutierung der Lehrenden einzufordern. Das disziplintheoretische Verhältnis von Beschäftigungssystem (Sozialarbeit als Beruf), Bildungssystem (Sozialarbeit/ Sozialpädagogik-Studium) und Wissenschaftssystem (Sozialarbeitswissenschaft) (siehe hierzu: Engelke 1992, 11; Pfaffenberger 1993, 196) wäre dabei zumindest auf drei Ebenen genauer zu untersuchen: unter historischem Blickwinkel, in ihrer aktuellen Ausprägung und hinsichtlicher ihrer zukünftigen Entwicklung (siehe Abbildung 1, S. 44).

Die Ausbildung im Sozialwesen erfolgt laut Fachhochschulgesetz „auf wissenschaftlicher Grundlage“. Was dafür notwendig ist, wird bisher aber von einer Vielzahl von Nachbardisziplinen bestimmt: von Psychologie, Soziologie, Pädagogik, Politologie, Medizin, Theologie. Gewiß, es gibt auch „Lehrende SozialarbeiterInnen“. Aber sie sind bezeichnenderweise als „sonstige Lehrkräfte“ oder „Lehrer für besondere Aufgaben“ zweit- und drittklassig eingestuft und begleiten die Ausbildung eher, als daß sie ihr Zentrum besetzen. Zu Recht ist deshalb von Fremdbestimmung und Kolonialisierung gesprochen worden. Kämpferisch-ironisch brachte es Silvia Staub-Bernasconi (1993) zum Ausdruck: Ob Sozialarbeit zu einfach oder zu komplex sei, um selbst theorie- und wissenschaftswürdig zu sein?

Nun kennen wir zahlreiche Theoriebeiträge, die auf diese Diagnose antworten. Aber sie stehen ziemlich unverbunden nebeneinander und sind nicht in einem Wissenschaftsraum versammelt, in dem sich ihre Argumente austragen, aufbewahren und immer wieder aufgreifen ließen. Mangels eines solchen Forums bleiben viele Problemstellungen im Berufsfeld unaufgearbeitet. Sammlung und Selbstverständigung wäre auch angebracht, um sich „gegen die anhaltenden Ermächtigungsversuche durch andere Wissenschaften zur Wehr zu setzen“ (Oppl 1992, 97). Der kolonialisierende Zugriff und die Okkupationsversuche (Lukas 1979) sind außerdem Ursache für typische Mißverständnisse, z.B. in der pädagogischen Reduktion der Sozialen Arbeit auf Erziehung, in der soziologischen Verortung von Sozialer Arbeit in Gesellschaftsgestaltung oder als Kontrollinstanz, im ökonomischen Mißverständnis, Soziale Arbeit verabfolge im wesentlichen materiel-

Abbildung 1: Sozialarbeit als Praxis, Studium und Wissenschaft

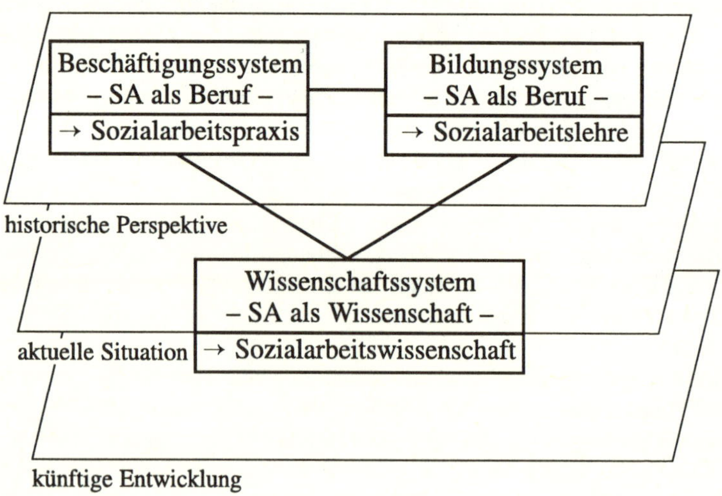

le Hilfe. Deshalb ist im Interesse der Profilierung und der Disziplinwerdung auch eine Lösung von der Erziehungswissenschaft nötig: Soziale Arbeit enthält zwar Pädagogik, aber eben nicht nur. Aufschlußreich dazu die Kontroverse zwischen Franz-Michael Konrad und Wolf Rainer Wendt in der Zeitschrift „Soziale Arbeit" – mit der bemerkenswerten Replik Wendts unter dem Titel „Mit Pädagogenansprüchen auf soziale Arbeit ist es nicht weit her" (Wendt 1993).
Wichtige Argumente für die Notwendigkeit einer Sozialarbeitswissenschaft sind mit den Begriffen „Identität", „Professionalität", „Expertensystem" und „Entwicklungslogik" genannt. Sie können hier nicht im Detail erläutert werden, aber ihr Sinn ist leicht verständlich: Oft scheitert die Suche nach beruflicher Identität schon an der ungeklärten Profession, der Widersprüchlichkeit ihres Auftrags (Hilfeorientierung versus Kontrolle) und dem unsicheren Status. Der Sozialen Arbeit wird viel zugemutet und wenig zugestanden. Ihre eigene Theorieschwäche trägt zu dieser fehlenden Theorie bei. Auch die Sprachlosigkeit vieler SozialarbeiterInnen, wenn sie ihr Handeln erläutern sollen, ist Ausdruck dieses Problems. Verständlich daher, daß in wissenschaftlicher Hinsicht vorrangig nach theoretischer Fundierung der Praxis, nach einer überzeugenden Berufstheorie oder „Sozialarbeitslehre" verlangt wird (Egan 1990; Lüssi 1991). Die Forderung nach fachlicher Autonomie und voller wissenschaftlicher Emanzipation des Faches wird dagegen mit der Notwendigkeit wissenschaftlicher Forschung im Feld und mit einer durch Forschung abgestützten Lehre begründet (Zacher 1992, 181).
Bereits erwähnt habe ich das Handicap der Ausbildung, daß Soziale Arbeit überwiegend von berufs- und fachfremden LehrerInnen/DozentInnen vertreten wird. Kommt hinzu, daß in der Praxis viele Vorgesetzte einen anderen beruflichen Hintergrund haben. Anerkannte Professionen zeichnen sich jedoch dadurch aus, daß sie in erster Linie von VertreterInnen der eigenen Profession ausgebildet und angeleitet werden. Professionelle Autonomie und professionelle Identität setzen nach Hans Pfaffenberger (1993, 202) „die Deckungsgleichheit von Profession, wissenschaftlicher Disziplin und Studiengang voraus ..., da nur durch eine eigenständige, der Profession kongruente wissenschaftliche Disziplin das Ausgeliefertsein an andere Disziplinen überwindbar ist." Auch das im Sozialwesen vielzitierte Theorie-Praxis-Problem (Mühlum 1986; Dewe u.a. 1993) kann erst zur Theorie-Praxis-Chance werden, wenn diese Wechselbeziehung in einer eigenen Wissenschaft der Sozialen Arbeit fruchtbar gemacht wird.
Darin ließe sich die vorherrschende Vielfalt der Fächer überwinden, – von Fächern, die der angehenden Sozialarbeiterin den inferioren Sta-

tus als Minisoziologin, Minipädagogin, Minipsychologin vermitteln; von Fächern, deren VertreterInnen in der Lehre ungeniert ihrer eigenen disziplinären Systematik folgen und von Fächern, die meist unverbunden nebeneinander stehen und nur sehr bedingt auf die Lebenswelt der KlientInnen bezogen sind und wenig auf den sozialberuflichen Alltag vorbereiten. Die Folge ist bisher eine im doppelten Wortsinne disziplin-lose Ausbildung. Sie neigt zur Überfrachtung des Studiums und führt zur Überforderung der Studierenden, auch zu ihrer Theoriemüdigkeit. Sie greifen dann – das zeigt sich in Fallseminaren, beim Examen und später in der Praxis vielfach wieder auf Alltagstheorien zurück. Die fehlende Hinordnung der unterschiedlichen Disziplinbeiträge auf genuine Perspektiven der Sozialen Arbeit entspricht einem Puzzle, dem nicht bloß das gemeinsame Bild fehlt, sondern dessen Teile verschiedenen Spielkästen entnommen sind, so daß sie weder im Inhalt noch in der Form zueinander passen. Bezeichnenderweise verweigern viele FachhochschullehrerInnen selbst das Zusammenspiel, sind nicht zu einer Integrationsleistung bereit, die sie aber von den Studierenden täglich erwarten. Das ist ausbildungs- und berufspolitisch ein Skandal, weil die Studierenden in entscheidenden Fragen alleinegelassen werden, weil sie ratlos bleiben, sich mit Rezepten bescheiden oder auch Theorie überstrapazieren – wie in jener Schulklasse, in der gefragt wurde, weshalb der Riese Polyphem mit seinem Felsbrocken das Schiff des Odysseus wohl verfehlt habe? Der Lehrer griff zu einer naturwissenschaftlichen Erklärung und erläuterte, daß zum räumlichen Sehen zwei Augen erforderlich sind und daß daher Polyphem mit seinem Zyklopenauge die Entfernung nicht richtig habe abschätzen können. Daraufhin meldet sich ein aufmüpfiger Schüler mit dem Hinweis, daß Odysseus ihm dieses Auge doch ausgebrannt habe. Darauf der irritierte Lehrer: „Ja, das kommt noch hinzu!“.
Nach allem ist die Sozialarbeitswissenschaft für die Entwicklung, Anwendung und insbesondere die Fokussierung theoretischer Erkenntnisse für soziale Arbeit unverzichtbar.

(3) Theorie und Praxis

Die Diskussion des Verhältnisses von Theorie und Praxis der Sozialen Arbeit ist fast so alt wie der Beruf, gewann aber mit der Etablierung der Ausbildung von SozialarbeiterInnen/SozialpädagogInnen an Fachhochschulen zu Beginn der siebziger Jahre neue Brisanz. Auf dem Weg zur Wissenschaftlichkeit ist daher eine Problemskizze dieses Dauerthemas notwendig, und zwar um so mehr, als von Ignoranz, Theoriemüdigkeit, ja Feindlichkeit der Praxis gegenüber der Theorie gesprochen und die Irrelevanz der Theorie für die Praxis beklagt wird.

Die Dichotomie von Reflexion und Handeln reicht offenbar tief und erschwert auch die Klärung des Verhältnisses von wissenschaftlichem, professionellem und alltäglichem Wissen. Das Konzept des wissenschaftlich ausgebildeten Praktikers bewirkt unter Umständen gerade jene Spaltung von Theorie und Praxis, zu deren Überwindung es konzipiert wurde (Dewe u.a. 1993, 49). Die Bearbeitung des „Theorie-Praxis-Syndroms“ ist daher unaufschiebbar. Es soll im folgenden mit Rückgriff auf frühere Überlegungen (Mühlum 1986) versucht werden.
Ein Praktiker ist offenbar jemand, der aktiv ist und der handelt (griechisch: prắttein = tun, verrichten, vollbringen). Der Theoretiker dagegen denkt, plant und, kombiniert. Auch wenn der Theoretiker nun denkt, ohne zu handeln, so wollen wir gleichwohl nicht hoffen, daß der Praktiker handelt, ohne zu denken: eine Antithese, die sich deshalb aufdrängt, weil Theorie und Praxis meist als Komplementärbegriffe auftreten. Theorie (griechisch: théa – das Angeschaute, horáein – sehen) kommt dann schnell in ein schiefes Licht (Mephisto: „Grau, mein Freund, ist alle Theorie“) und erinnert an Lehnstuhlwissenschaftler, die den Alltag als Spektakel erleben. Umgekehrt ist die verbreitete Geringschätzung des Theoretikers bei „Praktikern“ bekannt.
Von Thales aus Milet, dem Begründer der griechischen Philosophie, erzählt Platon: „Als Thales die Sterne beobachtete und nach oben blickte und als er dabei in einen Brunnen fiel, soll eine witzige und geistreiche thrakische Magd ihn verspottet haben, er wolle wissen, was am Himmel sei, aber es bleibe ihm verborgen, was vor ihm und zu seinen Füßen liege.“ (zit. nach Weischedel 1984, 13 f.)
Ist dies das Los aller Theorie? Trifft es auch für unsere Bemühungen um Sozialarbeitswissenschaft zu? Daß wir über die Fallstricke des Alltags stolpern oder, wie Platon die Geschichte deutet, aus Unerfahrenheit in Brunnen und jegliche Verlegenheit fallen? Das mag sein. Doch dann kommt für Platon das Entscheidende: Was aber der Mensch ist und was Gerechtigkeit und Tugend, danach sucht der Philosoph und dafür wird er dringend gebraucht. Ersetzen wir Philosoph durch Theoretiker, so wird nun klarer, was erwartet wird: Fragen zu beantworten, die den Praktiker bedrängen. Dazu einige Thesen:

(1) Das Verhältnis von Theorie und Praxis der Sozialen Arbeit ist spannungsreich. Es wird vielfach als gestört bezeichnet, zumindest jedoch als nicht ausbalanciert. Fachhochschulen sollten deshalb ihre besondere Nähe zur professionellen Praxis konsequenter nutzen (Austauschkriterium).
(2) Theorie und Praxis sind notwendig aufeinander bezogen, d.h. Theoriebildung in und für Soziale Arbeit sollte an „praktischen“ Pro-

blemen orientiert sein (Relevanzkriterium), praktische Soziale Arbeit an theoretischen Konzepten (Rationalitätskriterium).
(3) Zur Vermeidung einer technokratischen Verengung des Theorie-Praxis-Bezugs im Sinne der Nützlichkeit (Effizienzkriterium) ist der Erkenntnisbereich auszuweiten. Vorgeschlagen wird ein Bezugsrahmen von Wissenschaft, Wertfragen und Gesellschaft.
(4) Theorielieferanten für Soziale Arbeit waren bisher zu einem wesentlichen Teil die sozialwissenschaftlichen Basisdisziplinen. Sie beeinflussen entsprechend auch die Entwicklung der Profession. Vor der Dominanz einer Disziplin ist deshalb zu warnen.
(5) Daneben gibt es seit Beginn der Verberuflichung eigene Theorieansätze, die als „Praxistheorien" der sozialberuflichen Wirklichkeit näher sind und den Theorie-Praxis-Bezug „partnerschaftlicher" gestalten. Sie können Elemente der künftigen Wissenschaftsentwicklung bleiben.
(6) Soziale Arbeit braucht zur Integration der vorliegenden Theorien und zur Profilierung ihrer Praxis (Professionalitäskriterium) eine eigene Zentraltheorie oder Leitwissenschaft, die sich vor allem durch ihren genuin sozialarbeiterischen Focus auszuzeichnen hätte.

Theorie und Praxis bilden im übrigen eine untrennbare dialektische Einheit, da Praxis Grundlage aller Theorie, „Sinn" der Theorie und Wahrheitskriterium zur Überprüfung von Theorie ist. Umgekehrt wird Praxis als reflektiertes Handeln durch Theorie geprägt, als professionelles Handeln durch sie sogar konstituiert, wobei unter „Theorie" ein System von Begriffen und Aussagen verstanden wird, das die Erkenntnisse über einen Bereich von Sachverhalten ordnen, Tatbestände erklären und vorhersagen soll. Das Theorie-Praxis-Dilemma kann deshalb nicht einfach nur fortgeschrieben, sondern müßte überwunden werden, zumindest aber auf eine neue Stufe der Synthese gelangen – eine Zielsetzung, die am ehesten in der hier geforderten Sozialarbeitswissenschaft gelingen könnte.

2. Versuch einer Standortbestimmung der Sozialarbeitswissenschaft

(1) Wissenschaftlichkeit

Unter dem Begriff „Wissenschaft" kann sowohl eine Institution zur Organisation von Erkenntnisprozessen als auch ein Aussagensystem von begründbaren und überprüfbaren Erkenntnissen verstanden werden.

(1) Zunächst *zum institutionellen Aspekt*: Die minimale Ausstattung der Fachhochschulen und das hohe Lehrdeputat bedeuten faktisch eine Monopolisierung des Wissenschaftsbetriebs an Universitäten. Das ist eine der Hürden auf dem Weg unserer Wissenschaft. Zur Erinnerung: Fachhochschullehrer haben eine Deputatsverpflichtung von 18 Wochenstunden (im Vergleich zu Universitätsprofessoren mit 8 und Gymnasiallehrern mit 23 Stunden). Vielleicht gibt es zu denken, daß sich damit auf der Ebene der Theorie die Randständigkeit und Benachteiligung wiederholt, die im sozialberuflichen Alltag erlebt wird, der seinerseits ein Reflex der Deprivation der sozialen Klientel zu sein scheint. Vielleicht muß ja eine Zunft, die vom Leid ihrer Mitmenschen lebt, auf irgendeine Weise mitleiden. Aber man muß sich entscheiden, ob man resigniert oder ob man offensiv wird. Der erfolgversprechendste Weg an Fachhochschulen ist hier – auch mit Blick auf die Berufspraxis – gewiß die Sozialarbeitsforschung, die längst auf eine Vielzahl ergiebiger Untersuchungen verweisen kann (siehe z.B. Salustowicz u.a. 1992). Dennoch, oder gerade deshalb, darf die Soziale Arbeit nicht auf die „höheren akademischen Weihen“ verzichten. Angesichts der wachsenden Probleme in Wohlstandsgesellschaften und der damit einhergehenden Ausweitung Sozialer Arbeit ist die Etablierung einer unabhängigen Sozialarbeitswissenschaft überfällig. Selbst VertreterInnen der universitären Sozialpädagogik beklagen deren Randständigkeit innerhalb der Erziehungswissenschaft (so Thiersch 1990 mit der Metapher „Aschenputtel und ihre Schwestern“). Was läge also näher als die Zusammenarbeit in einer „Koalition des Sozialen“, um die Bedeutung und Durchsetzungsfähigkeit sozialer Anliegen im akademischen und im gesellschaftlichen Raum zu erhöhen? Um Mißverständnissen vorzubeugen, sei ausdrücklich betont, daß *nicht gegen* die wissenschaftliche Sozialpädagogik, sondern *für* eine eigenständige Sozialarbeitswissenschaft argumentiert wird, die jene Anliegen und die der Profession vertritt.
(2) Zur *Wissenschaft als Aussagensystem*: Dieses konstituiert sich durch einen unverwechselbaren Untersuchungsgegenstand (Erkenntnisobjekt), durch Kategorien der Wirklichkeitserfassung (Begriffe) und durch Verfahren zur Erkenntnisgewinnung (Methoden). Wissenschaftliches Wissen unterscheidet sich vom Alltagswissen im wesentlichen durch die methodische Vorgehensweise, durch das Bemühen um Systematisierung von Erkenntnissen und durch die Überprüfbarkeit von Aussagen bzw. Ergebnissen. Für die Theoriebildung entscheidend ist die „Methode“ (griech. methodein – entlanggehen eines Weges), also die Art und Weise, zur Erkenntnis zu gelangen. Regelmäßig sind dafür folgende Schritte erforderlich:

Ein Vorverständnis, vorhandenes Wissen (1), wird auf ein Problem (-feld) angewandt (2), um aufgrund des erkenntnisleitenden Interesses (3) Fragen zu formulieren (4). Die vorläufige Antwort darauf heißt Hypothese (5), die wiederum zu überprüfen ist (6). Sofern sie sachlogisch mit anderen (geprüften) Hypothesen und Erkenntnissen verknüpft werden kann, handelt es sich um eine Theorie (7). Wissenschaft sammelt also Tatsachen (Daten), verarbeitet sie zur Formulierung von Zusammenhängen und organisiert diese zu Systemen – unter Anwendung anerkannter methodischer Regeln. Das Ziel wissenschaftlichen Bemühens ist die Beschreibung (Deskription), der Vergleich (Komparation), die Erklärung (Explikation) und – mit Einschränkungen – die Vorhersage (Prognose) von Sachverhalten.
Im Unterschied zu kausalen Erklärungsmodellen der Naturwissenschaften suchen die Sozialwissenschaften nicht nur empirische Sachverhalte, sondern auch den Sinngehalt sozialer Konstellationen und sozialen Handelns zu erfassen und deutend zu verstehen. Statt „eindimensionaler" Ursache-Wirkungs-Zusammenhänge dominieren hier multifaktorielle Zusammenhänge, Wirkungsketten, Kreisprozesse. Dennoch gibt es Grundregeln allen wissenschaftlichen Denkens (Theimer 1985, 9f.); muß Wissenschaft

(a) sich auf ausreichendes Tatsachenmaterial gründen; Wissenschaftliche Aussagen müssen an beobachtbaren Tatsachen nachprüfbar sein;
(b) um Sachlichkeit und Objektivität bemüht sein;
(c) zwischen Tatsachen und ihrer Deutung oder Erklärung unterscheiden; erst die Deutung führt zur Bildung von Theorien und Systemen;
(d) sich von der Spekulation, von Ideologie und Glaube unterscheiden, d.h. wiederum prüfbar und rational begründbar sein;
(e) auf der Logik beruhen; d.h. Aussagen müssen logisch miteinander verknüpft sein und dürfen sich nicht widersprechen;
(f) undogmatisch sein, d.h. bereit sein, Auffassungen zu revidieren und neue Erkenntnisse zuzulassen, sich jederzeit der Kritik stellen.

Im Wege der wissenschaftlichen Arbeitsteilung bildeten sich im geschichtlichen Ablauf immer dann neue Disziplinen heraus, wenn ein Problembereich oder Untersuchungsgegenstand neu und bedeutam genug erschien, um sich damit zu beschäftigen, und wenn die dafür erforderlichen Ressourcen erhältlich waren. Gewiß ließe sich trefflich streiten, warum Soziale Arbeit sich so schwer damit tut, während – fast über Nacht – für Anliegen z.B. der Gesundheit und Pflege sich Gesundheits- und Pflegewissenschaften etablieren lassen. Trotz der gesellschaftlichen Differenzierung und Komplizierung von Lebensverhältnissen und der damit einhergehenden Ausweitung Sozialer Arbeit zwischen 1970 und 1990 mit der höchsten Zuwachsrate der Berufe – und bei aller Erwartung an ihre Problemlösungskompetenz ist Soziale Arbeit unbequem und bedrohend-bedroht geblieben, vermutlich wegen ihrer Sorge um das Soziale, worin eine Vorwarnfunktion, aber auch eine Skandalisierungs- und Veränderungsfunktion für die Gesellschaft eingeschlossen ist. Soziale Arbeit als „soziales Gewissen“ ist zwangsläufig unbequem. Sie bekommt es mit individuellen und gesellschaftlichen Verdrängungsmechanismen zu tun und ist deshalb selber von Entwertung und Abwehr bedroht. Dies färbt auch auf den Wissenschaftsanspruch ab. Aber von der Gegenwehr unbeirrt, greife ich den Anspruch auf und fordere die wissenschaftliche Arbeitsteilung jetzt.

(2) Der gesellschaftliche Standort

Funktional betrachtet leistete Soziale Arbeit seit der Armenpflege Ersatz für schwindende familiale Sicherungsleistungen. Daraus resultiert ihre Affinität zum sozialen Sicherungssystem und zur Sozialpolitik. Anders ausgedrückt: Soziale Arbeit hat sich entwickelt, weil durch die Ausdifferenzierung der modernen Gesellschaft das Gelingen „normaler“ Lebensentwürfe für viele Menschen schwieriger wird, zugleich aber die Gesellschaft vermutlich stärker als je zuvor von diesem Gelingen abhängig ist. Wenn es zutrifft, daß gesellschaftlicher Fortschritt und funktionale Differenzierung steigende Anpassungsleistungen der Gesellschaftsmitglieder erfordern, wächst auch das Risiko der Fehlanpassung, sozialer Abweichung und der Anpassungsverweigerung. Außerdem steigt mit dem Differenzierungsgrad das Niveau der (materiellen und sozialen) Ausstattung zur Bedürfnisbefriedigung von Individuen und zur sozialen Befriedung der Gesellschaft. Damit wächst wiederum das Risiko der Fehlausstattung (sozialen Ungleichheit und Deprivation). Dementsprechend war die Funktion der Sozialen Arbeit stets ambivalent: Hilfe und Kontrolle, am Individuum und an der Gesellschat orientiert, integrierend und segregierend. Zu den „Ausstattungsproblemen“ treten nach Silvia Staub-Bernasconi (1989, 135 f.) noch Austauschprobleme (in horizontaler Interaktion) und Machtproblme (in vertikaler Interaktion) und Sinnprobleme hinzu.
Der gesellschaftliche Standort der Sozialen Arbeit liegt deshalb zwischen den großen Funktionsbereichen des sozialen Sicherungssystems, des Gesundheitssystems, des Erziehungssystems und des (rechtlichen) Sanktionssystems (siehe Abbildung 2, S. 52). Er ist damit

auf die Politikbereiche „Sozialpolitik", „Gesundheitspolitik", „Bildungspolitik" und „Rechtspolitik" verwiesen. Überwölbt werden diese Bereiche vom Gesellschaftssystem, dem kulturellen System, dem Wirtschaftssystem sowie von Natur und Umwelt, also dem ökologischen System.

Soziale Arbeit kann als ein intermediäres Aufgabenfeld an der Schnittfläche der genannten Funktionsbereiche begriffen werden, die sich in den Handlungsfeldern „Sozialhilfe und Altenhilfe", „Gesundheitshilfe und Rehabilitation", „Jugendhilfe und Familienhilfe", „Straffälligenhilfe und Resozialisation" ausdifferenzieren. Da Soziale Arbeit Teilfunktionen aus allen vier Bereichen übernimmt, läßt sich auch von

Abbildung 2: Standort der Sozialarbeit

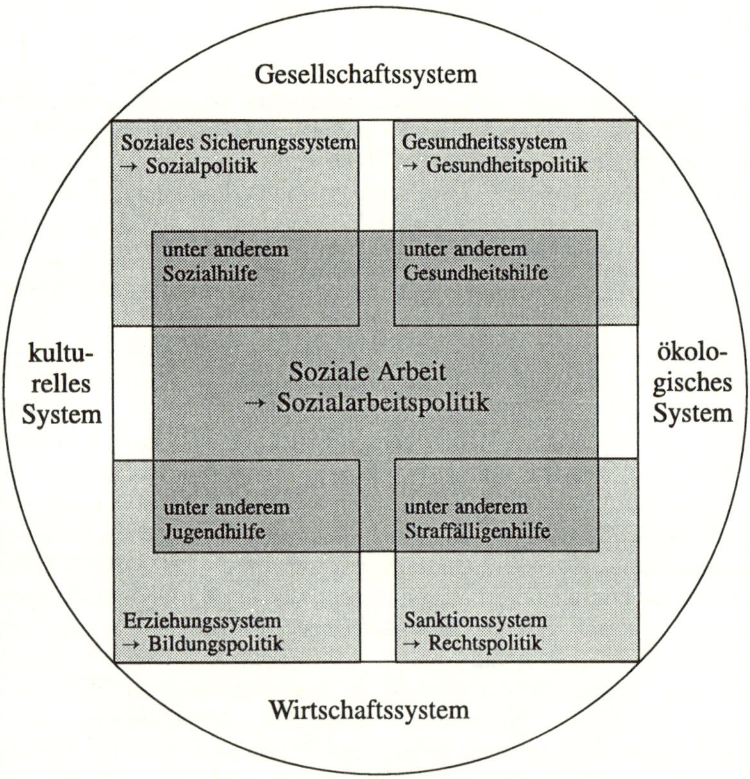

einer *Querschnittsaufgabe* sprechen. Schon dies erklärt, weshalb eine Zentraltheorie nicht einfach der Erziehungswissenschaft zugeordnet werden kann, und zwar um so weniger, als die „Pädagogisierung" Sozialer Arbeit im Abnehmen begriffen ist und sogar von Erziehungswissenschaftlern eher eine „Sozialpolitisierung" der Sozialen Arbeit konstatiert wird: „Sozialpolitik statt Sozialisation" bestimme die Funktionslogik des sozialen Sektors. Diese Sozialpolitisierung fordert aber auch eine andere Professionalität, die sich weniger auf das pädagogisch-therapeutische Setting, mehr auf die Gestaltung sozialer Räume und Infrastrukturen richte (Münchmeier 1992, 42), was recht gut die Perspektive „person-in-environment" des social work aufgreift. Die verlangte Herstellung „sozialräumlicher Gelegenheitsstrukturen" macht eine Verbindung von Sozialerziehung und Sozialpolitik notwendig, die ohne eine Aktivierung und Kooperationsbereitschaft der jeweiligen Zielgruppen nicht gelingen kann.

(3) Der wissenschaftliche Standort

Wenn wir Sozialarbeitswissenschaft zwischen vorhandenen Fachgebieten verorten, dann zwischen Sozialpolitikwissenschaft, Gesundheitswissenschaft, Erziehungswissenschaft und Rechtswissenschaft. Gewissermaßen überwölbende Wissenschaftsbereiche wären solche der Anthropologie, der Philosophie und Ethik, der Politologie, Soziologie und Sozialpsychologie, der Ökonomie und Ökologie. Die inhaltliche Nähe, ja Überschneidung einer Sozialarbeitswissenschaft mit den unmittelbaren Nachbardisziplinen ist offenkundig. Allerdings fehlt noch immer eine Verständigung darüber, ob die neue Disziplin den Status einer vollgültigen Einzelwissenschaft erreicht oder sich eher als Querschnittswissenschaft profilieren sollte. Derzeit sehe ich mit Hans Pfaffenberger (1993) Entwicklungsschritte von einer „Residualwissenschaft" zur transdisziplinären oder multidisziplinären Disziplin (analog zu anderen Handlungswissenschaften wie z.B. der Verwaltungswissenschaft).
Eine Allgemeine Sozialarbeitswissenschaft als selbständige Disziplin wäre jedenfalls im Zuge der wissenschaftlichen Arbeitsteilung als neue Sozialwissenschaft, genauer: als Verhaltenswissenschaft zu verstehen, da sie menschliches Verhalten, Problembewältigung und soziale Integration zum Gegenstand hat und da dies Teil der gesellschaftlichen Praxis ist. Aufgrund der theoretischen und sozialberuflichen Anforderungen wird sie folgende Kriterien erfüllen und unterschiedliche *Wissenschaftsansprüche* verknüpfen müssen. Sie soll sein

(a) *empirische Wissenschaft*: als Erfahrungswissenschaft oder Wirklichkeitswissenschaft Erkenntnisprozesse organisieren und zur Analyse der Realität beitragen;
(b) *angewandte Wissenschaft*: als anwendungsbezogene Wissenschaft handlungsleitende Erkenntnisse für die sozialberufliche Praxis zur Verfügung stellen;
(c) *kritische Wissenschaft*: als kritisch-reflexive Wissenschaft Problemstrukturen und Bewältigungsprozesse analysieren, deutend verstehen und kritisch würdigen;
(d) *normative Wissenschaft*: als wertbezogene und zielbewußte Wissenschaft Bemühungen um individuell und sozial befriedigende Lebensweisen unterstützen;
(e) *Interventionswissenschaft*: als Handlungswissenschaft zum Eingreifen bei Gefährdungen und zum Sich-Einmischen in prekäre Lebensverhältnisse befähigen.

Ein besonderer Anspruch liegt darin, daß die Sozialarbeitswissenschaft in ihrer Sichtweise zugleich ganzheitlich (holistisch), personorientiert und problemorientiert sein soll, was im systemisch-prozessualen (Staub-Bernasconi 1991) und im ökosozialen Paradigma (Wendt 1990) zum Ausdruck kommt. Es läßt sich auch mit einem ökologisch-systemischen Grundverständnis verbinden. Sozialarbeitswissenschaft bezieht Wertvorstellungen und Veränderungsabsichten ein, ist also notwendigerweise normative Wissenschaft und in ihrer Anwendung „Interventionswissenschaft“. Das widerspricht nicht einer kritisch-emanzipatorischen Absicht, solange Wertsetzungen, Machtverhältnisse und Entscheidungsprozesse offengelegt und selbst zum Gegenstand der Untersuchung werden. Präskriptive Aussagen (Wertsetzungen) sind für eine handlungsleitende Wissenschaft unerläßlich, die von Zielen, Beeinflussungsstrategien und sozialen Veränderungsprozessen handelt. Eine sachlogische Verbindung mit Wertfragen (Ethik) und Arbeitsformen (Methodik) ist gegeben, ebenso wie die Querverbindung zur Philosophie (Papenkort/Rath 1994), wenn als übergreifendes Ziel gilt, einen sinnvollen, selbstbestimmten Alltag zu ermöglichen und zu einem gelingenden Leben beizutragen.

(4) Raum-, Zeit- und Problemstruktur

Sozialarbeitswissenschaft bewegt sich auf mehreren Ebenen, wenn sie sich ihres Gegenstandes annimmt. Sie aggregiert ihre Untersuchungsbereiche, die Zeitstruktur der Problementwicklung und ihrer Bearbeitung unterschiedlich.

(1) Ein *sozialer Raum* läßt sich untersuchen

(a) in mikrosozialer Hinsicht, also bezogen auf Person und Interaktion,
(b) in mesosozialer Hinsicht, bezogen auf Gruppen und Institutionen im Gemeinwesen, und
(c) in makrosozialer Hinsicht, bezogen auf Öffentlichkeit, Politik, gesellschaftlichen Wandel.

Die unterschiedlichen Handlungs- und Forschungsebenen können am Beispiel des social work von Jane Addams veranschaulicht werden:

> „– Auf dem individuellen und familiären Niveau befaßte sie sich mit Immigranten, Arbeitslosen, Prostituierten, politischen Flüchtlingen, Alleinerziehenden.
> – Auf der Gruppenebene gründete oder ermöglichte sie verschiedenste Klubs, Kinder-, Jugend-, Arbeitslosen-, Arbeiterclubs, Frauengruppen ...
> – Auf der lokalen Gemeinwesenebene sorgte sie für den Bau von öffentlichen Bädern, die Organisation von Müllabfuhr und lokalen Gesundheitsdiensten, die Gründung einer Genossenschaft für die Verteilung von Kohle im Slumgebiet ...
> – Auf der organisationellen Ebene beteiligte sie sich an der Gründung von Gewerkschaften, insbesondere Frauengewerkschaften. Hull House war zugleich ein wichtiger Treffpunkt für Arbeitslose, für Streikende ...
> – Auf der internationalen Ebene – als größtes ‚territoriales Gemeinwesen' – bemühte sie sich um ein internationales Abkommen für den Umgang mit gefährlichen Abfällen, um Aufklärung ... über den Zusammenhang zwischen wirtschaftlicher Expansion, Diktatur, Krieg, Hunger und Gewalt." (Staub-Bernasconi 1989, 129f.)

Angesichts der unterschiedlichen Ausdehnung dieser Räume, die durchaus auch das Spektrum heutiger Sozialer Arbeit ausmachen, wird sich die Wissenschaft nicht auf Interaktion und kleinräumige Analysen beschränken können – und damit eben auch nicht auf eine rein pädagogische Perspektive. Sozialraumorientierung heißt immer auch, organisatorische, strukturelle, politische Aufgaben als originären Teil Sozialer Arbeit anzuerkennen.

(2) In der *Zeitdimension* ist zu unterscheiden zwischen

(a) Prävention, bezogen auf Problemverursachung bei potentiellen Klienten,
(b) Intervention, als sozialberufliches Tätigwerden bei akuten Problemen,
(c) Rehabilitation/Resozialisierung, als sozialberufliche Strategien bei längerfristigen Problemen,

(d) Begleitung/Versorgung, als sozialberufliche Unterstützung bei dauerhaften Problemen.

Die zeitliche Erstreckung Sozialer Arbeit ist wissenschaftlich bedeutsam, da in dieser Dimension die Problemstrukturen und die Handlungsanforderungen differieren. Dem sozialberuflichen Auftrag entsprechend wäre die Bewältigungsforschung voranzubringen, und bei der Problemgenese und in der Problembehandlung ist Biographieforschung angebracht (am Beispiel der Rehabilitation siehe: Mühlum/Oppl 1992).

Sozialarbeitswissenschaft muß sich als Handlungswissenschaft mit Strategien der Problemvorbeugung, Problemerkennung, Problembearbeitung und „Problembegleitung" beschäftigen. In ihrer „transdisziplinären" Leistung berücksichtigt sie soziologisch analysierte Strukturen, sozialpolitische Vorgaben und sozioökonomische Zusammenhänge und deutet individuelles Verhalten und soziales Handeln in diesem Rahmen. Gemäß ihrem doppelten Focus zielt Soziale Arbeit sowohl auf die Bearbeitung psychosozialer Probleme als auch auf die soziale Ausstattung und Entwicklung der ökosozialen Lebenswelt ihrer Adressaten. In beiden „Brennpunkten" kann sie vorbeugend, problembearbeitend oder planend tätig sein. Bezogen auf Individuen wird sie in erster Linie bestrebt sein, das soziale Verhalten z.B. mittels Sozialerziehung, in Beratung und Therapie zu beeinflussen, dabei auf „Empowerment" setzend, also die Selbstverfügung des Individuums stärkend. Bezogen auf das Umfeld handelt es sich um die Gestaltung sozialer Verhältnisse, z.B. mittels Sozialadministration, Management, Stadtteilarbeit, wobei unterschiedliche Planungstechniken auf die Aktivierung und Verknüpfung von Ressourcen zielen. Beide Interventionsbereiche sind bisher am klarsten im Case Management begriffen (siehe Abbildung 3).

Soweit sich Sozialarbeitswissenschaft an den Anforderungen der Praxis orientiert – und zu einem wesentlichen Teil sollte das der Fall sein –, stellt sich erneut die Frage nach dem Berufsverständnis und den Alltagsproblemen in der Variationsbreite Sozialer Arbeit und wie sie sich in dieser Breite und diesem Verständnis wissenschaftlich aufbereiten lassen.

(5) Zwischenbilanz

Mit den bisherigen Ausführungen sollte deutlich geworden sein, daß

(a) die etablierten Disziplinen die Anforderungen an eine wissenschaftliche Begründung der Sozialen Arbeit nicht erfüllen;

(b) neue, eigene Untersuchungen, Erklärungen, Paradigmen für soziale Probleme und Lebensbewältigung unter erschwerten Bedingungen notwendig sind;
(c) bei der angemessenen Problemerfassung, Deutung und Bearbeitung bereits vorliegende sozialwissenschaftliche Theorien helfen, aber auf Soziale Arbeit focussiert werden müssen;
(d) dazu eine eigene Wissenschaftsdisziplin notwendig ist und sich entwickelt;
(e) Erkenntnisgewinnung und Forschungsmethoden der Sozialarbeitswissenschaft dem heutigen sozialwissenschaftlichen Standard entsprechen müssen.
Die Sozialarbeitswissenschaft bedient sich der Erkenntnisse und Methoden ihrer Nachbardisziplinen und wendet sie kritisch-konstruktiv auf ihr spezifisches Erkenntnisobjekt an. Bei der Komplexität sozialen Lebens und angesichts der Vielfalt sozialer Schwierigkeiten widmen

Abbildung 3: Perspektiven und Problemstrukturen

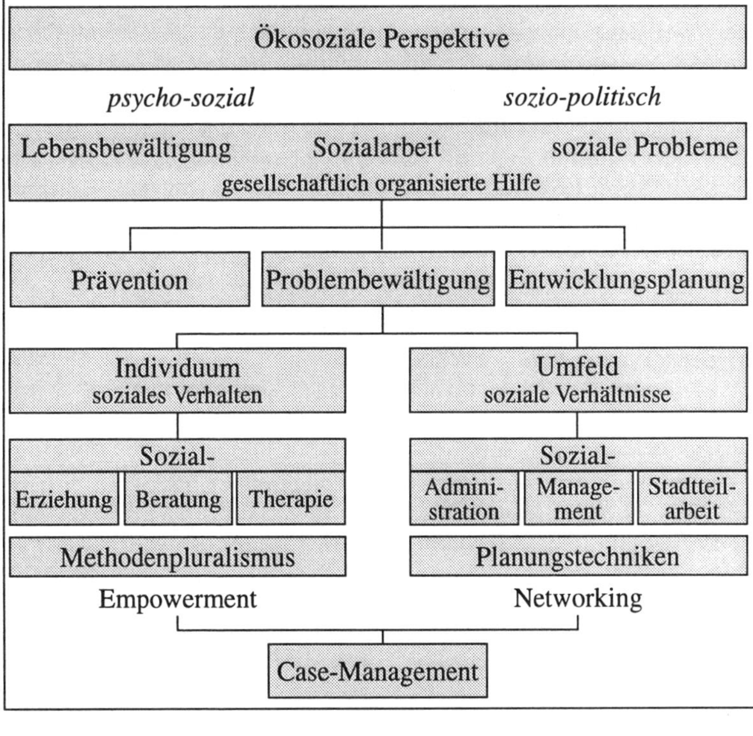

sich Praxisforschung und Theorieentwicklung unterschiedlichen Ausschnitten der Wirklichkeit: problemorientiert, methodenorientiert, personenbezogen und umweltbezogen.
Als Interventionswissenschaft wird Sozialarbeitswissenschaft unter anderem der Spannung des doppelten Mandats (Klient versus Auftraggeber/Anstellungsträger) und der Doppelverpflichtung des Berufes (Einwirkung auf Sozialverhalten und auf Sozialverhältnisse) Rechnung tragen müssen. Ihre eigenständige Leistung sehe ich dabei insbesondere in der Verknüpfung von Person und Umwelt, wie sie etwa in Konzepten des „life model“, von Case Management, Empowerment, task-centred social work versucht und im ökosozialen Paradigma von Wolf Rainer Wendt zusammengeführt wurde (Wendt 1982; Mühlum u.a. 1986; Wendt 1990).

3. Das Wissenschaftsprogramm einer Sozialwissenschaft

Das in der akademischen Diskussion nach wie vor ungelöste Problem des Verhältnisses von Sozialarbeit und Sozialpädagogik irritiert nicht nur in der Berufspraxis, sondern erschwert auch das Aufstellen eines Wissenschaftsprogramm. Grundsätzlich wäre zunächst eine saubere Trennung von Erziehungswissenschaft und Sozialarbeitswissenschaft angebracht und die Integration von Sozialpädagogik entweder hierhin oder dorthin. Aber die Zuordnung bleibt strittig. Daß aber ein eigenständiger theoretischer und empirischer Zugang zur sozialberuflichen Praxis benötigt wird, ist unstrittig.
Zum *Programm der Sozialarbeitswissenschaft* gehören folgende Aspekte:

(a) Gegenstandsbestimmung – Erkenntnisobjekt,
(b) Kategoriensystem – Fachbegriffe,
(c) Methoden der Erkenntnisgewinnung – Methodologie,
(d) Untersuchungsvorhaben und Forschungsstrategien – Forschungsprogramm,
(e) Integration der vorliegenden Sozialarbeitstheorien/Praxistheorien zu einer Sozialarbeitslehre,
(f) Kooperation mit Nachbardisziplinen – Theorietransfer.

(1) Gegenstandsbestimmung

Die erste Herausforderung stellt die Bestimmung eines eigenen Erkenntnisobjekts dar. Es muß allgemein genug formuliert sein, um das

breite Spektrum der Sozialen Arbeit abzudecken und um schon vorliegende Theorieansätze zu integrieren. Andererseits muß der Gegenstand speziell genug sein, um ihn von dem anderer Sozialwissenschaften abgrenzen zu können. Die soziologische Subsumtion „Sozialarbeit ist das, was Sozialarbeiter tun“ erfüllt diese Anforderungen nicht. Keine Wissenschaft kann auf eine Selbstdefinition verzichten. Da wir auf einen Fortschritt in der wissenschaftlichen Arbeitsteilung hin zur Sozialarbeitswissenschaft setzen, seien zum Vergleich die Gegenstandsbestimmungen der wichtigsten Nachbardisziplinen genannt. Der Gegenstand der Soziologie ist: soziales Handeln; der Erziehungswissenschaft: Bildung und Erziehung; der Psychologie: Erleben und Verhalten; der Sozialpolitikwissenschaft: Lebenslagen.
Ich verzichte darauf, bisherige Versuche zur Gegenstandsbestimmung zu referieren (dazu ausführlich: Engelke 1992). Es handelt sich dabei um Festlegungen auf soziale Probleme und/oder Hilfe, auf dissoziales, defizitäres, auffälliges Verhalten, auf Armut, Benachteiligung, Marginalität, Überforderung, Gefährdung, gestörte Austauschbeziehungen und darauf bezogene gesellschaftlich organisierte Hilfestellungen. Diese Perspektive ist so durchgängig, daß geradezu von einem Mainstream der Sozialen Arbeit gesprochen werden kann. Herkömmlich formuliert: Soziale Arbeit ist Hilfe bei psychosozialen Problemen. Aktueller formuliert: Soziale Arbeit befaßt sich mit *sozialen Problemen und Problembewältigung* (Vorschlag A). Hierher gehört auch die jüngst von Bernhard Haupert formulierte These, Gegenstand der Sozialarbeitswissenschaft sei der *überforderte Mensch*, dem gesellschaftliche Unterstützung zuteil werden muß. Ähnlich versucht Jan Tilmann eine „Annäherung an eine Sozialarbeitswissenschaft“ über das Erkenntnisobjekt des „homo abusus“, also des gebrauchten, verbrauchten, mißbrauchten Menschen. Ich halte beide Zugänge für bedenkenswert, allerdings eher im Sinne anthropologischer Grundannahmen (Menschenbild), weniger als Gegenstandsbestimmung im hier gemeinten Sinne.
Wegen der Vieldeutigkeit des Problembegriffes und zur Vermeidung der Defizitorientierung schlage ich einen modifizierten Zugang vor: Soziale Arbeit unterstützt die Lebensbewältigung von Menschen im Alltag unter erschwerten individuellen (Handicap) oder sozialen Bedingungen (Deprivation). Lebensbewältigung definiere ich als konstruktive Auseinandersetzung mit situativen und sozialen Anforderungen im Hinblick auf ein gelingendes Leben. In einer Erklärung der Deutschen Gesellschaft für Sozialarbeit aus dem Jahr 1993 heißt es: „Gegenstand der Sozialarbeitswissenschaft ist die Theorie und Praxis gelingenden und scheiternden Lebens“. Erkenntnisobjekt der Sozial-

arbeitswissenschaft wäre also: *Lebensbewältigung unter erschwerten Bedingungen* (Vorschlag B).
Beide Vorschläge enthalten sowohl einen individuellen als auch einen sozialen Aspekt, eine personale Anforderung und eine gesellschaftliche Herausforderung. Diese doppelte Perspektive ist konstitutiv für Soziale Arbeit. Dabei kann aber nicht von einer einfachen Kausalbeziehung ausgegangen werden, sondern man muß mit Kreisprozessen rechnen: Sozioökonomische und soziokulturelle Benachteiligungen gefährden z.B. die Entfaltung der Persönlichkeit, ihre sozialen Beziehungen und ihre „Lebenstüchtigkeit". Und umgekehrt: beschädigte Identität und gestörte Beziehungen können unfähig machen zu autonomer Lebensführung und verantwortlichem Handeln, d.h. sie beeinträchtigen das soziale Zusammenleben, die Leistungsfähigkeit und Stabilität der Gesellschaft und zeugen neue Ungerechtigkeiten. Soziale Arbeit ist bemüht, diese Prozesse umzukehren, Benachteiligungen abzubauen und die persönliche Autonomie im Sinne selbstverantwortlichen Handelns zu stärken. Womit einmal mehr die Nahtstelle zwischen Sozialpolitik und personalen Diensten deutlich wird.

(2) Begriffsbildung – Begriffssystem

Man muß Wissenschaft nicht wie in der extremen Variante des Kritischen Rationalismus als bloßes „Sprachspiel" betreiben (wie es in Lutz Rössners „Theorie der Sozialarbeit" [1973, 1977] geschieht), um die Bedeutung der Begriffe für die Strukturierung der Wahrnehmung zu verstehen. Keine Wissenschaft kommt ohne ein eigenes Kategoriensystem aus, in dem präzise definierte Begriffe zu Fachbegriffen werden, die sachlogisch aufeinander bezogen sind. Der bisherige allenfalls semi-wissenschaftliche Charakter der Sozialen Arbeit zeigt sich nicht zuletzt am Gebrauch der Terminologie aus Nachbardisziplinen. Sprache vermittelt aber bekanntlich nicht nur Realität, sondern selektiert, bestimmt und verändert sie auch. Auch die identitätsstiftende Wirkung einer gemeinsamen Fachsprache sollte nicht unterschätzt werden. Es ist gewiß kein Zufall, daß sich berufliche Soziale Arbeit trotz aller Kontroversen jahrzehntelang über den Hilfebegriff einerseits und die Arbeitsformen („Methoden") andererseits definiert hat.
Wenn das Handlungsfeld und Forschungsfeld „sozialberufliche Praxis" den Zentralbereich der Sozialarbeitswissenschaft ausmacht, hat auch die Begriffsbildung sich darauf zu konzentrieren. Und wenn eine wichtige Funktion der Sozialarbeitswissenschaft in ihrer trans-

diziplinären Kompetenz bestehen soll, knüpft ihre Terminologie an die einschlägigen Wissenschaftssprachen an, verwendet sie und entwickelt sie weiter. Es ist nicht nur legitim, sondern sogar wünschenswert, Kategorien und Termini fächerübergreifend zu verwenden. Zentrale Begriffe, mit denen wir den Praxisbereich der Sozialen Arbeit erfassen, sind

(a) *Hilfe, Unterstützung, Intervention* als noch zu präzisierende Umschreibung eines beruflichen Handelns, das immer mehr als professionelle Sozialdienstleistung verstanden wird;
(b) *Prozesse der Lebensführung, Lebensbewältigung, Problembearbeitung*, die als individuelle Anpassungs- und Integrationsleistung oder als Bwältigungsverhalten thematisiert werden können;
(c) *Erschwerte soziale und ökologische Bedingungen der Lebenswelt*, die als Probleme der Ausstattung, Erziehung, Sicherheit, Gesundheit, Umwelt oder als Konflikte zwischen unterschiedlichen Ansprüchen definiert werden;
(d) *Psychosoziale Belastungen und Probleme*, welche die Problembewältigungskompetenz der Betroffenen subjektiv oder objektiv überfordern.

Gewissermaßen „quer" zu diesen Kategorien etablieren sich die Handlungsfelder der Sozialen Arbeit nach Zielgruppen, Problemfeldern und Methoden.

(3) Erkenntnisgewinnung

Neben dem unverwechselbaren Erkenntnisobjekt und einem eigenen Kategoriensystem sind die Methoden der Erkenntnisgewinnung die dritte Komponente einer eigenständigen Wisenschaft. Für die *Methodologie der Sozialarbeitswissenschaft* gilt es einesteils die sozialwissenschaftliche Diskussion der letzten Jahrzehnte aufzuarbeiten (z.B. den Positivismusstreit), andernteils neue Herangehensweisen und Erklärungsmuster zu entwickeln, die den sich wandelnden Gegebenheiten und Anforderungen im Handlungsfeld entsprechen. Wie folgenreich die Auswahl oder Organisation von Erkenntnisprozessen ist, wird gern am Beispiel einer persischen Parabel (Peseschkian 1979, 73 f.) von den Schaulustigen und dem Elefanten demonstriert:

> Man hatte einen Elefanten zur Ausstellung bei Nacht in einen dunklen Raum gebracht. Die Menschen strömten in Scharen herbei. Da es dunkel war, konnten die Besucher den Elefanten nicht sehen, und so versuchten sie, seine Gestalt durch Betasten zu erfassen. Da der Elefant groß war,

> konnte jeder Besucher nur einen Teil des Tieres greifen und es nach seinem Tastbefund beschreiben. Einer der Besucher, der ein Bein des Elefanten erwischt hatte, erklärte, daß der Elefant wie eine starke Säule sei; ein zweiter, der die Stoßzähne berührte, beschrieb den Elefanten als spitzen Gegenstand; ein dritter, der das Ohr des Tieres ergriff, meinte, er sei einem Fächer nicht unähnlich; der vierte, der über den Rücken des Elefanten strich, behauptete, daß der Elefant so gerade und flach sei wie eine Liege.

Auch ForscherInnen und Fachkräfte in der Sozialen Arbeiter tappen nicht selten im Dunkeln, und wie sie dieses zu durchdringen versuchen, entscheidet wesentlich über die Qualität ihrer Erkenntnis. Nun hieße es, Sozialarbeitswissenschaft hoffnungslos zu überfordern, wenn ihr ein völlig neues, eigenständiges Erkenntnisprogramm abverlangt würde. Aber auch von ihr muß die Berücksichtigung und adäquate Einhaltung der Standards erwartet werden, die dem heutigen Stand der Wissenschaftstheorie entsprechen. Und dazu gehören zumindest die Anwendung anerkannter Regeln der Erkenntnisgewinnung und das Bemühen um Objektivität, um Systematisierung, um intersubjektive Vergleichbarkeit und selbstkritische Reflexion. Sozialarbeitswissenschaft wird aber selbstverständlich auch unterschiedliche „Schulen" integrieren müssen, wie dies an der systematischen Zuordnung vorliegender Praxistheorien z.B. zur kritisch-rationalen, emanzipatorischen und dialektisch-materialistischen Position wiederholt gezeigt wurde (Marburger 1979; Mühlum 1982; Engelke 1992). Daneben sind verstärkt auch phänomenologische und hermeneutische Forschungsansätze zu würdigen, die nach jahrelanger Dominanz der empirischen Forschung mitterweile wieder an Bedeutung gewinnen. Erinnert sei an Konzepte des „deutenden Verstehens" und des „typologischen Fallverstehens", die vor allem in der Sozialpädagogik eine Renaissance erleben.

Ob Sozialarbeitswissenschaft deshalb auch allen Modeerscheinungen folgen wird, steht auf einem anderen Blatt. So wäre gewiß kritisch zu fragen, womit sich denn die Soziologie vor der Entdeckung der „Lebenswelt" und die Erziehungswissenschaft vor der „Alltagswende" beschäftigt haben. Und wenn vor nicht allzu langer Zeit (bei einem internationalen Colloquium 1992 in Freiburg) – übrigens mit Rückgriff auf die Geschichte vom Elefanten in der Nacht – die Erziehungswissenschaft einen neuen Forschungsansatz als Partial-Holismus präsentierte („Das Teil und das Ganze müssen … gesehen werden"), fragt sich der erstaunte Betrachter schon, wieweit sich zwischenzeitlich die Wissenschaft vom gesunden Menschenverstand entfernt haben mochte. Immerhin ist ein frühes Beispiel der Sozialarbeit dafür die „Person-in-der-Situation"-Perspektive von Gordon Hamilton.

Andererseits ist es ja durchaus zutreffend, daß neue Herausforderungen, wachsende Unübersichtlichkeit und immer komplexere Zusammenhänge auch neue Forschungsansätze und vielleicht neue Wissenschaftsparadigmen erfordern. Genau besehen ist dies auch der Auslöser für die Forderung nach Sozialarbeitswissenschaft, die sich unter anderem der Entwicklung, Erprobung und kritischen Prüfung von Forschungsmodellen im Kontext der Sozialen Arbeit widmen sowie insgesamt als reflexive Instanz für die Theoriebildung in diesem, gleichermaßen heiklen und wichtigen Feld dienen soll. Am Beispiel der sachlogischen Strukturierung eines empirischen Forschungsprozesses oder auch der hermeneutischen Vorgehensweise („Hermeneutischer Zirkel") könnte genauer gezeigt werden, wie diese Erkenntnisprozesse auf genuin sozialarbeiterische Probleme anzuwenden sind. Ebenfalls nur hingewiesen werden kann an dieser Stelle auf die wechselseitige Beeinflussung von Praxis - Theoriebildung - Methodenentwicklung. Aufschlußreich sind dazu gleich drei Neuerscheinungen im Frühjahr 1994 (alle bei Lambertus): „Methodisches Handeln in der Sozialen Arbeit" (Heiner u.a.), „Lebensweltorientierte Individualhilfe" (Pantucek) und „Modernisierung Sozialer Arbeit durch Methodenentwicklung und -reflexion" (Groddeck/Schumann). Übereinstimmend wird darin das methodische Handeln als Schnittstelle des Theorie-Praxis-Diskurses gesehen, gleichzeitig Movens und Ergebnis theoretischer Arbeit, das bezeichnenderweise „in einem gemeinsamen Prozeß von Praktikerinnen und Forscherinnen" zu entwickeln sei – eine Betrachtungsweise in guter Tradition des social work.

(4) Forschungsprogramm

Was Untersuchungsvorhaben und Forschungsstrategien betrifft, sei auf die nachfolgenden Beiträge in diesem Buch verwiesen. Zu betonen ist, daß auf Sozialarbeitsforschung als zentrales Bindeglied zwischen Theorie und Praxis für die Entwicklung der Sozialarbeitswissenschaft nicht verzichtet werden kann. Ich selbst sehe in der Sozialarbeitsforschung sogar das alles entscheidende Argument für die „Theoriewürdigkeit" (Staub-Bernasconi) der Sozialen Arbeit. Man könnte auch „Theorienotwendigkeit" sagen. Anders formuliert: Sozialarbeitswissenschaft ist vor allem deshalb notwendig, weil die Nachbardisziplinen in vielen Fällen wichtige Untersuchungen im Kontext der Sozialen Arbeit unterlassen und in anderen Fällen ihr eigenes Erkenntnisinteresse an die Stelle des sozialarbeiterischen Focus gesetzt haben. Eine auf Autonomie bedachte Soziale Arbeit kann deshalb weder auf eigene Theorie noch auf eigene Forschung verzichten, auch wenn sie die verwertbaren Ergebnisse anderer Disziplinen selbstverständlich konstruktiv mitverwenden wird. Ein Beispiel:

> Mir ist keine Untersuchung der psychosozialen Folgen des Zusammenlebens auf engstem Raum bekannt (im Strafvollzug, im Asylantenheim). Wohl gibt es die bekannten Experimente der Verhaltensforschung zur Überpopulation von Ratten, es gibt Erkenntnisse der Massenpsychologie, Sozialpsychologie und Soziologie. Aber die alltägliche Enge in unterschiedlichen Lebensräumen, dem Feld der Sozialen Arbeit eben, wäre noch genauer zu untersuchen. Forschung hat hier z.B. die genaueren Bedingungen des Zusammenlebens, die Auswirkungen der Enge, Bewältigungsstrategien der Beteiligten und Reaktionen darauf sowie schließlich Konsequenzen für eine methodenbewußte Soziale Arbeit zu klären. Wobei zu den Konsequenzen durchaus auch Strategien zur Beseitigung solcher Unterbringungsverhältnisse insgesamt gehören können. Eine besondere Bedeutung und Chance kommt dabei der teilnehmenden Beobachtung, der Begleitforschung und Handlungsforschung sowie immer wieder der Evaluation zu (Heiner 1988).

Allgemeiner formuliert: Das Forschungsprogramm hat sich vor allem auf konkrete Problemstellungen und Problembearbeitungen im sozialen Feld zu konzentrieren. Das unterscheidet diese Forschung auch von den Nachbardisziplinen. In „Zwölf Thesen zur Sozialarbeitsforschung in der Schweiz“ (Meyer/Decurtins 1993) wurde deren Inhalt detaillierter wie folgt umschrieben:

> „1. Inhalt von Forschungsprojekten der sozialen Arbeit soll die Analyse von sozialen und sozialpolitischen Problemen und Zusammenhängen sein sowie die Entwicklung und Evaluation von Problemlösungsstrategien, die der Praxis zugute kommen können.
> 2. Der Beitrag der sozialen Arbeit in der Forschung ist besonders wertvoll bei Evaluations-, Interventions- und Aktionsforschungsprojekten.
> 3. In sozialarbeiterischen Forschungsprojekten soll vermehrt die Klientenperspektive berücksichtigt werden. Solche Projekte können dazu beitragen, soziale Arbeit so zu gestalten, daß sie nicht an den Klientenbedürfnissen vorbeigeht.“

Dem ist aus meiner Sicht kaum etwas hinzuzufügen, allenfalls die Bemerkung, daß die Kollegen mit diesem Forschungsanspruch nicht nur die Berufspraxis, sondern auch die Ausbildung voranbringen möchten – auf dem Weg zur Errichtung von Fachhochschulen in der Schweiz. Allerdings ist an dieser Stelle einmal mehr die lückenhafte, zumindest aber verstreute Präsentation der Ergebnisse bisheriger Sozialarbeitsforschungsprojekte zu beklagen, ebenso die hierzulande fehlende Meta-Analyse solcher Forschungsergebnisse, die in anderen

Sozialwissenschaften wie auch im amerikanischen social work research inzwischen fast selbstverständlich ist.
Abschließend sei wenigstens an die Notwendigkeit erinnert, Forschungskompetenz auch zu erwerben. Da in der Sozialen Arbeit wohl am ehesten Begleitforschung im Sinne der Handlungsforschung oder Aktionsforschung realisiert wird, müßten angehende Fachkräfte in der Sozialen Arbeit schon in der Ausbildung damit vertraut gemacht werden. Forschendes Lernen und lehrendes Forschen kommen – z.B. in ausgewählten Lernfeldern oder im Rahmen des Projektstudiums – an den Fachhochschulen langsam in Gang. Für die Entwicklung der Sozialarbeitsforschung und der Sozialarbeitswissenschaft, aber auch der sozialprofessionellen Praxis ist dies gewiß ein hoffnungsvolles Zeichen.

(5) Sozialarbeitslehre

Im Zusammenhang ihrer ungemein ausdifferenzierten Berufspraxis verfügt Soziale Arbeit über einen Fundus an Wissen, der unterschiedlichen Reflexionsgraden und Theorieanforderungen entspricht: Alltagserfahrungen und Expertenwissen, geprüfte Hypothesen und ganze Satzsysteme, die im sozialprofessionellen Kontext erarbeitet wurden. Soweit ein Mindestmaß an Systematik gewährleistet und die Regeln wissenschaftlichen Arbeitens eingehalten wurden, kann von Theorien für die Praxis oder kurz: von „Praxistheorien“ gesprochen werden, die inzwischen in beachtlicher Zahl und Variationsbreite vorliegen (zum damaligen Stand siehe: Mühlum 1982; Engelke 1992). Ihre Integration unter dem gemeinsamen Dach der Sozialarbeitswissenschaft muß allerdings noch geleistet werden, will man die Wissensbestände nicht einfach ungeprüft als deren Bauelemente verwenden. Jedenfalls geben diese Praxistheorien mit ihren Begriffen, Untersuchungsperspektiven, Vorgehensweisen und Ergebnissen eine Grundlage für die sogenannte *Sozialarbeitslehre* her, die – ergänzt um methodische Handlungsanweisungen und Arbeitsformen – als „Kunstlehre“ für die Ausbildung im Sozialwesen zuständig ist.
Wurden bisher meist nur die Anweisungen für methodenbewußtes Handeln („Methodenlehre“) als Gegenstand einer eigenen Sozialarbeitslehre gesehen, plädiere ich seit längerem dafür, auch die übrigen Praxistheorien zu sichten (eine weitere Aufgabe der Sozialarbeitswissenschaft) und – je nach Erklärungswert und Bedeutungsgehalt – in die Sozialarbeitslehre zu integrieren. Schließlich handelt es sich dabei um teils frühe, teils sehr partielle Versuche einer theoretischen Selbstvergewisserung der Sozialarbeit, die mehr als bloß historische

Bedeutung haben. Wie in anderen Sozialwissenschaften führt dies zu einem dreistufigen System von Praxis – Lehre – Wissenschaft, in dem sich die drei Systemebenen wechselseitig beeinflussen (siehe jüngst: Papenkort/Rath 1994).
Die von Wolf Rainer Wendt im vorstehenden Beitrag referierte Umfrage der Deutschen Gesellschaft für Sozialarbeit zur inhaltlichen und begrifflichen Ausgestaltung der Lehre an Fachhochschulen und Universitäten läßt eher die noch vorherrschende Vermischung von Lehre und Wissenschaft erkennen, obwohl genauer nach der Verbreitung von Sozialarbeitswissenschaft gefragt war. Auch diese Verwirrung im Verständnis weist auf die Notwendigkeit einer Leitwissenschaft für Ausbildung und Lehre hin. Im Unterschied zur Sozialarbeitswissenschaft, die sich grundsätzlicher mit Fragen der Theoriebildung und der Gewinnung neuer Erkenntnisse zu beschäftigen hat (und gewiß auch eine reflexive, „metatheoretische“ Instanz ist), müßte die Sozialarbeitslehre im wesentlichen die Vermittlung anwendungsbezogener Kenntnisse und Fertigkeiten leisten, was um so überzeugender gelingen dürfte, je klarer sich die Sozialarbeitswissenschaft als anwendungsbezogene Wissenschaft präsentiert. Und doch muß auch warnend darauf hingewiesen werden, daß Theoriebildung sich nicht im „Relevanzkriterium“ erschöpft, daß die praktische Verwertbarkeit theoretischer Erkenntnisse also nicht der einzige Maßstab wissenschaftlicher Arbeit sein kann. Zwischen der reinen Grundlagenforschung einerseits und der bloßen Anwendungsorientierung andererseits sind gewiß viele Zwischenformen möglich. Welchen Weg die Sozialarbeitswissenschaft schließlich gehen wird, ist noch weitgehend offen. Ein dialogischer Theorie-Praxis-Bezug und eine problembewußte Sozialarbeitslehre gehören nach meiner Überzeugung jedoch unverzichtbar dazu.

4. Zusammenfassung: Sozialarbeitswissenschaft als Disziplin

Die Bedeutung einer eigenen Wissenschaftsdisziplin für Soziale Arbeit sollte ebenso deutlich geworden sein wie das Theorie-Praxis-Dilemma und die vielfältigen Hemmnisse auf dem Weg der Disziplinwerdung. Auch wenn dieser Sachverhalt nicht eigens ausgeführt wurde, darf die prinzipielle Interessengebundenheit des Anliegens (einschließlich der Abwehr, auf die es trifft) nicht übersehen werden, wozu nicht zuletzt auch institutionelle Vorentscheidungen und Machtpositionen gehören. Erinnert sei nur an die Besetzung von Lehrstühlen, die Frage vollakademischer Abschlüsse (Promotion), den Berufsstatus einerseits sowie die Fachhochschulrealitäten andererseits. Mit dem Versuch einer Standortbestimmung und der Skizze des anstehenden Wissenschaftsprogramms wurde jedoch eine Perspektive vorgeschlagen, die dem Wissenschaftlichkeitspostulat für Soziale Arbeit viel grundsätzlicher gerecht werden will. Das soll in dieser Zusammenfassung noch einmal deutlich werden.

(1) Sozialarbeitswissenschaft in der Ausbildung und für die Praxis

Zur Disziplinwerdung braucht es derzeit in erster Linie die Entschlossenheit, Sozialarbeitswissenschaft zu wollen und – wo immer möglich – offensiv zu vertreten. Ich bin überzeugt davon, daß dies im gemeinsamen Interesse von Ausbildung und Berufspraxis ist. Paradoxerweise könnte in dieser Frage die „Praxis" derzeit sogar durchsetzungsfähiger sein als die Fachhochschulen, die sich überwiegend mit dem – je nach Standpunkt – multidisziplinären oder „disziplinlosen" Status quo abgefunden haben. Das Vorgehen der amerikanischen National Association of Social Workers (NASW), die selbst die Wissenschaftsentwicklung in den USA z.B. mittels Zeitschriften und ihrer „Encyclopedia of Social Work" kräftig beeinflußt, könnte für den endlich fusionierten deutschen Berufsverband (DBSH) auch in dieser Hinsicht ein Modell sein. Die Fachhochschulen ihrerseits sind aufgefordert, sich zumindest mit dem Anspruch einer eigenen Sozialarbeitswissenschaft auseinanderzusetzen, sich an der inhaltlichen Weiterentwicklung zu beteiligen und auch ganz konkret den Begriff zu verwenden. Wo immer „Einführung in Sozialarbeit", „Methodenlehre" oder „Sozialarbeitslehre" auf dem Studienplan steht, müßte auch von Sozialarbeitswissenschaft gesprochen (Maier 1993, 22) und bei Stellenausschreibungen vorrangig an die Einrichtung von SozialarbeitswissenschaftlerInnen-Stellen gedacht werden. Von entscheidender Bedeutung wird sein, ob es gelingt, die Notwendigkeit und die Leistungsfähigkeit dieser neuen Disziplin für Ausbildung und Praxis der Sozialen Arbeit zu beweisen.
Wir sind wissenschaftlich in der Sozialarbeit wie Dr. Faustus auf der Suche, zwar nicht unbedingt nach dem, „was die Welt im Innersten zusammenhält", stattdessen nach dem, was die Praxis und die Theorie der Sozialen Arbeit ausmacht und welches gemeinsame Band, welche einigende Perspektive sie verbindet. Dazu gehört auch die Frage nach der erhofften Integrationsleistung im vielstimmigen Konzert der Fachdisziplinen – im einfachsten Falle wohl als Bindeglied oder Transmissionsriemen zum Wissenstransfer zwischen den betei-

ligten Nachbarwissenschaften, im besten Falle als transdisziplinäre Leitwissenschaft, die den „Hilfs-"Wissenschaften in der Ausbildung sinnvolle Aufgaben und Untersuchungsvorschläge zu unterbreiten und Anfragen in sozialarbeiterischer Absicht zu stellen hätte. Klärungsbedürftig ist dafür nach wie vor das Proprium der Sozialen Arbeit, ihr ureigenstes Anliegen, das sie von allen anderen Funktionsbereichen der Gesellschaft unterscheidet. Von beliebigen Nachbardisziplinen kann die Antwort jedenfalls nicht kommen.

Mit einem eigenen, unverwechselbaren Erkenntnisobjekt, fachspezifischem Begriffssystem und adäquaten Methoden der Erkenntnisgewinnung stellt sich die Sozialarbeitswissenschaft dieser Herausforderung. Gewiß ist sie die einzig schlüssige Antwort mit Blick auf ein reformiertes Sozialarbeitsstudium, das die Disziplinlosigkeit der Ausbildung überwindet und sich selbstbewußt und aufgabengetreu an einer eigenen Wissenschsftsdisziplin orientiert. Erst darüber wird schließlich auch die Identifikation von Studierenden mit Sozialer Arbeit möglich. WissenschaftlerInnen, die im Idealfall eine Praxis der sozialen Arbeit und eine Theorie der Sozialen Arbeit repräsentieren, können als FachhochschullehrerInnen am ehesten das schmerzlich vermißte Lernmodell sein, an dem sich ein einschlägiges Berufsverständnis entwickelt. Die Durchsetzung der eigenen Wissenschaft ist schließlich eine Grundvoraussetzung wissenschaftlicher Ausbildung, anerkannter Professionalität und gesellschaftlicher Wirksamkeit – auch im Kontext benachbarter akademischer Berufe.

Die berufliche Praxis wird in dem Maße Profil und professionelle Anerkennung gewinnen, in dem sie auf originärer wissenschaftlicher Grundlage, theoriegeleitet und reflektiert, arbeiten kann. Sozialarbeitswissenschaft hat dafür Garant, Legitimation und Prüfinstanz zugleich zu sein. Sie kann auch der klar identifizierbare Partner der Praxis werden, der den allseits geforderten Dialog von Wissenschaft und Praxis in Gang bringt. Sozialarbeitsforschung – als Instrument eines solchen Zusammenwirkens – würde ihrerseits gewährleisten, daß die jeweils drängenden Praxisprobleme untersucht und die Erkenntnisse unverzüglich in der Sozialarbeitslehre weitergegeben werden. Adäquate Handlungsstrategien und Methoden sind daraufhin zu erproben und in ständiger Überprüfung weiterzuentwickeln. Die Klientenperspektive kann unter diesen Voraussetzungen ebenso konsequent einbezogen werden wie die Berufsperspektive und die gesellschaftliche Perspektive. Schließlich wären Ursachenforschung, Interventionsforschung und Evaluationsforschung gleichermaßen – und zwar mit originärem sozialarbeiterischem Focus – zu gewährleisten, was bisher leider nicht der Fall ist. Insgesamt gewinnen die Fachkräfte

der Sozialen Arbeit auf diese Weise an Handlungs- und Methodensicherheit, Professionalität und Berufsidentität – mit allen positiven Auswirkungen für die Entwicklung der Arbeit vor Ort und im Interesse der Klientel.
Wenigstens hingewiesen sei abschließend noch auf die gesellschaftliche Bedeutung der Sozialarbeitswissenschaft. Die Überwindung der „disziplinären Heimatlosigkeit" liegt ja nicht nur im Interesse der Ausbildung und der Praxis. Sie könnte auch segensreich für die Gesellschaft sein, die der Staatszielbestimmung von Artikel 20 und 28 GG – mit Blick auf die Schwächsten der Gesellschaft bisher nur sehr bedingt gerecht wird. Gemäß Sozialstaatsgebot hat die Sozialarbeitswissenschaft nicht nur zur Optimierung gesellschaftlich organisierter Hilfe beizutragen (Effizienzkriterium), sondern im positiven Falle auch die Überzeugung von der Richtigkeit und Gerechtigkeit dieser Gesellschaftsordnung zu stützen (Legitimationskriterium), im negativen Falle die Herstellung sozialer Gerechtigkeit einzufordern (Reformationskriterium) – Aufgaben, die am Beispiel der Armutsberichterstattung zweifellos von besonderer Aktualität sind.

(2) Praxis – Lehre – Wissenschaft

Die Disziplinwerdung selbst beinhaltet – wie in allen Sozialwissenschaften – eine Stufenfolge: Ausgehend von Sozialer Arbeit als einer spezifischen gesellschaftlichen Praxis (Praxis der Sozialen Arbeit), ist methodisch gewonnenes Erklärungswissen (Theorie der Sozialen Arbeit) zu formulieren, das gemeinsam mit den Arbeitsformen eine Handlungslehre (Sozialarbeitslehre) begründet. Hinzu kommen Reflexionen über dieses theoretische Bemühen (Metatheorie) und Grundsätze der Erkenntnisgewinnung (Methodologie). Zusammengenommen konstituiert der „theoretische Überbau" etwa nach der in Abbildung 4 (S. 70) dargestellten Stufenfolge die Sozialarbeitswissenschaft.
Die Praxis der Sozialen Arbeit umfaßt die spezifische Lebenspraxis der Klienten, ihre Lebenswelt und die sozialprofessionelle Praxis. Sie wird nicht von der Wissenschaft bestimmt – könnte aber durch eine anerkannte Sozialarbeitswissenschaft nachhaltig beeinflußt werden. Definiert wäre sie als gesellschaftlich organisierte, professionell ausgeübte Einflußnahme zur Verbesserung der Lebenslage und der Lebensbewältigung von einzelnen und Gruppen angesichts erschwerter Lebensbedingungen. Professionelle Praxis verweist dabei schon auf eine prinzipiell reflektierte Praxis, die sich selbstverständlich auch einschlägiger Praxistheorien bedienen wird.

Abbildung 4: Stufenmodell

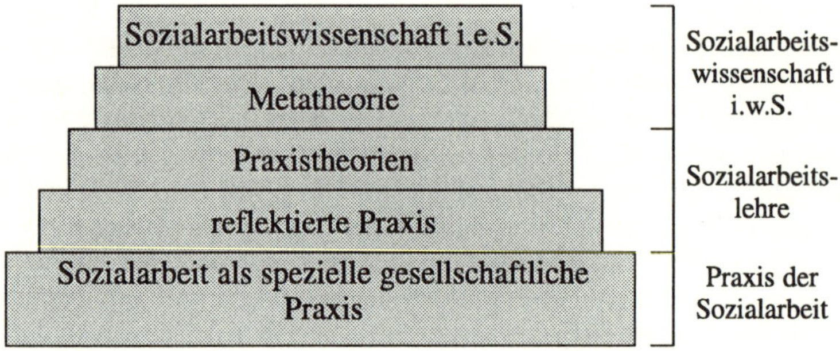

Die Sozialarbeitslehre hat vor allem für die Weitergabe der Praxistheorien, Praxismodelle und Praxismethoden (Arbeitsformen) an den beruflichen Nachwuchs (Ausbildung) und für die Weiterqualifizierung der beruflich Tätigen (Fort- und Weiterbildung) zu sorgen. Sie wird dazu vorläufig bewährte Erkenntnisse/Theorien auswählen und didaktisch aufbereiten sowie umgekehrt Anfragen und Problemstellungen aus der Praxis aufgreifen und der Sozialarbeitsforschung zur Untersuchung empfehlen. Insofern nimmt sie an der Wissenschaftsentwicklung aktiv teil – mit einer Scharnierfunktion zwischen Praxis und Wissenschaft (siehe Abbildung 5a).

Die Sozialarbeitswissenschaft ist vorstellbar als angewandte Einzelwissenschaft, die im Orchester der Fachdisziplinen einen bestimmten Part unter vielen ausführt, oder als Leitwissenschaft, die gewissermaßen die erste Geige spielt, also das Leitmotiv vorgibt, dem die anderen mit ihren spezifischen Mitteln zu folgen hätten. Hugo Maier (1993, 22f.) plädiert beispielsweise für eine *Allgemeine Sozialarbeitswissen-*

Abbildung 5a: Sozialarbeitslehre

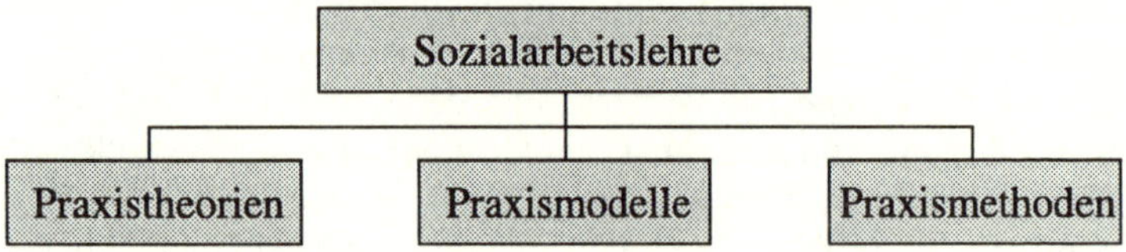

schaft, die sich mit Grundlagenfragen beschäftigt, theoretische Erkenntnisse systematisch aufarbeitet und auch das Verhältnis zu den Nachbardisziplinen klärt. Neben der Allgemeinen Sozialarbeitswissenschaft wären dann Spezialisierungen notwendig, die durchaus als „Bindestrich-Disziplinen", z.B. als Sozialarbeitspsychologie und Sozialarbeitssoziologie, vorstellbar sind. Ulrich Papenkort und Matthias Rath (1994, 27) unterscheiden dagegen eine Sozialarbeitswissenschaft im engeren Sinne (Deskription und Theorie) und im weiteren Sinne (unter Einschluß der Methodenlehre). Welche Variante man auch bevorzugt, das eigenständige Profil der Sozialarbeitswissenschaft wird vom gewählten Erkenntnisobjekt, den Erkenntnismethoden und überzeugenden Praxistheorien bestimmt, für die sie in gewisser Weise verantwortlich bleibt (siehe Abbildung 5b).
Sozialarbeitswissenschaft und Sozialarbeitslehre stehen in einem Verhältnis der Wechselbeziehung, das – auf anderer Ebene – dem Theorie-Praxis-Verhältnis ähnelt (wie die Symmetrieachse in Abbildung 5c, S. 72 andeuten soll). Im übrigen muß Sozialarbeitswissenschaft den unterschiedlichen Wissenschaftsansprüchen gerecht zu werden versuchen, die oben skizziert wurden, d.h. sie muß empirisch, anwendungsfähig, kritisch, interventionsorientiert und normativ zugleich sein. Eine schier unlösbare Aufgabe, die in der Realität wohl immer nur teilweise, mit je unterschiedlicher Akzentuierung, zu bewältigen ist.
Eine Sozialarbeitswissenschaft als Einzelwissenschaft oder Grundlagenwissenschaft mit dem Focus „Lebensbewältigung unter erschwerten Bedingungen" hat sowohl ganz grundsätzliche anthropologische Erkenntnisse als auch konkrete gesellschaftliche Bedingungen und Anforderungen im Kontext der Sozialen Arbeit zu berücksichtigen. Dazu wäre im Grundsätzlichen bei den Kardinalproblemen menschlicher und gesellschaftlicher Existenz anzusetzen:

Abbildung 5b: Sozialarbeitswissenschaft

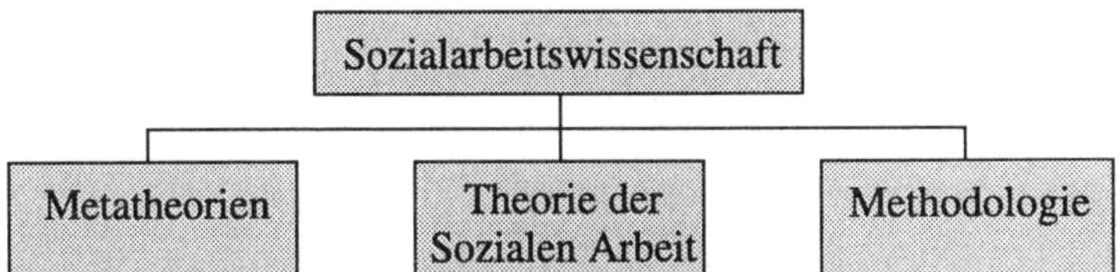

(a) Individuum versus Gesellschaft – mit der Forderung nach sozialer Integration;
(b) Freiheit versus Unfreiheit – mit der Forderung nach Selbstbestimmung;
(c) Gleichheit versus Ungleichheit – mit der Forderung nach Verteilungsgerechtigkeit und Partizipation;
(d) Sicherheit versus Unsicherheit mit der Forderung nach Lebensbewältigung und Daseinsvorsorge;
(e) Anerkennung versus Ablehnung/Diskriminierung – mit der Forderung nach sozialer Wertschätzung und Integration;
(f) Sinnhaftigkeit versus Sinnverlust/Orientierungslosigkeit – mit der Forderung nach einem sinnerfüllten Leben.

In der Summe könnte man so die Integration der Segregation und ein gelingendes Leben dem Scheitern gegenüberstellen. Dieses prinzipielle Spannungsverhältnis, das in dialektischer Sicht leicht erweitert werden könnte, macht verständlich, weshalb gesellschaftliche Interventionen vom Typus „Hilfe – Fürsorge – Soziale Arbeit" in jeder hochdifferenzierten Gesellschaft erforderlich sind, unabhängig von der jeweiligen Gesellschaftsordnung, und zwar sowohl im Interesse der Betroffenen als auch der Gesellschaft: Auf der gesellschaftlichen Ebene erscheinen sie als sozioökonomische und soziokulturelle Konflikte (Strukturprobleme), auf der Interaktionsebene als Beziehungs-

Abbildung 5c: Sozialarbeitswissenschaft und Sozialarbeitslehre

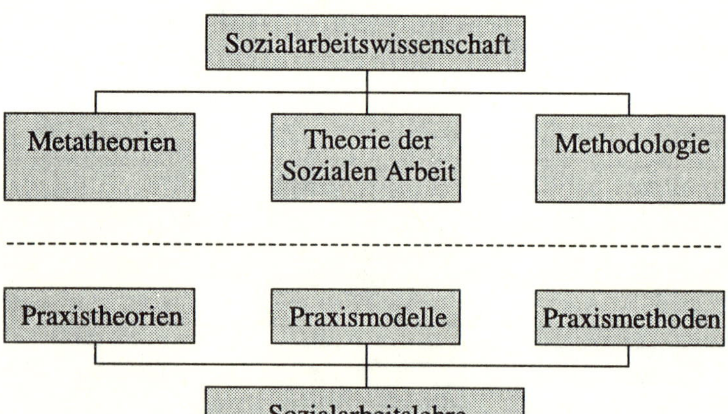

störungen und psychosoziale Konflikte (Bewältigungsprobleme). Berufliche Soziale Arbeit war sich in ihrer Geschichte dieser Doppelaufgabe immer bewußt und versuchte, sie „ganzheitlich“ zu bewältigen, d.h. zwischen individuellen und gesellschaftlichen Anliegen zu vermitteln. Da ihr dieser Spagat offenbar auf Dauer zugemutet wird, kann ihr die wissenschaftliche Unterstützung nicht länger vorenthalten werden. Die Sozialarbeitswissenschaft ist überfällig. Sie kann abschließend im Überblick wie in Abbildung 6 skizziert werden.
Sozialarbeitswissenschaft umfaßt demnach Theorie der Sozialen Arbeit, Metatheorie und Methodologie. Auf der metatheoretischen Ebene wird vorzugsweise die Erkenntnistheorie behandelt. Je nach Standort können dort Kritischer Rationalismus (Empirie), Kritische Theorie (Dialektik), Historie, Hermeneutik oder Phänomenologie vertreten sein oder eine der zahlreichen Zwischenformen. Auf der Ebene der Theorie der Sozialen Arbeit wird von einzelnen Praxistheorien ausgegangen, die sich aus reflektierter Praxis, Expertenwissen und Praxisforschung aufbauen, von Theorien mit deskriptivem, explikativem, komparativem oder normativem Anspruch, welche die eigentliche Praxislehre begründen. In der Methodologie werden Wege gewiesen, auf denen Erkenntnis gewonnen werden kann. Diesem wissenschaftlichen Anspruch entspricht in der Ausbildung die Methodenlehre, die

Abbildung 6: System der Sozialarbeitswissenschaft

SOZIALARBEITSWISSENSCHAFT

Metatheorie	Theorie der Sozialen Arbeit	Methodologie
Empirie – kritische Rationalisierung Dialektik – kritische Theorie	Praxistheorien – Praxisforschung – Expertenwissen – reflektierte Praxis	Praxismodelle – Arbeitsformen – Konzeption – Arbeitstechniken
Historie Hermeneutik Phänomenologie	deskriptiv komparativ explikativ normativ	präsentativ interventiv rehabilitativ
	Praxislehre	Methodenlehre

SOZIALARBEITSLEHRE

von Praxismodellen, bewährten Arbeitsformen, Konzeptionen und Techniken ausgeht, die je nach Problemladung präventiv oder interventiv oder rehabilitativ ausgerichtet sein können. Praxislehre und Methodenlehre konstituieren die Sozialarbeitslehre, die ihrerseits als eine Vermittlungsinstanz der Sozialarbeitswissenschaft verstanden werden könnte.
Eine *Schlußbemerkung*: Beim derzeitigen Stand der Suchbewegungen und Verselbständigungsbemühungen ist im Interesse der Sozialarbeitswissenschaft ein ständiger Austausch der Wissenschaftler untereinander und mit Praxisvertretern notwendig. Auf der Ebene der Fachhochschulen, des Deutschen Vereins für öffentliche und private Fürsorge und der Deutschen Gesellschaft für Sozialarbeit hat diese Zusammenarbeit im Jahr 1993 begonnen und sollte institutionalisiert werden. Das gleiche gilt für die Sozialarbeitsforschung. Angesichts der eher zufälligen und weitgestreuten Publikationen bisheriger Forschungsergebnisse und der eher seltenen grundlagentheoretischen Arbeiten wäre ein zentrales Publikationsorgan wünschenswert, das als Forum der wissenschaftlichen Auseinandersetzung und der Weiterentwicklung dient. Ohne neue Formen der Kooperation und ohne einen neuen Anlauf zur Emanzipation der Sozialen Arbeit kommt auch ihre Wissenschaft nicht gut voran. Es liegt an uns, ob wir den Schritt zur konkreten Utopie wagen.

Soziale Arbeit als Gegenstand von Theorie und Wissenschaft[1]

Silvia Staub-Bernasconi

> „Wer ... einmal aus der Gewißheit herausgefallen ist, daß er mittels geisteswissenschaftlicher Bildung die gegenwärtige Welt zureichend wahrnehmen kann, der hat eine Verletzung fürs Leben. Wer diese Gewißheit nie hatte, ist allerdings nur wenig besser dran." (Gert Kaiser)[2]

In einem Beitrag zur Wissenssoziologie heißt es: „In ihrem Anspruch auf disziplinäre Eigenständigkeit selbst von Fachvertretern im Stich gelassen, von Nachbarfächern wie Ökonomie und Geschichte bestenfalls als Hilfswissenschaft akzeptiert, als Zeitvertreib für Dilettanten verspottet ..." – ja wovon könnte da die Rede sein? Nicht von der Sozialen Arbeit, sondern von der Soziologie in Deutschland Ende des 19. und zu Beginn des 20. Jahrhunderts! Aber heute eignet sich dieses Zitat aus Wolf Lepenies' „Die drei Kulturen" (1988, 300) wohl besser, die Situation der Sozialen Arbeit – zumindest im deutschsprachigen Raum – darzustellen. In den angelsächsischen Ländern faßte Soziale Arbeit als Gegenstand von Theoriewissenschaft und als Ausbildung etwa zur gleichen Zeit Fuß wie die Soziologie. Im deutschsprachigen Raum sitzt sie immer noch – und dies seit bald 100 Jahren – im Wartesaal von Academia, dieweil Disziplinen wie Touristikwissenschaft, Filmwissenschaft, Sport- und Bewegungswissenschaften, Polizei-, Pflege- und jüngst sogar Rockmusikwissenschaft (letzteres an der

---

[1] Dieser Beitrag ist eine überarbeitete (Zusammen-)Fassung aus folgenden Vorträgen: „Soziale Arbeit als Gegenstand von Theorie und Wissenschaft" am Lehrstuhl Sozialarbeit der Universität Freiburg/CH vom 2. Februar 1994; „Was kann die Wissenschaft zur Praxis der Sozialen Arbeit beitragen ?" in der Tagung der Deutschen Gesellschaft für Sozialarbeit am 26. Februar 1994 und eines Thesenreferates „Systemtheorie – kein neues Paradigma der Sozialen Arbeit!" anläßlich der Tagung der Theorie-AG der Sektion „Sozialpädagogik" der „Deutschen Gesellschaft für Erziehungswissenschaft" am 3./4. Dezember 1993 in Bielefeld. Für kritische Hinweise danke ich den Diskussionsteilnehmerinnen, insbesondere Maja Heiner, Hiltrud von Spiegel und Werner Obrecht.

[2] In: Die Zeit vom 18. März 1994, S. 45.

Freien Universität Berlin) inzwischen akademische Dignität erlangt haben.

Man kann diesen Sachverhalt beklagen, was an ihm aber nichts ändert. Man mag ihn erklären, beispielsweise auf dem Hintergrund von „Wissenschaftsfeindschaft und Dichtungsglaube als deutsche Ideologie“ (Lepenies) mit Nachwirkungen bis heute: in dem Konflikt zwischen Vernunft, lebensentfremdeter Naturwissenschaft einerseits und Lebensphilosophie als Wissenschaft der wahren, geistigen und gemütvollen Natur des Menschen (bei Dilthey und Nachfolgern) andererseits, die zu einer Ausblendung oder Abwertung des „Sozialen“ als dem Menschen äußerlich und oberflächlich führte und jede Frage nach sozialer Veränderung und Wirksamkeit unter den Verdacht stellte, durch Revolution oder Technologie das wahre, innere und tiefe Wesen des Menschen zu verfehlen (Lepenies 1988, 245ff.). Man kann aber auch versuchen, nach Lösungen für dieses Problem zu fragen:

Die einen empfehlen den Rückzug auf Ideengeschichte und diejenigen Autoritäten, die sich zu Klassikern erklären lassen (Winkler 1993). Wissen über Soziale Arbeit wäre dann ideengeschichtlich hergeleitetes Wissen, das an geistige Autorität gebunden ist, wobei es dann vornehmlich um die richtige Auslegung der Autoritäten geht.[3] Winkler erhofft sich dadurch disziplinäre Eigenständigkeit und Reinigung von unstatthaften äußeren Einflüssen, führen doch „Austauschprozesse“ – beispielsweise mit Ökonomie oder Sozialwissenschaften, wie sie Alice Salomon pflegte – „in eine Unübersichtlichkeit des Feldes, auf die schon Herman Nohl mit seinem Wort von den vielfältigen ‚geistigen Energien‘ hinwies, die auf die Sozialpädagogik einwirken“ und die es abzuwehren gelte (Winkler 1993, 181).

Ein anderer Weg ist der, sich am Gemenge und an der Vielfalt der Fragen und existentiellen Probleme zu orientieren, die Menschen in ihrem Alltag allein oder mit anderen Menschen in bestimmten gesellschaftlichen und kulturellen Kontexten zusammen zu lösen haben und an denen sie auch scheitern können. Dazu gehören Probleme des Erkennens und Handelns und die Berücksichtigung der Beschränkungen, Verzerrungen und sonstigen Unzulänglichkeiten, die dem Alltagswissen und

[3] Eine minimale Forderung in diesem Zusammenhang wäre die Kenntnisnahme der philosophisch-feministischen Kritik an den Menschen- bzw. Frauen- und Männerbildern von Philosophen wie Plato, Aristoteles, Thomas von Aquin, Rousseau, Kant, Hegel, Schleiermacher, Dilthey u.v.a. Man vergleiche hierzu die Beiträge der Internationalen Assoziation der Philosophinnen: Bendkowski/Weishaupt (1983): Was Philosophinnen denken. (Bd. 1) und Andreas-Grisebach/Weishaupt (1986): Was Philosophinnen denken. (Bd. 2) Ammann, Zürich.

-handeln anhaften. Eine theorie- und wissenschaftsbasierte Soziale Arbeit wäre dann keine lebensentfremdete Technologie, aber ebensowenig ideengeschichtliche Exegese, sondern die Chance, für die sozial Tätigen und ihre Klientel Deutungs- und Problemlösungskompetenzen zu erwerben. Ich möchte versuchen, diesen Weg zu skizzieren. Dabei ist es sinnvoll, die Begriffe „Theorie" und „Wissenschaft" nicht synonym zu verwenden. Sonst werden wirklichkeitstheoretische und erkenntnistheoretische Fragestellungen unzulässig vermischt (Beispiele gibt Lukas 1979): *Theorie* bezieht sich in den folgenden Ausführungen auf Aussagen und je nach Elaboriertheit auf Systeme von Aussagen über bestimmte Zusammenhänge bzw. bestimmte Realitätsmuster (Abschnitt 1). *Wissenschaft* bezieht sich auf Verfahren zur Überprüfung dieser Aussagen und Aussagensysteme auf ihren empirischen Gehalt (Abschnitt 2). Entsprechend muß man auch zwischen einem Beitrag der Theorie und einem Beitrag der Wissenschaft zur Praxis der Sozialen Arbeit unterscheiden, was ich in der Folge tun werde (Abschnitt 3). Diese Unterscheidung sollte überdies das Bewußtsein dafür schärfen, daß Sozialtätige beim aktuellen Wissensstand auf Theorien rekurrieren können und teilweise müssen, die wissenschaftlich noch nicht hinreichend überprüft sind.

1. Soziale Arbeit als Gegenstand von Theorie und Handlungstheorie

Was ist Soziale Arbeit, und was ist ihre Theorie? Die Fragen sind einfach, die Antworten sind es nicht. Ich beginne mit der Klärung meines Theorieverständnisses: Eine Theorie ist ein Aussagensystem über einen Wirklichkeitsausschnitt, etwas genauer:

(a) über bestimmte Einheiten dieses Ausschnitts (Atome, Moleküle, Organismen, Menschen, Gruppen, Organisationen, Gesellschaften, Symbolsysteme), ihre Elemente oder Komponenten und ihre Merkmale,
(b) über das Beziehungsgefüge dieser Elemente und Merkmale und
(c) über die Prozesse, welche zur Entstehung, Erhaltung wie Veränderung der Elemente/Merkmale und ihres Beziehungsgefüges beigetragen haben und nach wie vor beitragen.

Kurz: Eine Theorie ist systematisiertes Wissen über die Gesetzmäßigkeiten bzw. Determinationsprozesse in der Entstehung, dem Aufbau, dem Verhalten wie der Veränderung von Elementen, welche eine Einheit – ein Objekt, ein System – bilden bzw. zerfallen lassen. Kausalität ist nicht die einzige und wahrscheinlich nicht die häufigste

Form von *Determinations-* und damit *Veränderungsprozessen.* Es gibt darüber hinaus wechselwirkende, stochastische – d.h. objektiv zufällige – und teleonome gesetzesmäßige Veränderungen. Letztere haben in Handlungen bzw. Verhalten umgesetzte menschliche Absichten und Ziele und diese wiederum Bilder und Codes, Ziele und Pläne zum Inhalt (Bunge 1987).
Eine Theorie gilt also nur, solange die Sachverhalte, das heißt die Systeme und ihre Merkmale, die sie beschreibt und erklärt, zusammen mit den Randbedingungen existieren. Und die vielleicht für manche erstaunliche Konsequenz dieser Vorstellung ist, daß auch die Gesetzmäßigkeiten, inbegriffen die physikalischen, biologischen und die im Human- und Sozialbereich feststellbaren Gesetzmäßigkeiten mitsamt den Denk- und Handlungsregeln, historisch sind.
Im Rahmen meiner Fragestellung – Soziale Arbeit als Gegenstand von Theoriebildung – beziehen sich die theoretischen Aussagen auf Menschen, die in einer bestimmten Gesellschaftsformation mit einer bestimmten, unterschiedlich internalisierten Kultur oder Subkultur leben, Probleme haben oder die sagen, sie hätten Probleme, und die diese Probleme nicht selber lösen können. Dazu kommen Menschen, die sich als einzelne oder im Rahmen von Gruppierungen und Organisationen freiwillig oder professionell mit dem erklärten Ziel betätigen, zur Problemlösung oder wenigstens zur Problementschärfung oder -linderung beizutragen.
Anhand von fünf Beispielen, die mir in letzter Zeit als Dozentin und Projektberaterin begegnet sind, möchte ich nicht nur das Problemspektrum „Sozialer Arbeit", sondern auch die Tatsache illustrieren, daß Soziale Arbeit mit unterschiedlichen Teilsystemen zu tun hat und entsprechend auf mehreren sozialen Ebenen präsent ist. Zugleich sei skizzenhaft aufgezeigt, welche Bedeutung Theorien als „Zwischenglied" zwischen Fakten und Handlungsvollzügen und damit als Bezugswissen haben:

(1) *Erwerbslosigkeit*: In einer größeren Industriestadt wird festgestellt, daß 40 Prozent der Erwerbslosen aus den staatlich finanzierten Schulungs- und Wiedereingliederungsmaßnahmen für Arbeitslose von vorneherein herausfallen. Es sind bei genauerer Betrachtung HilfsarbeiterInnen vorwiegend ausländischer Herkunft, die herausfallen, PsychiatriepatientInnen, Strafentlassene, Behinderte, Alkohol- und Heroinabhängige.
Nun belegen viele Studien die somatischen, psychischen und sozialen Folgen von kürzerer oder längerer Erwerbslosigkeit bei Männern und zunehmend auch bei Frauen. Da wir in der Sozialen Arbeit mit Lang-

zeitarbeitslosen rechnen müssen, brauchen wir auf Marie Jahodas Frage „Wieviel Arbeit braucht ein Mensch?“ eine Antwort. Das Wissen wäre zu spezifizieren duch Wissen über die Bedingungen, die es auch den 40 Prozent der Herausgefallenen ermöglichen, sozial anerkannte Gesellschaftsmitglieder zu bleiben/wieder zu werden. Zugleich stellt sich die Frage nach dem sozialen Niveau, auf welchem das Problem angegangen werden soll: auf der individuellen, familialen, nachbarschaftlichen, siedlungsbezogenen Ebene oder im Zusammenhang mit Wirtschaftsorganisationen, Psychiatrischen Kliniken, Resozialisierungseinrichtungen usw.

(2) *Besuchsrecht des Vaters nach der Scheidung*: Was machen wir mit den in Sozial- und Jugendämtern sich häufenden Weigerungen von alleinerziehenden, geschiedenen Frauen, das Besuchsrecht des Vaters einzulösen? Sie begründen ihre Weigerung damit, daß der Vater mit den Kindern nichts anzufangen wisse, sie Dritten überlasse, mit in die Wirtschaft nehme oder tagelang vor den Fernseher setze, so daß die Kinder, die gerne etwas mit ihrem Vater unternähmen, zunehmend enttäuscht seien und sich weigerten, zu ihm zu gehen. Die befragten Väter zeigen sich nun aber auch enttäuscht, beklagen die Ungerechtigkeit der Besuchsregelung und sehen sich von der ehemaligen Ehefrau bevormundet und erpreßt. Geht es hier einfach um die Durchsetzung des Scheidungsurteils und damit um einen Typus legitimer Eingriffsfürsorge? Es gab eine Zeit, da war Sozialarbeitstheorie gleichbedeutend mit der Kenntnis der relevanten Gesetze und ihrer Durchführungsbestimmungen. Heute ist mehr zu fragen erlaubt und geboten: Soll fachlich begründet Partei genommen werden, und für wen: zugunsten der Frau, welche die Chance wahrnimmt, sich mittels Erschließung von Machtquellen durchzusetzen? Oder zugunsten des Mannes, um ihn aus der Opferperspektive herauszuholen und mit ihm eine neue Vaterrolle einzuüben? Oder schließlich zugunsten der Kinder? An welcher Theorie des Geschlechterverhältnisses, des Eltern-Kind-Verhältnisses orientiert man sich bei Entscheidungen, und welche Erkenntnisse über Schicht- und Bildungsabhängigkeit, über kulturelle Determinanten werden berücksichtigt? Was weiß man schließlich über die Entstehung und Veränderung von Werten, Normen, Gesetzen des Zivilrechts, die für eine gesellschaftliche Gruppe, für die Frauen oder die Männer, diskriminierend sein können?

(3) *Aids-Prävention am Arbeitsplatz*: Das für die Prävention von Aids zuständige Bundesamt spricht bis jetzt nur bestimmte Zielgruppen, etwa Jugendliche, Homosexuelle, Prostituierte oder Freier, an. Nun weiß man aber, daß 50 Prozent der HIV-Positiven mehr als zehn Jahre symptomfrei leben und damit sehr lange voll arbeitsfähig sind.

Die an einer Aids-Präventionsstelle arbeitende Studentin zieht daraus den Schluß, daß sich die Gewerkschaften und die Arbeitsmedizin für die Thematik interessieren müßten. Sie erhofft sich eine Erhellung von Ko-Faktoren am Arbeitsplatz, die für den Ausbruch oder eben Nicht-Ausbruch von Aids mitverantwortlich sind. Daraus folgt die Frage, wie Organisationen der Wirtschaft, Unternehmen und Gewerkschaften für dieses Thema gewonnen werden können.
(4) *Interethnische Konflikte*: Wie soll die Anfrage der Bademeister eines Schwimmbades in einem Stadtteil mit über 30 % ausländischer Bevölkerung behandelt werden: Die schweizerischen Badegäste verlassen nach Streitereien – vornehmlich an Wochenenden – unter Protest das Schwimmbad, weil die Ausländer sich nicht nur „darin ausbreiten", sondern auch ungebührlich laut sind, Frauen „anmachen", Kleiderkästen zerstören, die Baderegeln mißachten und „in Trauben" vor dem Eingang stehen, so daß niemand mehr ungehindert und kommentarlos zur Kasse gelangt? Eine vergleichbare Frage gab es in einem Frauenflüchtlingsprojekt, das in einer vorher ausschließlich SchweizerInnen vorbehaltenen Siedlung ein Haus bezog. Dort setzten die Nachbarn alle Hebel (Beschimpfungen, Drohbiefe, Rechtsweg) in Bewegung, um diesen „Schandfleck" und das „ausländische Prostituiertenpack" wieder aus der Siedlung zu vertreiben.
An welcher Theorie interethnischer Beziehungen orientieren wir uns hier: an einer, die von psychologischer Abwehr des Fremden, einer, die von realen Konflikten und Statusbedrohungen, oder an einer, die von der Ethnisierung von Struktur- und insbesondere Machtkonflikten ausgeht? Auch hier ist zu klären, wer und welche Ebenen in die Konfliktlösung einbezogen werden sollen: Im ersten Fall nur die Schwimmbadbesucherinnen oder das Gesundheitsamt, im zweiten Beispiel nur die Nachbarschaft oder der Stadtteil als territoriales Gemeinwesen.
(5) *Durchsetzung von Wirtschaftlichkeit und Effizienz bei Schwervermittelbaren*: In letzter Zeit stellt sich zunehmend das Problem: Was machen wir mit einer Gemeinde- oder Fürsorgebehörde, welche von einem Projekt für Erwerbslose fordert, sich dem Markt auszusetzen und deshalb für Schwer- und Schwerstvermittelbare Effizienz und Marktlöhne verlangt? Hier sind – zumindest aus der Sicht der SozialarbeiterInnen – nicht die Schwervermittelbaren, sondern die Behördenmitarbeiter das Hauptproblem. Sie wiederum können darauf verweisen, daß sie ein Wertsystem teilen, das sich weltweit durchgesetzt hat und mit Erfolg angewandt wird.

Die genannten Beispiele können durch Stichworte eines Handbuchs zur Problemerfassung (Turner 1983) ergänzt werden, die aufzeigen,

für was Soziale Arbeit sich als zuständig betrachtet: Probleme im Lebenslauf (Kindheit, Jugend usw.), insbesondere im Zusammenhang mit Statusübergängen (Schuleintritt, Familiengründung, Scheidung, Pensionierung); verschiedenste Gesundheitsprobleme und Behinderungen (Athritis, Blindheit, Eßstörungen, Infarkt, Krebs, Multiple Sklerose usw.) und deren psychische und soziale Folgen; emotionale Störungen, Depressionen, Angstzustände, Drogenabhängigkeit, organische Störungen des Zentralnervensystems, Schizophrenie; Schulangst/Dropouts, religiöse Probleme, Anomie; Probleme, die mit der Klassen- und ethnischen Zugehörigkeit zusammenhängen; Abtreibung, Kindesmißhandlung, Inzest, Vergewaltigung, Suizid u.a.m. Dies sollte genügen, um zu verdeutlichen, daß es unmöglich ist, alle genannten Phänomene zum Zwecke der Theoriebildung ohne schwerwiegenden, ja unzulässigen Informationsverlust einem einzigen Begriff unterzuordnen, laute der nun „Armut", „Devianz", „Benachteiligung", „Herrschaft", „Alltag" oder „Lebenswelt".
Eine *Theorie Sozialer Arbeit* müßte deshalb folgende *allgemeine Anforderungen* erfüllen: Erstens hat sie die Bandbreite von Problem- und Fragestellungen in Termini von erklärungskräftigen Konzepten zu fassen. *Zweitens* müßte sie konzeptuell die Frage nach der Entstehung der beschriebenen Problematiken samt den Folgen, durch die sie reproduziert und stabilisiert werden, beantworten können. *Drittens* müßten sich aus dem Wissen um empirisch überprüfbare und geprüfte Determinationszusammenhänge alltags- und wertbezogene Handlungsanweisungen ableiten lassen.
Was finden wir auf die Frage nach dem Gegenstand einer Theorie Sozialer Arbeit und ihrem handlungstheoretischen Ertrag in der einschlägigen Fachliteratur an Antworten vor – im deutschsprachigen Kontext und international?[4] Ich will *drei Grundaussagen* anhand von Lexikonartikeln formulieren:

(1) *Soziale Arbeit ist Gegenstand einer Geschichts-, genauer: einer Institutionalisierungstheorie von gesellschaftlichen Aufgaben, und zwar als Berufs- bzw. Professionsrollen.* Ein historischer Zugang zu unserem Thema beginnt zunächst einmal nicht bei den Problemen,

---

[4] Mit letzterem meine ich Diskurse im Rahmen internationaler Hochschulvereinigungen. So unter anderem die „Internationale Vereinigung der Hochschulen für Soziale Arbeit" (IASSW) mit Sitz in Wien, das „Interuniversity Consortium for Social Work and Welfare" (IUC) oder das „Council on Social Work Education" (CSWE). In diesem Zusammenhang wirkt die Sprachbarriere leider auch als Theoriebarriere.

sondern bei den Antworten auf diese Probleme: Soziale Arbeit ist die Gesamtheit der Einrichtungen und Maßnahmen zur Hilfe an Arme und Verwahrloste. Die Theorie Sozialer Arbeit ist die Geschichte der Entstehung und Institutionalisierung sozialer Dienste.
Dieser Ansatz findet sich in älteren Arbeiten bei Christian Jasper Klumker (1918), Inhaber eines ersten Lehrstuhls für Fürsorgewesen an der Universität Frankfurt, und bei seinem Schüler Hans Scherpner (1962). Entsprechend faßt C. Wolfgang Müller in einer Arbeit aus jüngerer Zeit, in einem Wörterbuchartikel unter dem Stichwort „Soziale Arbeit", die Soziale Arbeit als eine Vielzahl von Einrichtungen und Maßnahmen, „die Menschen helfen sollen, sich in ihre Gesellschaft zu integrieren (Sozialpädagogik) und in ihr ein Leben zu führen, das der Würde des Menschen entspricht (Sozialarbeit)" (Müller 1988, 480). Ihre Ursprünge lägen in der Armenverwaltung, in der Ersatz- und Sozialerziehung. Der Artikel fährt fort mit der Erläuterung der Geschichte des gesellschaftlichen Verständnisses von der Notwendigkeit sozialarbeiterischer Aufgaben, um dann die Arbeitsfelder detailliert zu beschreiben.
Theorie und Wissenschaft werden hier bemüht, um die Entstehung Sozialer Arbeit aus den gesellschaftlichen Bedingungen des 18. Jahrhunderts zu erklären (Scherpner 1962, 1966; Sachße 1986). Es wird in dem genannten Beitrag als „wissenschaftlich angemessen" betrachtet, die Genese Sozialer Arbeit in den Ursprüngen der Industriegesellschaft und in den Bewegungsgesetzen des Kapitalismus zu suchen. Diese Prozesse haben zur Vergesellschaftung bzw. Verstaatlichung der ursprünglich von der Familie dem Individuum geschuldeten Aufgaben der Wiederherstellung menschlichen Arbeitsvermögens und der Erziehung der Nachkommen geführt, und zwar als Folge der Entkoppelung von Produktion und Sozialisation (Müller 1988, 482).
Handlungstheoretisch ist mit diesem Ansatz implizit oder explizit die Vorstellung verbunden, daß Bewußtheit über historische Prozesse und über die eigene gesellschaftliche Lage unmittelbar handlungsbegründend und handlungsmotivierend ist. Geschichts- und Problembewußtsein kann allerdings auch dazu führen, die Hoffnung auf Veränderungen aufzugeben und zu resignieren. Dies gilt für die AdressatInnen von Sozialer Arbeit und für die Fachkräfte selbst; man denke an die Diskussion des Burnout-Syndroms (Marquard/Runde/Westphal 1993). Aus der Geschichte läßt sich nur lernen, wenn man die Gesetzmäßigkeiten und die nicht nur einmaligen, nicht verallgemeinbaren Ereignisse (er)kennt. Gerade diese Thematik gehört zur Zeit zu den umstrittenen Fragen einer Theorie Sozialer Arbeit (Dießenbacher/Müller 1984; Leder 1993).

(2) Die zweite Grundaussage bestimmt die *Soziale Arbeit als Gegenstand von Handlungstheorien.* Auch in Hinblick auf dieses Thema ist Klärung angebracht, da sich die größten Mißverständnisse mit ihm zu verbinden scheinen. Diese Mißverständnisse verhindern, daß wir in der Frage der Relevanz von Theorie und Wissenschaft für die Praxis der sozialen Arbeits vorankommen. Zu unterscheiden sind *drei Typen von Handlungstheorie:*

(a) Allgemeine Handlungstheorie: Ein erster Typus von Handlungstheorie besteht in Aussagesystemen über Menschen als selbstwissensfähige Organismen bzw. TheorieschöpferInnen (Bunge 1984) und deren Aktivitäten. Eine dieser Aktivitäten ist bewußtes, zielorientiertes Handeln, daß sich an Bedürfnissen, an Bildern, Werten, Alltagstheorien oder/und wissenschaftlichen Theorien orientiert. Die Allgemeine Handlungstheorie ist eine Theorie des Verhältnisses zwischen Fühlen, Bewerten, Denken und Handeln. Dazu gehören auch Aussagen über psychophysische, kulturelle und strukturelle Beschränkungen, Entwicklungs- und Ausweitungschancen des Erkennens und Handelns von Menschen.
(b) Besondere Handlungstheorie oder nomopragmatische Theorie (Agologie): Ein zweiter Typus von Handlungstheorie kann als nomopragmatische Theorie über den Zusammenhang zwischen menschlicher Einwirkung auf „etwas" und den herbeigeführten Wirkungen bezeichnet werden. Hierher gehören Aussagen über Veränderungen eines physischen, sozialen oder kulturellen Systems durch konkrete menschliche Einwirkung, die wiederum auf Erklärungen zielorientierten Handelns in einem bestimmten sozialen und kulturellen Kontext zurückgreifen müssen. Die Denk- und Verhaltensregeln des handelnden Subjekts sind hier - wie im ersten Typus - empirisch faßbare und damit untersuchbare Fakten. Das gleiche gilt für die von den Handelnden geäußerten Absichten, Werte und bewußten Ziele. Zu ihrer Erschließung bieten sich verschiedene hermeneutische Verfahren an, die zwischen Bildern, Codes, Werten, Zielen und Plänen unterscheiden können müssen (Obrecht 1994). Dazu kommen die Beobachtung und Erhebung von faktisch erzielten Wirkungen unter anderem durch Begleit- und Evaluationsforschung (Heiner 1994), z.B. die Analyse von Akteurverhalten oder der Strategien in sozialen Organisationen und Bewegungen.
(c) Normative Handlungstheorie (Agogik): Ein dritter Typus kann als „pragmatisch-normative Handlungstheorie" bezeichnet werden. Die Denk- und Verhaltensregeln sind hier nicht mehr Fakten, sondern ein Set von Anweisungen für das Denken und Verhalten im Sinne von

Imperativen wie „Beobachte ...“, „Interpretiere ...“, „Bewerte ...“, „Wechsle die Perspektive ...“, „Rekonstruiere das vom Klienten Gesagte in theoretischen Begriffen“, „Tue ...“, „Vermeide ...“. Diese Regeln beziehen sich im Alltag meist auf nicht weiter begründete, wenngleich meist konsensuale, kaum hinterfragte Normen, was man zu denken, zu fühlen, nicht zu denken hat oder was und wie man etwas tun soll. Eine pragmatische professionelle Handlungstheorie hat nun das Ziel, aus „Denk- und Verhaltensgefängnissen“, die das Problem mitverusacht haben, zu befreien, indem sie Denk- und Handlungsanweisungen entwickelt, die sich auf theoretisch und – je nach Erkenntnisstand – wissenschaftlich begründete Wirkungszusammenhänge bzw. Gesetzmäßigkeiten und explizit gemachte Werturteile sowie auf ein differenziertes Bild von den verfügbaren Ressourcen beziehen.

Eine *Disziplin „Soziale Arbeit“* als die Summe der Bemühungen um Erkenntnis und Veränderung eines Wirklichkeitsausschnitts *gründet auf allen drei Varianten von Handlungstheorie.* Wie andere praxisbezogene Disziplinen auch ist die Disziplin „Soziale Arbeit“ zentral auf den Dialog und Austausch mit Grundlagenwissenschaften wie Biologie, Psychologie, Soziologie und Kulturtheorie und mit der Philosophie und Ethik als Metatheorien angewiesen. Mit anderen Worten: Sie hat die Frage nach Gegenstands-, Erklärungs-, Wert-, Adressaten-, Ressourcen- und Verfahrenswissen bzw. wertbezogenen, theoretisch-wissenschaftlich begründbaren Handlungsregeln zu beantworten (Staub-Bernasconi 1986).
Die disziplinpolitisch heikle *Frage nach der Grundlagen- oder Leitdisziplin,* der man die *Soziale Arbeit* zu- oder gar unterordnen soll, wird im Rahmen dieser Sicht müßig und zugleich klar beantwortbar:

(a) Soziale Arbeit muß, da sie an angemessenen, nichtreduktionistischen Erklärungen für einen problematischen Sachverhalt interessiert ist, Theorien aus (fast) allen Grundlagenwissenschaften beiziehen. Demnach ist sie *interdisziplinär* zu konzipieren. Soziale Arbeit kann weder angewandte Psychologie sein (eine in den sechziger Jahren verbreitete Position), noch ist sie klinische Soziologie (eine von Bernd Dewe und Frank-Uwe Radtke 1983 im Gefolge von Ulrich Oevermann artikulierte Position).
(b) Soziale Arbeit als professionelle Praxis kann sich nicht – wie die Grundlagendisziplinen – auf Beschreibungs- und Erklärungswissen beschränken, sondern bleibt auf Wert-, Ressourcen-, Akteurs- und Verfahrenswissen angewiesen. Die Zu- oder gar Unterordnung unter eine der anderen Handlungsdisziplinen als Meta- oder Leitdisziplin würde nur Sinn machen, wenn das Problemspektrum und Aufgaben-

feld das gleiche wäre und die Ressourcen bzw. Verfahren für Problemlösungen ebenfalls die gleichen wären. Das ist aber bei einer genaueren Gegenstandsanalyse Sozialer Arbeit, die von zu allgemeinen Kategorien, wie „Armut und Sozialhilfe", „Abweichung", „Verwahrlosung", „Erziehung und Resozialisierung", Abstand nimmt, nicht der Fall. Und es ist erst recht nicht der Fall, wenn man Soziale Arbeit als Praxis konzipiert, die auf mehreren Niveaus erfolgt. Derzeit diskutierte Vorstellungen über Fall- bzw. Feldbezug oder „Lebensweltorientierung" (Rauschenbach/Ortmann/Karsten 1993) haben bei Lichte betrachtet eine Soziale Arbeit nur auf den Niveaus „Familie", „Kleingruppe", „Nachbarschaft", „Stadtteil", „Organisation" usw. im Blick. So bleibt die Frage nach der Leitdisziplin, wie bereits Alice Salomon vor 70 Jahren feststellte, leider eine machtpolitischen Frage zwischen Disziplinen und Fakultäten:

> „Man wird deshalb alle diese Hauptfächer gleichmäßig behandeln müssen und keines zum Nebenfach herunterdrücken können ... Und alle Fächer müssen unter die zentrale Idee der Ausbildung zur sozialen Arbeit gestellt werden. Ohne diese zentrale Bildungsidee würden die sozialen Schulen zwischen den widerstreitenden Ansprüchen der verschiedenen Fächer wie zwischen Hammer und Amboß zerdrückt und der soziale Beruf aufgelöst und seines Inhalts entkleidet werden." (Salomon, zit. n. Wieler 1989, 72).

Soziale Arbeit gewinnt ihre Eigenständigkeit als Disziplin nicht durch Abschottung gegenüber anderen Wissenschaften, sondern durch die klare *Konzeptualisierung* ihres Problembereiches.
Nehmen wir uns nach diesen Bemerkungen einen weiteren, dazu passenden Lexikonartikel vor, das Stichwort „Sozialpädagogik/Sozialarbeit: Theorie und Entwicklung" im von Hanns Eyferth, Hans-Uwe Otto und Hans Thiersch 1984 herausgegebenen Handbuch Sozialarbeit/Sozialpädagogik. Dort heißt es, Sozialpädagogik/Sozialarbeit verstehe sich als praxisbezogene, kritische Handlungswissenschaft. Die handlungstheoretisch relevanten Dimensionen sind hier die Lebenswelt der Adressaten, die gesellschaftliche Funktion der Sozialen Arbeit, die sozialen Institutionen und Handlungsfelder des Sozialwesens und das professionelle Handeln (Thiersch/Rauschenbach 1984, 1000ff.). Vergleicht man sie mit den eingeführten Wissensdimensionen, die im Rahmen einer elaborierten Handlungstheorie als relevant betrachtet werden müssen, so lassen sich folgende Lücken feststellen:

(a) *Erste Lücke: die „Wertdimension"*: Offenbar wird in jenem Text angenommen, daß durch die Anlehnung an eine kritische Theorie und Wissenschaft (mit Bezug unter anderem auf Jürgen Habermas, Ulrich Oevermann oder Karel Kosik) und damit einhergehend durch den axiomatisch anmutenden Bezug auf den zentralen Wert „Emanzipation“ oder „Autonomie der Lebenswelt“ die Wertdimension festgelegt und ihre Erörterung bereits vorentschieden ist. Damit entzieht man diese Wertsetzungen aber der weiteren Reflexion und vor allem der empirischen Überprüfung der Folgen ihrer Verwirklichung. Gerade der Wert „Autonomie“ ist heute, unter anderem aus der Sicht von ÖkonomInnen und SoziologInnen, ein zentral zu befragender Wert: bezüglich der Schattenarbeit von Frauen, der Menschen aus der Dritten Welt, früher der SklavInnen, heute der ZwangsarbeiterInnen. Die gleiche Kritik ergibt sich aus einer Position, die die Menschen als existentiell angewiesen auf andere Menschen betrachtet – ein Angewiesen-Sein, welchem man sich unter der Bedingung hinreichender Ressourcen und Macht – scheinbar – entziehen kann. Nimmt man die These ernst, daß Autonomie faktisch nie realisiert bzw. realisierbar ist, ohne daß Schattenarbeit, gesellschaftlich nicht anerkannte Solidar- und unbezahlte Zuarbeit beansprucht wird, so haben wir folgendes Paradox: Die in der Fachliteratur zur Sozialen Arbeit meistzitierten Werte und Zielsetzungen „Emanzipation“ und „Autonomie“ können zum Ausgangspunkt dogmatischer Bevormundung und unbeabsichtigter Kolonisierung und Ausbeutung von Menschen werden. Es genügt also keineswegs, die Wertfrage im Zusammenhang mit der ideologiekritischen Diskussion der „Funktion“ von Sozialer Arbeit abzuhandeln. Diese Diskussion hat mehr zur Lähmung statt zur Klärung beigetragen. Die Wertfrage erfordert eine eigene philosophisch-ethische, aber auch wissenschaftliche Reflexion, und zwar auch derjenigen Werte, die an Definitionen körperlicher, psychischer, sozialer und kultureller Probleme anknüpfen. Sie muß überdies die Artikulation unerfüllter menschlicher Bedürfnisse individuell und öffentlich ermöglichen. Es geht hier unter anderem um Werte wie „Gesundheit“, „Leistung und soziale Anerkennung“, „emotionale und soziale Zugehörigkeit“, „interkulturelle Verständigung und Toleranz“, „Sozialverträglichkeit der Wirtschaft“ und um die damit zu verknüpfenden Rechte und Pflichten.

(b) *Zweite Lücke: eingeengtes Adressaten- und Problemspektrum und beschränkter theoretischer wie handlungstheoretischer Bezugsrahmen*: Bei der im besagten Lexikonbeitrag angesprochenen Bandbreite von Problemlagen und AdressatInnen handelt es sich vornehmlich um abweichendes, subkulturelles und, mit eingeschlossen: aggressives bis gewalttätiges und kriminelles Verhalten von männlichen Individuen, Gruppen oder Banden von Jugendlichen und dessen Symbolisierung und Stigmatisierung in öffentlichen wie organisatorischen Interaktions- und Kommunikationsprozessen. Während frühe Theoretiker-

Innen wie Mary Richmond, Alice Salomon und Ilse Arlt als Hauptaufgabe einer Theorie Sozialer Arbeit die Erhelllung des gesamten Problemspektrums ihrer AdressatInnen betrachteten – unabhängig davon, ob der Sozialen Arbeit die Ressourcen zu einer Lösung zur Verfügung stehen –, wird dieses Spektrum im Artikel auf etwas mehr als einer Seite restriktiv abgehandelt. Dafür gibt es zehn Seiten zu Fragen der gesellschaftlichen Funktion Sozialer Arbeit, zu Problemen der Profession und des Sozialwesens. Daß „Alltag" und „Lebenswelt" sehr mißverständliche, viele Definitionen und Interpretationen zulassende Begriffe sind, darauf haben bereits andere hingewiesen (Bergmann 1981; Lippitz 1992).

Der Symbolische Interaktionismus und die Phänomenologie – der im Beitrag verwendete theoretische Bezugsrahmen – können im weiteren dazu führen, daß soziale Probleme wie „Schulversagen", „Kriminalität", „Armut", „Arbeitslosigkeit" oder „Vergewaltigung" zu Produkten von Definitions- und Kommunikationsprozessen moralischer Unternehmer werden und ihre reale, sozial und psychisch konfliktive Basis nicht mehr erkennen lassen. Zudem werden diese symbolischen Interaktionsprozesse noch auf solche von repressiven Instanzen außerhalb wie innerhalb von totalen Institutionen eingeschränkt. Eine nomopragmatische Handlungstheorie, die sich allein auf diese Theorietradition stützt, muß logischerweise vor allem die Veränderung der Etikettierungs-, Stigmatisierungs- und sonstigen Zuschreibungsmuster – beispielsweise bei der Führung von Akten – und ansonsten „radical nonintervention" fordern (dies übrigens der Titel eines Werkes von Edwin Schur, der die Sache auf den Punkt bringt und von „crimes without victims", Verbrechen ohne Opfer [Homophilie, Abtreibung, Marihuanakonsum] ausgeht; Schur 1965).

Da diese Theorietradition tendenziell die Existenz oder/und Relevanz objektiver, sozialstruktureller Faktoren der Problemgenese ablehnt, ist sie auch nicht in der Lage, die Frage nach Gesellschaft als deutungsunabhängiges Faktum zu stellen, im besonderen die Frage nach den realen Machtverteilungs- und Ressourcenverteilungsmustern in verschiedenen sozialen Interaktionsfeldern und Teilsystemen (und nicht nur die nach den Zentralisierungs- und Arbeitsteilungsmustern, nach der Legitimation behindernder und begrenzender Verteilungs- und Hierarchiemuster) sowie die Frage nach der realen und physischen (und nicht nur nach der symbolischen) Gewalt. Gerade dieses Unvermögen hat die Diskussion zur Funktion Sozialer Arbeit zu einer undifferenzierten Anklage werden lassen, in der die Profession als illegitime Herrscherin erscheint. Die Tendenz zur Strukturblindheit in dieser Theorietradition erklärt sich unter anderem dadurch, daß ihre

Autoren sich direkt oder indirekt auf die deutsche idealistische Philosophie beziehen, wie Jeffrey Alexander (1985, 25ff.) aufgezeigt hat. Das heißt, sie bleiben bei der Frage nach der Beschaffenheit bzw. Veränderung von Sinn und Ideen als Deutungsmuster stehen und versuchen diese empirisch zu beschreiben. Da eine Handlungstheorie des ersten Typus (siehe S. 83ff.) fehlt, vermag der Ansatz nicht zu erklären, wo und wie Deutungsmuster entstehen und wie sie beispielsweise auf real gewalttätige Kinder und Jugendliche einwirken.

(c) *Die dritte Lücke: die „Ressourcendimension"*: Im Rahmen der angesprochenen Theorietradition kann diese Dimension deshalb vernachlässigt werden, weil die Theorie sich vornehmlich auf symbolische Ressourcen, Sinnerzeugungs- und Kommunikationsprozesse und auf den Umgang mit direkten wie stellvertretenden Deutungen (Oevermann) beschränkt. Gewiß, Deutungen sind immer im Spiel. Zur Problemlinderung bzw. -lösung werden aber in der Sozialen Arbeit – im Unterschied etwa zu einer psychologischen Beratungssituation – noch viele weitere Ressourcen notwendig. Ohne klare theoretische Vorstellungen von der Beschaffenheit, Verteilung, Knappheit oder Fülle, Herstellbarkeit oder Erschließbarkeit von physichen, sozio-ökonomischen, kulturellen und psychischen Ressourcen könnte sich eine Handlungstheorie zu einer dezisionistischen Theorie des heroischen oder engagierten Reflexions- und Willensaktes reduzieren.

Zusammenfassend sei folgendes festgehalten: Die dargestellten „Lükken" weisen der „Kritischen Handlungswissenschaft" Spuren und Probleme des unbewältigten Dualismus von Geistes- und Naturwissenschaften nach. Dieser hat bekanntlich eine lange Geschichte: „Was nicht Natur ist, ist Geist; was nicht Geist ist, ist Natur. Dem fügt sich die empfohlene Wissenschaftssystematik. ... Nur was Köpfe nicht mehr zusammenhalten können, wird zur eigenen Welt, um die sich dann – wahrhaft paradox in wissenschaftlichen Verhältnissen – ein Meer von Umwissenheit legt." (Mittelstrass 1993, 61). Der gleiche Autor wendet sich entschieden gegen die „Verzwergung der Geisteswissenschaften". Eine „Handlungswissenschaft" Sozialer Arbeit könnte umgekehrt die Chance eröffnen, das Auseinanderfallen von Problemen des Erkennens, Sollens und Könnens zu überwinden.

(3) Die dritte Grundaussage bestimmt die *Soziale Arbeit als Gegenstand eines Denkstils oder Verfahrens der Wissensverwendung*. Hier fällt die Theorie Sozialer Arbeit mit Professionalisierungstheorie im Sinne der Wissensverwendung zusammen. Gefragt sind nur noch Verfahren und nicht etwa Inhalte oder „Substanz". Im Extrem wird beispielsweise im Gefolge des radikalen Konstruktivismus, jede inhaltli-

che Gegenstandsbestimmung, jede vom Bedarf losgelöste Problemdefinition als „Essentialismus" denunziert und durch reflexive, hermeneutische Verfahren ersetzt (zur Kritik siehe: Obrecht 1991; und zu einer interessanten Entgegnung siehe: Nussbaum 1992). Probleme und deren Erklärung werden zu situativ-subjektiven, kulturrelativistischen Konstruktionen, die an keinem objektiven Wert- oder Wahrheitsmaßstab mehr zu überprüfen sind. Sozialarbeitstheorie wird zur „Grundlagentheorie der interaktiven Herstellung sozialer Wirklichkeit" bzw. des „strukturellen Ortes der Vermittlung von Theorie und Praxis" (Gildemeister 1993, 214), und zwar zwischen WissenschaftlerInnen und PraktikerInnen und nicht etwa zwischen PraktikerInnen und Sozialarbeitsadressaten (kritisch dazu: Reichertz 1993).

Aber sogar die vorgeschlagenen Verfahren der stellvertretenden Deutung durch die Wissensbesitzer stehen im Rahmen dieses Diskurses auf wackeligen Füßen. Denn die „Autonomie der Lebenspraxis" kann nur dann wieder hergestellt werden, wenn davon ausgegangen wird, daß „wissenschaftliches Wissen ... (dem Alltagswissen) nicht überlegen (ist) und sich auch nicht direkt anwenden (läßt)" (Gildemeister 1993, 15f.). Obwohl Reflexionswissen für die Deutung der beruflichen Praxis als unverzichtbar betrachtet wird, gilt:

> „Wissen z.B. über die historische Entwicklung und gesellschaftliche Funktion sozialer Arbeit, über Entstehungs- und Reproduktionsprozesse sozialer Verarbeitungsformen lebensgeschichtlicher Problemsituationen ... (ist) als Anleitung für praktisches Handeln untauglich." (Dewe u.a. 1993, 71)

Dadurch wird nun aber nicht nur die Dialektik von Begründungs- und Entscheidungszwang, von Problemdeutung und Problemlösung, sondern auch der Zusammenhang von theoretisch aufklärendem Begründungswissen und wissenschaftlich begründbarem Handlungswissen zunichte gemacht.

Theorie wird hier zum reflexiven Verfahren oder Denkstil mit unbestimmtem, selbstinszenierten Anlaß. Wir haben am Ende gar keine Theorie vorliegen, sondern nur die normative Beschreibung eines technischen Definitions- und Deutungsverfahrens, das mit dem Anspruch ausgestattet wird, allgemein gültiges wissenschaftliches Regelwissen zu sein. Aus Angst, die KlientInnen mit sozialwissenschaftlichem, technokratischem Herrschaftswissen zu kolonisieren, begeben sich die Vertreter dieses Ansatzes in eine noch größere Gefahr, nämlich: die inhaltlichen Sorgen und Nöte der KlientInnen zu mißachten und ihre Abhängigkeitsverhältnisse zu übersehen, in denen sie sich durchweg schon befinden, bevor sie zu KlientInnen geworden sind, und in denen sie oft auch nach Beendigung der Hilfebeziehung bleiben. In Anbetracht dessen, daß bis vor kurzem AutorInnen deutscher Sprache nicht müde wurden, den Technologieüberhang und Pragmatismus amerikanischer Sozialarbeitstheorien und -methoden zu kritisieren, ist diese Verengung in der Theoriebildung mehr als bedauerlich.

Zusammenfassung: Ich habe bis jetzt Soziale Arbeit als Gegenstand von historischer Forschung, kritischer Handlungstheorie und professionellem Verfahren der Wissensverwendung diskutiert. Bei aller Unterschiedlichkeit haben diese Ansätze gemein, daß sie eine gewisse Skepsis teilen bezüglich der Relevanz von Theorien und Technologien für sozialarbeiterisches Erkennen und Handeln. Die Spuren der von Wolf Lepenies beschriebenen antagonistischen zwei Kulturen, nämlich zwischen lebensentfremdeter Naturwissenschaft einerseits und Lebensphilosophie als Wissenschaft der wahren, geistigen und gemütvollen naturwissenschaftlich nicht faßbaren menschlichen Natur andererseits, zwischen Erklären und Verstehen scheinen mir unverkennbar. Man bemüht sich deshalb weniger um die Probleme der aktuellen und potentiellen AdressatInnen von Sozialer Arbeit, sondern konzentriert sich auf Probleme des organisationellen „Überbaus" im Sozialwesen.[5] In schematischer Darstellung verteilt sich das Interesse auf (siehe Abbildung 1).

Ohne die Wichtigkeit von Problemen der Trägerschaft und der Professionalisierung zu negieren, müßte die vorherrschende Selbstbeobachtung und Selbstbezüglichkeit durch entschieden mehr Adressatenbezug und Adressatenforschung ergänzt werden. Dabei läßt sich entdecken, daß mehr Wissen abrufbar und zu verwenden ist, als gemeinhin angenommen wird. Viel spricht dafür, daß erfolgreiche professionelle Problemlösungen nicht nur mit Handlungswissen, sondern mit Merkmalen sozialer Organisation und mit Managementstilen zusammenhängen. Allerdings müßte gerade diese Vorstellung wissenschaftlich überprüft werden.

---

[5] Dies reicht bis zur Aussage: „Der ‚Mensch', das ‚Leben' ist nicht Gegenstand von Wissenschaft. Dieser Weg einer spezifischen Sozialarbeitswissenschaft führt in die Irre." (Gildemeister 1993, 13) Man spricht im deutschsprachigen Raum nach wie vor von der „disziplinären Heimatlosigkeit Sozialer Arbeit" (Haupert/Kraimer 1991) oder von der „Sozialpädagogik – eine akademische Disziplin ohne Vorbild ?" (Rauschenbach 1991) und geht davon aus, daß die Verwissenschaftlichung der Sozialen Arbeit vor etwa 20 Jahren begonnen hat (Rauschenbach 1991, 4).

Abbildung 1: Problembezogene Verteilung der Schwerpunkte in Theoriebildung und Forschung zur Sozialen Arbeit

Anteile der Schwerpunkte in Theoriebildung und Forschung zur Sozialen Arbeit / Probleme	*Realer Anteil*	*Wünschbarer Anteil*
des Sozialwesens im Verhältnis zu Staat und Markt		
der Organisation sozialer Dienste		
der Funktion Sozialer Arbeit		
des Managements sozialer Dienste		
der Berufsträger, Professionellen, Wissenschaftler		
der Ausbildung für Soziale Arbeit		
des Wissenstransfers zwischen Wissenschaftlern und PraktikerInnen		
der Entprofessionalisierung/Laisierung		
der AdressatInnen Sozialer Arbeit		

2. Wissenschaft als kognitive Ressource der Sozialen Arbeit

Wenn die Verwendung wissenschaftlicher Verfahren in der Sozialen Arbeit wie in anderen handlungsorientierten Disziplinen sinnvoll und legitim ist, dann nicht zu Statuszwecken, wie dies teilweise suggeriert wird (Leder 1992), sondern um die dem Alltagswissen gesetzten physischen, soziokulturellen und je nachdem auch politischen Grenzen und Schwächen und mithin auch die Verzerrungen und Ideologisierungen menschlichen Erkennens soweit wie möglich auszugleichen bzw. zu überwinden (Obrecht 1993; Engelke 1992). Wissenschaft ist eine besondere Form menschlichen Erkennens mit besonderen, diskutierbaren und nachprüfbaren Regeln und Verfahren. Ihr allgemeinstes Ziel ist die Untersuchung der Welt, wie sie ist, und nicht, wie sie sein sollte oder wie ich sie mir wünsche.

Die Anfänge einer „Fürsorgewissenschaft" vor etwa 100 Jahren sind geradezu beherrscht vom Nachweis von untauglichen, entwürdigenden, teilweise religiös-moralischen oder rechtlich begründeten, diskriminierenden Alltagstheorien, wie sie von Armen- und Jugendpflegern, von freundlichen Besucherinnen und Politikern vertreten wurden. Dieser Nachweis wurde erbracht in frühen Sozialenqueten über soziale Probleme: in den „Hull House Maps and Papers" (Addams, Kelly u.a. 1895), in der Pittsburger Armutsstudie um 1900 (bei welcher Jane Addams, Florence Kelley u.a. mitwirkten), in Studien über menschliche Bedürfnisse (Arlt 1921, 1953), in Arbeiten über Familien der Unterschicht in ländlichen und städtischen Kontexten (Salomon u.a. 1930–1933) usw. Immer wieder wurde hervorgehoben, daß eine Fürsorgetheorie und -wissenschaft mit der Erforschung der Situation von Menschen und nicht mit der Gesetzesbasis oder den Einrichtungen der Wohlfahrtspflege zu beginnen habe (Richmond 1917; Salomon 1925). Gemäß Ilse Arlt darf

> „Fürsorgetheorie ... nie von der Art der Einrichtung ..., sondern muß vom Menschen selbst, von allen Bedingtheiten seines Lebens, vom Klima, Arbeit und menschlicher Umgebung (ausgehen). Dazu gehört eine Methode, die mit Sicherheit(!) jeden einzelnen Faktor einbezieht, zunächst in der rein theoretischen, logisch fundierten Erfassung des Menschenlebens, dann in der Beurteilung der möglichen Faktoren und endlich im Einzelfall in der Analyse der tatsächlich stattfindenden Einwirkungen auf einen tatsächlich vorhandenen Menschen ..." (zit. in Steinhauser 1993, 188 f.).

Es ging primär um qualitatives und quantitatives Wissen über die sozio-ökonomische Situation, die Person und ihre Bedürfnisse, die sozialen Beziehungen und machtmäßigen Abhängigkeiten von in Not geratenen Menschen. Und dieses Wissen bildete unter anderem die Basis für die Formulierung und Durchsetzung sozialreformerischer wie sozialpolitischer Maßnahmen. Die theoretischen Interpretationen der gesammelten Daten wichen in all diesen Fällen von sozialdarwinistischen oder funktionalistischen Theorien der Armut als Naturgegebenheit oder als Mittel zur Stärkung von Sittlichkeit und gemeinschaftlichem Zusammenhalt ab.

In einer *zweiten Entwicklungsphase* jener „Fürsorgewissenschaft", etwa ab 1940 ging es darum, aufzuzeigen, wie Klientel und Fachkräfte in ihren Handlungen Theorien, Gesetzmäßigkeiten und Regeln gehorchen, von deren Existenz sie keine Kenntnis haben und die aus diesem Grunde ihre besten Absichten und Ziele durchkreuzen (Hearn 1958; Rothman 1974). Mit dieser Zielsetzung entstanden auch nach 1950 die ersten *Evaluationsstudien*. Erinnerungswürdig ist die Tatsache, daß in Deutschland

> „mit dem Rücktritt Alice Salomons vom Vorsitz der KFS (Konferenz der Fachbereichsleitungen der Fachbereiche Sozialwesen in der Bundesrepublik Deutschland) (1933) und der baldigen Überführung der KFS zum ‚Reichszusammenschluß der Sozialen Schulen für Volkspflege' (1937) ... der wissenschaftliche Anspruch für Soziale Arbeit jegliche öffentliche Unterstützung (verlor). Soziale Arbeit mit dem Ziel der Versöhnung – wie sie Alice Salomon verstand – hatte bei Hitler und in Deutschland keine Chance mehr. In anderen Ländern dagegen, z.B. in den USA oder England, wurde die Entwicklung der Sozialen Arbeit als Wissenschaft gefördert, und sie erhielt auch einen angemessenen Platz im Wissenschaftsbetrieb" (Engelke 1992, 3f.).

Gleiches ist im Hinblick auf die Bemühungen um Wissenschaftlichkeit von Ilse Arlt in Österreich zu sagen: Die von ihr 1912 in Wien gegründeten „Vereinigten Fachkurse für Volkspflege" wurden 1938 von den Nationalsozialisten geschlossen.

Der vorhandene Dualismus zwischen Geistes- und Naturwissenschaften, zwischen Begründungs- und Entscheidungszwang, Problemreflexion und Problemlösung (unter anderen Dewe/Radtke 1983) läßt offen, ob die frühe Tradition von „Sozialarbeitswissenschaft", welche den Dualismus mit den damaligen Mitteln zu überwinden versuchte, eine Fortsetzung erfahren wird. Eine Möglichkeit zu dessen Überwindung sei deshalb hier in Anlehnung an Mario Bunge (1967, 132 ff.) kurz aufgezeigt:

Im Rahmen einer handlungsorientierten Disziplin haben wissenschaftlich erhobene Fakten, Bilder und Theorien die Funktion einer Basis für wissenschaftlich begründete Handlungsanweisungen. Das Alltagswissen und -verhalten von Menschen wird durch Regeln strukturiert, die sozial, kulturell, moralisch durch Übereinkunft und Sitte oder rechtlich begründet sein können. Eine Handlungsregel ist im Unterschied hierzu dann theoretisch bzw. wissenschaftlich begründet, wenn sie sich auf ein Set von Gesetzmäßigkeiten stützt, die erklären, warum die Regel wirksam ist. Dies gilt für eine wissenschaftlich basierte Soziale Arbeit wie auch für eine wissenschaftlich basierte Sozialpädagogik als Erziehungswissenschaft. Gesetzmäßigkeiten sind mehr oder weniger bzw. annähernd wahr, Regeln mehr oder weniger wirksam. Im Unterschied zu Gesetzmäßigkeiten, die bestimmte Sachverhalte erklären, sind Handlungsanweisungen Normen, die einen Handlungsverlauf vorschreiben, um ein Ziel zu erreichen. Der Bereich, über den Gesetzmäßigkeiten formuliert werden können, umfaßt die gesamte Realität. Der Bereich, über den Regeln formuliert werden können, kann sich nur auf Menschen beziehen, da nur sie Regel- und TheorieschöpferInnen sind. Die Gesetzmäßigkeit, auf die ich mich hier als Beispiel stütze, ist ein Ergebnis aus der Frauenhausforschung. Die Ausgangsfrage hierzu lautete: Welches sind die Determinanten einer geglückten Befreiung aus Abhängigkeitsverhältnissen, die immer wieder in Gewalttaten münden? Der aus vielen untersuchten Einzelbeispielen verallgemeinerbare Befund lautet:

> Die Verfügung über physische, psychische, sozioökonomische und kulturelle Ressourcen, die zugleich potentiell als Machtquellen eingesetzt werden können (A), führt zur Befreiung aus Gewaltverhältnissen (B). Machtquellen ermöglichen eine Zielerreichung notfalls auch gegen den Willen bzw. die Interessen des Stärkeren.
> Bleiben wir der Einfachheit halber bei dieser nomologischen Aussage, ohne sie weiter zu spezifizieren (für detaillierte Ausführungen siehe: Staub-Bernasconi 1994), dann bildet sie nun die Basis für folgende nomopragmatische bzw. handlungstheoretische Aussage: Wenn Frauen selber oder mit fremder Hilfe eigene und fremde Ressourcen erschließen und diese notfalls auch als Machtquellen einsetzen (A), dann besteht die Chance, daß sie sich allmählich aus Gewaltverhältnissen befreien können (B).
> Und diese Aussage ist wiederum die Basis für folgende Handlungsregeln: Um Befreiungsprozesse einzuleiten, müssen Machtquellen vorhanden sein oder erschlossen werden. Und: Um Befreiungsprozesse zu verhindern, müssen Machtquellen vorenthalten, entzogen oder zerstört werden. Beide Regeln haben die gleiche Begründungsbasis, d.h. die gleiche handlungstheoretische Aussage als Grundlage, die wiederum aus einer nomologischen Aussage (Gesetzmäßigkeit über ein objektives Realitätsmuster) abgeleitet wurde. Die Struktur der nomologischen und der nomopragmatischen Aussage ist gleich, nur: Im Fall der nomologischen Aussage bezieht sich (A) auf ein Faktum, im Fall der handlungstheoretischen Aussage bezieht sich (A) auf eine oder mehrere menschliche Handlungen.

Solche Regeln schließen nicht aus, daß man in unserem Beispiel etwa auf die besonderen äußeren und inneren Bedingungen einer Frau, z.B. das Alter der Kinder, ihre Wohnumgebung, ihre Ängste, ihr Zeitgefühl, ihr Lerntempo usw. Rücksicht nimmt. Aber es ist ebenso wichtig zu verstehen, daß das Wissen um Gesetzmäßigkeiten den Wissensverwendern die Möglichkeit gibt, die Bedeutung bestimmter, bisher als zentral oder unüberwindbar betrachteter Determinanten ihres Problems zu relativieren oder ihre Berücksichtigung beim Handeln sogar zu vernachlässigen. Theorien haben nämlich die zentrale Funktion, Hinweise darauf zu geben, welche Phänomene bzw. Sachverhalte vernachlässigbar sind und welche nicht, weil sie als mehr oder weniger stark (mit)determinierend ermittelt worden sind. Es kann beispielsweise entlastend sein und Handlungsspielräume eröffnen, zu entdecken, daß es innerpsychische und nicht äußere sozialstrukturelle Barrieren sind, welche den Ausbruch aus einer gewalttätigen Beziehung erschweren oder verhindern. Oder es kann für das Konfliktniveau eines Sozialverbandes sehr wichtig sein zu wissen, ob Fremdenfeindlichkeit in einem bestimmten sozialen Kontext mit struktureller Benachteiligung oder mit der Angst vor dem unbekannten Fremden zu tun hat.

Es gibt keinen sachlich zwingenden, sondern nur einen pragmatischen Zusammenhang zwischen der nomologischen Aussage und den beiden Handlungsregeln. Die Metaregel, nach den beiden Regeln zu suchen, ist nur eine Empfehlung und kein Befehl, nur eine Aufforderung, etwas zu versuchen und nicht, etwas kritiklos zu übernehmen. Dies aus folgenden Gründen: Zum einen könnte(n) die berücksichtigte(n) Gesetzmäßigkeit(en) sich auf ein unpräzises, unvollständiges oder zu allgemeines, idealisiertes Modell eines konkreten Sachverhaltes beziehen, so daß die dazugehörigen Regeln mehr oder weniger unwirksam bleiben. Es könnte sich zum anderen um die berühmte Abweichung handeln, welche die Regel bzw. Gesetzmäßigkeit bestätigt. Und drittens könnte sich die Gesetzmäßigkeit trotz sorgfältiger Überprüfung als partiell falsch erweisen. Bleibt also die gewünschte Wirkung einer Handlung aus oder entstehen andere Wirkungen, welche die gewünschten eventuell sogar durchkreuzen oder neutralisieren, heißt dies allerdings nicht automatisch, daß die Theorie bzw. die Gesetzmäßigkeit nicht anwendbar oder falsch ist. Beim ersten Befund ginge es um die weitere Präzisierung der Theorie, beim zweiten Fall um die Bildung von Hypothesen darüber, welche bisher nicht berücksichtigten Determinanten oder Ausgangsbedingungen die Abweichung bewirkt haben könnten, und im dritten Fall ginge es um die Suche nach alternativen Hypothesen.

Praktischer Erfolg ist also kein Wahrheitskriterium für die zugrundeliegende Gesetzmäßigkeit, wie dies in pragmatischen und utilitaristischen, auch in marxistisch inspirierten Handlungstheorien vorgeschlagen wird. Der Grund hierfür ist der, daß der Erfolg einer Regelanwendung die Bildung unbegrenzter Hypothesen über die Gründe der Wirksamkeit erlaubt. Aus keiner Ansammlung von wirksamen Regeln läßt sich eine wahre Theorie ableiten. Dies gilt auch für ein hermeneutisch-pragmatisches, kritisches Wissenschaftsverständnis, wie es von Hans Thiersch favorisiert wird (1988, 575 f.). Alles was eine erfolgreiche Handlungsregel leistet – und das ist schon recht viel – ist der Hinweis auf mögliche relevante Variablen. So ungewohnt es tönen mag: Eine angemessene Behandlung praktischer Aspekte des Wissens verlangt einen hoch abstrakten, philosophisch-theoretischen Einstieg.

3. Zur Verknüpfung praktischer mit theoretischen und wissenschaftlichen Fragestellungen: das Wissensmandat der Sozialen Arbeit

Abschließend sei versucht, die verschiedenen Diskussionsstränge in einer Übersicht zusammenzufassen, welche hilfreich sein könnte, um gegenstandsbezogene Theorie- und Forschungsfragen zu formulieren: Zum einen haben wir die „erkenntnisleitenden Fragestellungen" einer Handlungsdisziplin und mithin die Unterscheidung zwischen Beschreibungs-, Erklärungsproblemen, Wert- und Ziel-, Akteur-, Ressourcen- sowie Handlungsproblemen und den entsprechenden Wissensprodukten (Staub-Bernasconi 1986). Die zweite Dimension bezieht sich auf meinen Vorschlag der begrifflichen Erfassung von Problemen von Menschen in sozialen Systemen, welche den Ausgangspunkt für die Erschließung dieses Wissens bilden müßte. Es geht also um *Ausstattungsprobleme* von Menschen, Gruppen von Menschen, aber auch Populationen und Organisationen; ferner um *Austauschprobleme* und *Machtprobleme* zwischen Menschen(-gruppen) und sozialen Systemen und schließlich um öffentlich unterschiedlich verbreitete, geteilte und institutionalisierte *Werte* bzw. *Kriterien*, unter anderem um Menschenrechte und -pflichten sowie um Gesetze zur bewertenden Identifikation von Problemen. Die erste Dimension betrachte ich für die Konstituierung von Handlungstheorien als verbindlich; die zweite läßt durchaus alternative Konzeptualisierungen des Problem- und Arbeitsfeldes Sozialer Arbeit zu (dazu auch: Staub-Bernasconi 1986, 1994). Für jede Problemkategorie, die dadurch gewissermaßen zum „konstitutiven Scharnier" zwischen Erklärungswissen und Handlungswissen wird, kann nun gefragt werden, welches Wissen bereits vorliegt oder fehlt und welches wissenschaftlich überprüft wurde oder durch die Profession (neu) überprüft werden sollte (Kamermann u.a. 1973). Ich benutze hierfür die eingangs skizzierten Fragestellungen aus der Praxis. Das Resultat meiner zugegebenermaßen subjektiven Einschätzung habe ich in der Abbildung 2 (S. 98)[6] festgehalten.

So ist beispielsweise das Wissen über Erscheinungsformen, Determinanten und Folgen von Arbeitslosigkeit im Vergleich zu anderen Problemen höchst umfangreich und relativ gut überprüft; ebenfalls waren die problemlösenden Akteure (Arbeits- und Sozialamt) und Verfahren (Erwerbslosen-/Sozialhilfe usw.) bis Ende der siebziger Jahre klar. Was aber im letzten Jahrzehnt zunehmend Verunsicherung auslöst, ist das Phänomen des Wachstums ohne Schaffung von Arbeitsplätzen („jobless growth") bzw. die damit zusammenhängende Eigendynamik der Kapitalmärkte und Derivativgeschäfte.

In bezug auf das Thema „Besuchsrecht" kann man auf eine reichhaltige Literatur zur methodischen Arbeit mit Familien zurückgreifen (z.B. über Mediation, Kommunikationstechniken, Techniken des Aushandelns); allerdings hat die neuere Frauenforschung aufgedeckt, inwiefern die besondere Lebenssituation von Frauen nicht nur in der Sozialpolitik, sondern auch in der Familienhilfe und -therapie unberücksichtigt blieb. Es ginge also um die Berücksichtigung dieses Wissens und seine Konsequenzen für neue Besuchsrechtsregelungen.

In bezug auf die Lösung interkultureller Konflikte weiß man einiges, z.B. aus der Forschung über Vorurteile, Fremdenfeindlichkeit, Rassismus und interkulturelle Verständigung; hingegen ist man relativ ratlos, wenn ethnische Konflikte für die kulturelle im Unterschied zur biologischen Legitimation von Nationalismus und Rassismus, für den Aufbau von Macht, die Mißachtung der Menschenrechte mißbraucht werden.

Was bei der sorglosen Durchsetzung von Marktprinzipien angesichts einer einseitig an ökonomischen Leitbildern orientierten Behörde zu unterneh-

---

[6] Die Gliederung in der Übersicht spiegelt sich auch in den Inhalten eines neuen Studienplans wieder, den wir an der Schule für Soziale Arbeit Zürich eingeführt haben. Die Studienbereiche dieses „Neuen Lehr- und Studienplans der Abteilung A" sind (1) Individuelles Leiden und Soziale Probleme, (2) Systemische Wirklichkeits- und Erkenntnistheorie, (3) Individuen in Umwelten und Lebensphasen, (4) Soziale Systeme und Organisationsformen, (5) Wertlehre und Ethik, (6) Theoriegeschichte und Theorien Sozialer Arbeit, (7) Sozialwesen und Profession, (8) Handlungslehren Sozialer Arbeit, (9) Forschung und Entwicklung. Der Lehrplan kann unter folgender Anschrift angefordert werden: c/o Schule für Soziale Arbeit Zürich, Tagesschule Sozialarbeit, Rieterstr. 6, Postfach, CH-8059 Zürich. Siehe auch den *Anhang* zu diesem Beitrag, S. 102ff.

Abbildung 2: Sozialarbeits- und erkenntnistheoretische Leitfragen für eine Theorie und Wissenschaft Sozialer Arbeit

	Beschreibungs-problem?	Erklärungs-problem?	Wert-/Ziel-/Orientie-rungsproblem?	Adressaten-/Ressour-cenproblem?	Handlungsproblem?
Ausstattungs-probleme – z.B.: Erwerbs-losigkeit	x	x	x	x-?	x-?
HIV-Infizierte	x	?	x	?-x	?
Austausch-probleme – z.B.: Besuchsrecht	?	x	?	x	x
Interkuturelle Konflikte	?	?	?	?	?-x
Machtprobleme – z.B.: Markt- und Effizienzorien-tierung bei Schwer-vermittelbaren	x	x	?	?	?
Wert- bzw. Kri-terienprobleme – z.B.: Fortschritt dank „jobless growth“	x	x	?	?	?

x Wissen vorhanden, eventuell auf soziale Probleme hin neu zu überprüfen

? Theorie-/Handlungstheorieentwicklung- und/oder Forschungsaufgabe

men ist, ist eine zur Zeit handlungstheoretisch wenig diskutierte Frage. Ein Beispiel bietet die Evaluation von Selbsthilfe- und Zuverdienstfirmen für entlassene Psychiatriepatienten (Dörner 1990): Solche Firmen schaffen nicht nur Verdienstmöglichkeiten zur Befriedigung der Grundbedürfnisse, sondern erlauben auch soziale Aktivitäten wie: Kaffee trinken, Zeitunglesen, Schwatzen, herumhängen, anderen bei der Arbeit zuschauen; und sie bieten Gelegenheit, sich einen kleinen Luxus, z.B. ein Fahrrad mit zwölf Gängen, durch einen Zuverdienst zu leisten. Die Ergebnisse zeigen, daß alle diejenigen, die es nicht schaffen, mindestens eine Stunde pro Tag eine gesellschaftlich anerkannte, entlohnte Arbeit zu verrichten, ausnahmslos mit schweren Rückfällen in die Klinik eingewiesen werden müssen (Dörner 1990, 96). Soziale Arbeit muß sich wieder vermehrt – wie in ihren Anfängen – mit Ökonomie auseinandersetzen.

In diesem Zusammenhang kehre ich zum Beginn meiner Ausführungen zurück, insbesondere zum ersten deutschen Lehrstuhlinhaber für Fürsorgewesen und Sozialpädagogik (ab 1920), Christian Jasper Klumker, um ihn noch etwas ausführlicher im Hinblick auf sein Sozialarbeitsverständnis auf dem Hintergrund seiner Nationalökonomie-, Philosophie- und Theologiestudien zu zitieren:

„Fürsorge ist Erziehung Unwirtschaftlicher, Versorgung Unwirtschaftlicher, Verwertung Unwirtschaftlicher. Ihr Ziel ist rein wirtschaftlich bestimmt; darin liegt ihre Selbständigkeit und Unabhängigkeit, darin auch ihre sichere Umgrenzung" (Klumker 1918, 23). Erziehung zur Wirtschaftlichkeit und Verwertung der Kräfte des Armen seien in der Fürsorge entscheidend. „Erst wenn unter den Erscheinungen des Wirtschafts- und Gesellschaftslebens die Armut als notwendig begriffen und die Fürsorge für die Armen als vollberechtigtes Glied gesellschaftlicher Betätigungen anerkannt wird, kann ihr selbständiger Wert bestimmt werden." (a.a.O., 8)

Das Problem dieser Fürsorgekonzeption ist nicht nur die verobjektivierende Sprache, sondern auch der funktionalistische Zugang zum Armen und zur Armut. Die physischen, psychischen, sozialen und kulturellen Bedürfnisse und Lebensziele der Armen bleiben für eine Definition und Theoriekonzeption Sozialer Arbeit ausgeblendet und mithin sekundär. Hauptthema und -ziel ist „wirtschaftliches Funktionieren". Die Armut „an sich" ist nicht etwa abschaffungswürdig, sondern sogar notwendig, zum einen aus dem Grund, damit die Gesellschaft, d.h. die Nicht-Armen, sich in Solidarität und freiwilliger Hilfe üben können, zum andern, damit die Armenpflege als ökonomisch fundierte Fürsorgewissenschaft endlich in den Chor der universitären Disziplinen aufgenommen werden kann. Leitdisziplin und Garantin für die Eigenständigkeit der Sozialen Arbeit ist für Klumker die Nationalökonomie. Klumker fragt aber nicht nach der Befriedigung von

Bedürfnissen bei knappen Ressourcen, wie dies etwa Ilse Arlt minutiös tut, von Hause aus ebenfalls Ökonomin.
Damit sei festgehalten, daß damals wie heute das Problem des Herrschafts- und Kolonisierungswissens anderswo sitzt, als dort, wo man es üblicherweise vermutet (Staub-Bernasconi 1991). Wir haben hier nicht nur sprachliche Ausrutscher und theoretische Unbeholfenheiten vor uns. Jene Aussagen gehen auf allgemeine Vorstellungen über die Beziehungen und Spannungen zwischen Individuum und Gesellschaft zurück. Nicht nur bei Christian Jasper Klumker, sondern auch später, bei Hans Scherpner und bei vielen anderen, auch neueren Sozialarbeitstheoretikern wird die Spannung zugunsten des Vorrangs des Ganzen oder der Totalität, das heißt der Gesellschaft, der Gemeinschaft oder – im Gefolge von Niklas Luhmann – der Organisation gegenüber den menschlichen Individuen und ihren Bedürfnissen gelöst. Wir finden durchgehend holistische Denkfiguren vor, in denen Gesellschaft den Individuen kausal vor- oder/und moralisch übergeordnet wird und die Individuen funktionale Erfordernisse oder gar „Bedürfnisse" von sozialen Systemen zu erfüllen haben. Dies steht im klaren Gegensatz zu systemischen Vorstellungen, in denen Gesellschaft über die Interaktion von Individuen entsteht, soziale Systeme somit die Funktion haben, individuelle Bedürfnisse zu befriedigen. Im Rahmen jener Denktradition kommt noch ein Weiteres und im Zusammenhang mit Sozialer Arbeit sehr Schwerwiegendes hinzu: Das Leiden – ob in Form von Armut, Arbeitslosigkeit, Kriminalität oder Gewalt und Krieg – dient dem sozialen Fortschritt oder dem Zusammenhalt oder gar Fortschritt einer Gesellschaft und ist aus diesem Grunde nicht nur funktional, sondern auch legitim, weil es eben höheren, allgemeineren Zielen dient. Es sind Vorstellungen, die man nicht nur im heute oft zitierten schumpeterschen Dictum der „Arbeitslosigkeit als kreative Zerstörung", sondern auch bei vielen Philosophen, zentral bei Georg W.F. Hegel, später bei Konflikttheoretikern, den sozialdarwinistisch oder malthusianisch argumentierenden Humanökologen (Joas/Steiner 1989), aber auch bei Emil Durkheim, Talcott Parsons, Karl Marx und Friedrich Engels findet. Interessanterweise findet man sie nicht bei Sozialarbeitstheoretikerinnen wie Jane Addams, Beatrice Webb, Alice Salomon, Ilse Arlt und Berta Capen Reynolds. Dort werden sie im Gegenteil teilweise explizit kritisiert. So gibt es bei Bertha Capen Reynolds ein zwanzigseitiges Kapitel mit der Überschrift: Must It Hurt To Be Helped? Setzt Hilfe Schmerzen voraus? (Reynolds 1951, 13 ff.). Weshalb zwei Denktraditionen der Sozialen Arbeit im gleichen Zeitabschnitt so weit auseinanderliegen und nur die erstere zu akademischen Würden kam, wäre eine höchst interessante wissenssoziolo-

gische Forschungsfrage. Sie ist auch deshalb von Interesse, weil zwei dieser Theoretikerinnen, nämlich Salomon und Arlt, wie Klumker, Ökonomie studierten, und die anderen in ihren Schriften ökonomischen Fragestellungen einen breiten Platz einräumten.
Kurz: Die Kolonisierungs- und Herrschaftsfrage in der Sozialen Arbeit entscheidet sich nicht primär am Problem der wissenschaftlichen Wissenserzeugung und -verwendung, sondern primär am Ort der Problemstellung und Theoriebildung. Dies gilt ebenso für die generelle Wissenschaftskritik. Das Problem des Herrschaftswissens stellt sich dort, wo

(a) die Grundfrage nach menschlichen Bedürfnissen und menschlichem Lernvermögen und deren äussere wie innere Beeinträchtigung vernachlässigt wird;
(b) der soziale wie kulturelle Kontext, in denen Menschen leben, leiden und lernen, vernachlässigt wird oder lediglich als „soziale Abweichungs- und Krisendimension" hinzukommt;
(c) die sozialen Verpflichtungen von Menschen wie der Klientel zugunsten eines abstrakt und normativ als autonom konzipierten Individuums nicht in eine Handlungstheorie eingehen;
(d) Menschen theoretisch auf eine einzige, bestimmten Macht- und Interessengruppen oder der Gesellschaft nützliche, Funktion reduziert werden;
(e) holistische, im Unterschied zu systemischen Philosophien als implizite oder explizite metatheoretische Begründungsbasis einer Theorie der Sozialen Arbeit dienen.

Ich habe versucht zu zeigen, daß es eine Theorie und Wissenschaft Sozialer Arbeit geben könnte, die sich menschlichem Leiden und sozialen Problemen auf eine Weise nähert, die sich weder als positivistisch, naiv, verobjektierend, technokratisch noch als universelles, kolonisierendes Expertenwissen beschimpfen lassen müßte. Positiv ausgedrückt heißt dies, daß Wissen unter angebbaren Bedingungen auch Voraussetzung für Bewußtseinsbildungs- und Befreiungsprozesse sein kann. Und dieses Wissen gilt es im Sinne eines „dritten Mandates" zu erschließen, sofern Soziale Arbeit nicht nur ein normativ gesteuertes Doppelmandat im gehobenen Öffentlichen Dienst erfüllen soll. Ja, ich meine, daß hierzu eben im Sinne eines Mandates eine Verpflichtung besteht, sofern Soziale Arbeit eine Professsion sein will, welche zeitgeistgesteuerte, modische wie tages- und parteipolitische Denkgefängnisse zugunsten ihrer Adressaten verlassen möchte, um eigene, wissensgesteuerte Definitionsmacht, Erklärungs- und Problemlösungskompetenz zu beanspruchen.

(1) Individuelle Nöte, individuelles Leiden und Soziale Probleme

Hier geht es zum einen um detailliertes Wissen über die aktuelle Lebenssituation von AdressatInnen und AdressatInnengruppen der Sozialen Arbeit. Zum anderen werden psychische, soziale und kulturelle Probleme als Gegenstand Sozialer Arbeit aufgrund folgender Fragestellungen betrachtet:

Welches sind die Beeinträchtigungen von Menschen im Zusammenhang mit biologischen, psychischen und kulturellen Teilsystemen, und welche Folgen haben diese Beeinträchtigungen wiederum für Mensch und Umwelt?
Welche dieser Probleme sind Gegenstand einer Sozialarbeitsdisziplin (Sozialarbeit/Sozialpädagogik)?

(2) Systemische Wirklichkeits- und Erkenntnistheorie als metatheoretischer Bezugsrahmen Sozialer Arbeit – oder: „Die Theorie der Theorie"

Metatheorie stellt die Fragen nach dem Sein und Werden dessen, was ist und wie es erkannt werden kann. Systemtheorie als Wirklichkeitstheorie wird mit anderen, zum Beispiel atomistischen/individualistischen oder holistischen, idealistischen und materialistischen Wirklichkeitstheorien verglichen und diskutiert. Im weiteren wird nach den Folgen dieser Vorstellungen für die Sicht von Mensch und Gesellschaft und für die Integration von Wissen, Theorie und Praxis gefragt. Im Hinblick auf eine Disziplin Sozialer Arbeit liefert sie Kriterien zur Auswahl angemessener Teiltheorien zur Beschreibung und Erklärung von Problemen bzw. des Gegenstandes Sozialer Arbeit.

(3) Individuen in Umwelten und Lebensphasen

Hauptthemen sind hier die Beschreibung und Erklärung der Entwicklung von Individuen in ihren ökologischen, sozialen und kulturellen Umwelten, ihrer Bedürfnisse und Lerngeschichte. Von großer Relevanz sind hier psychobiologische Grundlagen und Psychologie der Person; Psychologie und Soziologie der Lebensphasen; das Individuum in Auseinandersetzung mit seiner Umwelt. Die zentralen, sozialarbeitsrelevanten Fragen sind diejenigen nach erfüllten, nur teilweise oder nicht erfüllten menschlichen Bedürfnissen, Wünschen bzw. Interessen und den Folgen für die Sozialstruktur wie für die Individuen in ihr. Besondere Beachtung muß den verschiedenen Verarbeitungsformen von psychischen Beeinträchtigungen, soziostrukturellen Barrieren bzw. Macht-Ohnmachtserfahrungen, kulturellen, stigmatisierenden Zuschreibungen geschenkt werden.

(4) Soziale Systeme und soziale Organisationsformen

Hier geht es um die Beschreibung und Erklärung der Beschaffenheit der Umwelt von Individuen und zwar unter besonderer Berücksichtigung soziokultureller Systeme, deren unfreiwillige (Familie, Schule, Gemeinde, Nation) wie freiwillige (Verein, Partei usw.) Mitglieder sie sind. Besondere Beachtung wird hier den strukturellen Lern- und Handlungschancen sowie den Chancen für die Befriedung menschlicher Bedürfnisse und Wünsche geschenkt. Diese Chancen werden wiederum im Zusammenhang mit sozialen Normen in bezug auf Austauschprozesse, Arbeitsteilung, Ressourcenverteilung und -zugang, Institutionalisierung und Verteilung von Pflichten und Rechten usw. und die damit verbundenen Machtgefälle diskutiert.

(5) Wertlehre und Ethik

Hauptthemen sind in diesem Studienbereich die Begründung, Beschreibung und Erklärung der Entstehung (sub)kultureller wie universeller Werte, ferner die Diskussion von Ethiken und Normensystemen (Moralen) zum Schutze von Werten. Dies soll unter besonderer Berücksichtigung von ego-, soziozentrischen und systemischen Ethiken, ferner von Wertkonflikten (zum Beispiel zwischen Freiheit und Obhut, Effizienz und Demokratie oder Gerechtigkeit) erfolgen. Desgleichen sollen die diskutierten Werte und Ethiken der kritischen Beurteilung von Funktions-, Problem-, Zielbestimmungen und Handlungsfolgen Sozialer Arbeit dienen.

(6) Theoriegeschichte und Theorien Sozialer Probleme und Sozialer Arbeit

Gefragt wird hier nach den seit Ende des 19. Jahrhunderts entstandenen Theorien und Handlungstheorien im Bereich der Sozialen Arbeit. Von Interesse ist hier auch die Frage, in welchem Maße sie sich auf wissenschaftliches und philosophisches Wissen abstützen. Hauptthemen sind unter anderem: Theoriephasen und -entwicklung, frühe und heutige Ansätze, Probleme und Perspektiven der Theoriebildung.

(7) Sozialwesen und Profession

Allgemein gesprochen wird hier nach einer Theorie der Institutionalisierung und der gesellschaftlichen Position der Sozialen Arbeit und ihrer Folgen für ihre AkteurInnen, miteingeschlossen die Klientel gefragt. Zu den Hauptthemen gehören Berufs- und Professionsge-

schichte im Verhältnis zur Selbsthilfe wie zu Hilfe- und Erziehungsleistungen von Laien und Freiwilligen; ferner Arbeitsfelder und Zielgruppen; Berufsbilder und -ethik, ferner Zukunftsvisionen Sozialer Arbeit usw.
Im besonderen geht es um die Entstehung, Struktur und Dynamik des Sozial-, Erziehungs- und Gesundheitswesens, ihre Beziehungen zu Wirtschaft, Bildung und Politik. Dazu kommt die Charakterisierung unterschiedlicher Interaktionsfelder und Hilfe/Bildung und ihrer besonderen Möglichkeiten und Beschränkungen (Gasse, Familie, Pflegefamilie, Nachbarschaft / Siedlung, Stadtteil / Region, Treffpunkte / Tagesstruktur, Sozialdienste, (Übergangs-)Heime, Spitäler, Gefängnisse, nationale und internationale Organisationen usw.).

(8) Allgemeine Handlungstheorie und spezielle Handlungstheorien

Allgemeine Handlungstheorie wird hier als Theorie verstanden, welche Wissen über menschliches Erkennen und Handeln diskutiert. Dazu kommt die Berücksichtigung von Wert- und Normen- sowie Wirksamkeitsfragen. Mit anderen Worten: es geht um die Integration von Beschreibungs-, Erklärungs- und Wertwissen aus den vorangehenden Wissensbereichen im Hinblick auf eine allgemeine Theorie des Helfens, Entwickelns und der Förderung von Lernprozessen. Dazu kommen spezielle, problem- wie niveaubezogene Handlungstheorien (miteingeschlossen wissenschaftsbasierte Handlungsanweisungen).

(9) Soziale Arbeit als Forschungs- und Entwicklungsaufgabe

Und schließlich: Soziale Arbeit als Gegenstand von Theorie und Wissenschaft wird sich auch auf eine wissenschaftliche Methodologie und entsprechende Forschung mit Hilfe qualitativer und quantitativer Methoden abstützen. Dazu gehören eine Theorie des Beschreibens, Erklärens, Bewertens; ferner historische Forschung; Textanalysen, Verfahren des Fallverstehens, Kontext- und Strukturanalysen usw. Dazu kommen Problem- und Arbeitsfeldexploration, Verfahrens- und Projektevaluation u.a.m.

Die in den Grundzügen skizzierten Studienbereiche sind Elemente des ab Herbst 1993 neu eingeführten Lehrplans auf Fachhochschulniveau an der Tagesschule Sozialarbeit der Schule für Soziale Arbeit Zürich. Sie wurden von Markus Brändle, Herbert Eberhart, Anne Mäder, Werner Obrecht, Dorothea Spörri und der Autorin entwickelt und weiter bearbeitet und sind zur Zeit in der Erprobungsphase.

Welche Forschung braucht die Profession?

Gerd Gehrmann

In Kooperationsprojekten mit SozialarbeiterInnen aus der Praxis begegnet den DozentInnen an Fachhochschulen immer wieder ein offener oder versteckter Widerstand, wenn es darum geht, Praxisanalysen (auch eigene) mit ihnen zu besprechen oder Theorie zu vermitteln, die nicht direkt für die Arbeit mit Einzelnen zu funktionalisieren ist. An der Rolle der Lehrenden allein kann das nicht liegen, denn wir (mein Kollege Klaus D. Müller und ich) sind in der Regel als Unterstützer bei der Untersuchung und Weiterentwicklung der Praxis oder als Fortbilder akzeptiert. Auch an unserer Sprache dürften der Widerstand und die Skepsis nicht festzumachen sein, denn wir sind bemüht, von uns verwendete Begriffe und Theorien möglichst ausführlich zu klären. Im Prozeß der Kooperation, in dem sich auch die praktische Bedeutung unserer Organisationsanalysen und der vermittelten Konzepte und Methoden erweist, läßt sich feststellen, was die Abwehr der SozialarbeiterInnen auslöst.

Wir sprechen oft leichthin von „Theoriefeindlichkeit" der Praxis. Bevor wir sie von der Warte der Lehre her beschuldigen, sollten wir erkennen, daß es neben Beispielen unzulänglicher Praxis sehr viel, ich sage mal: professionelle Praxis gibt, in der eine effektive unterstützende Arbeit geleistet wird. Die PraktikerInnen bewirken, daß unter den gegebenen Bedingungen Handlungsspielräume von KlientInnen erweitert werden. SozialarbeiterInnen tun dies zielgerichtet, planmäßig, überprüfbar und dokumentiert. Sie können gegenüber Dritten auch deutlich machen, was sie tun, wenn sie ihren Beruf ausüben, warum sie das tun, mit welcher Klientel und welchen Mitteln sie arbeiten. Und aus der Sicht guter (und schlechter) Praxis gibt es viele belanglose, unnütze, zu aufwendige, ihrem Gegenstand nicht angemessene Forschung und von der Praxis abgehobene theoretische Diskussionen.

Die BerufspraktikerInnen sind sehr wohl in der Lage, soziale Arbeit unter fachlichen Kriterien zu beurteilen. Nur leider sind das keine einheitlichen, gemeinsamen und zwischen Lehre und Praxis abgestimmte Kriterien. Danach ist die Skepsis verständlich, was denn die Theoretiker wieder wollen, wo wir uns doch auch oder nicht einmal in der Praxis nicht geeinigt haben. In vielen Sozialdiensten beginnen deshalb MitarbeiterInnen, als müßten sie die Soziale Arbeit neu erfinden: in Nachahmung des Handelns der älteren KollegInnen oder in Aus-

einandersetzung mit ihnen. Ich halte diesen Zustand nicht für tragbar. Es fehlt an einer *durchgängigen Konzeptualisierung von Arbeitssituationen*, so unterschiedlich sie im Detail auch sein mögen.
Woran mag das liegen? Obwohl die Diskussion über das sozialräumliche Paradigma in der Sozialen Arbeit in Deutschland mindestens ein Jahrzehnt alt ist (die Kollegen Wolf Rainer Wendt, Hubert Oppl und Albert Mühlum gehören zu den Pionieren), hält die Psychozentrierung und die mit ihr verbundene Spezialisierung in therapeutischen Verfahren an, – und dies trotz aller Umbrüche in Wirtschaft und Gesellschaft und krisenhaften Entwicklungen im sozialen Leben, auf die unsere Profession antworten muß. Die Folge ist, daß der Sozialen Arbeit wenig Problemlösungskompetenz zugesprochen wird.
Warum hat die an den Hochschulen, insbesondere an den Universitäten geführte Diskussion über Themen der Professionalisierung und der Methodik sowie die kritische Durchmusterung der Praxis bislang relativ wenig Einfluß auf die praktische Soziale Arbeit? Mag es daran liegen, daß die Diskussion der universitären Sozialpädagogik sich immer noch an die Erziehungswissenschaft hält, die zwar als kritische Sozialwissenschaft verstanden werden soll (Thiersch 1986), aber die Aufgaben und das Handeln in der Sozialen Arbeit nicht ausreichend erklären kann? Oder drückt sich ein in erster Linie akademisches Interesse in der Bearbeitung von Themen und Problemstellungen aus, mit denen die Praxis Sozialer Arbeit nichts anzufangen weiß?
Dies sind für mich überaus wichtige Fragen, denn unsere Absicht ist die Soziale Arbeit bei ihrer Professionalisierung zu unterstützen. Wir wollen primär die Praxis fördern und sozialarbeitspolitisch wirken. Und aus diesem Grunde beteiligen wir uns an den Bemühungen von KollegInnen um die Systematisierung von Theorie und Forschung. Begleitung praktischer Sozialer Arbeit sehe ich als zentrale Aufgabe von Sozialarbeitsforschung.
In meinem Beitrag werde ich zunächst einige Anmerkungen zum Nutzen und zur Notwendigkeit einer eigenständigen Sozialarbeitsforschung machen (Abschnitt 1.). Es schließen sich an Vorschläge für Forschungsthemen und -bereiche, die sich – aus meiner Sicht – aus einem handlungstheoretischen Vorgehen ergeben, das der Logik handelnder Fachkräfte in der Sozialen Arbeit folgt (Abschnitt 2.). Welche Anforderungen an eine eigenständige Sozialarbeitsforschung sich daraus ergeben, erörtere ich im nächsten Abschnitt (Abschnitt 3.). Insgesamt plädiere ich bei der Fundierung und Realisierung einer Sozialarbeitsforschung für einen kreativen und reflektierten Pragmatismus (Abschnitt 4.).

1. Vom Nutzen einer eigenständigen Sozialarbeitsforschung

Immer schon wurden für die Soziale Arbeit Forschungsergebnisse aus der Soziologie, der Psychologie und der Pädagogik herangezogen. Deren Forschung, breit publiziert, hat nicht unwesentlich zur Theoriebildung und zur Aufklärung über soziale Probleme und auch über Defizite Sozialer Arbeit beigetragen. Dies wird sicher auch weiterhin so sein. Aber wir brauchen eine eigenständige Sozialarbeitsforschung, und zwar aus folgenden Gründen:

(a) Soziale Arbeit ist wissenschaftlich auf dem Weg zu einer eigenen Disziplin. Sie hat dazu ihre Domäne auch forschend abzustecken, indem sie sich den Problemlagen widmet, die Individuen oder Gruppen in ihrer jeweiligen sozialen Umgebung kennzeichnen. Wenn man die berufspraktischen Handlungsvollzüge von SozialarbeiterInnen untersucht, lassen sich trotz mancher Überschneidungen mit den Revieren von Soziologen, Psychologen, Ärzten und Juristen bestimmte berufliche Tätigkeiten feststellen, die allein oder in erster Linie in die Kompetenz von SozialarbeiterInnen fallen.

(b) In eigenständiger Reflexion ist seit Anfang der achtziger Jahre das sozial-räumliche Paradigma für die Soziale Arbeit entwickelt und in der Forschung sowie methodisch in der Praxis, z.B. auch in der Milieuarbeit und lebensfeldbezogenen Sozialpädagogik angewandt worden. Im ökosozialen Bezugsrahmen ergeben sich neue Forschungsdesigns und weitere Forschungsaufgaben. Wir haben uns dieser Entwicklung inhaltlich angeschlossen (Gehrmann/Müller 1993). Die Vorgehensweise ist eigenständig sozialarbeiterisch und macht keine Anleihen bei anderen Disziplinen.

(c) Blicken wir über den Tellerrand unseres Landes hinaus, dann können wir solche konzeptionellen Fortschritte in der Praxis und in der Forschung z.B. bei unseren Kooperationspartnern in Amsterdam feststellen: Case Management findet dort in verschiedenen Gebieten Anwendung; die sozialräumliche Methode des „Homebuilding", eine intensive Form der Krisenintervention in Familien, wird in verschiedenen Bereichen ausprobiert. Derzeit versuchen wir in Frankfurt ein entsprechendes Projekt zur „Familienaktivierung" zu etablieren (siehe dazu Gehrmann/Müller 1994). Eine derartige die Praxis begleitende und anregende Implementationsforschung erfolgt eigenständig; sie kann nicht anderen Disziplinen und deren wissenschaftlichen Interessen überlassen bleiben.

Natürlich koppeln wir uns nicht von anderer sozialwissenschaftlicher Forschung ab, wenn wir einen eigenen Forschungsbereich abstecken. Wir bleiben auf Kommunikation im Wissenschaftssystem und auf die Heranziehung von Untersuchungen aus anderen Disziplinen angewiesen. Indes, eine genuine Domäne der Sozialarbeitsforschung ist die „Person im sozialen Raum“ (person-in-environment; PIE) Damit sind auch die besonderen Lebenslagen und Beeinträchtigungen angesprochen, die der Klientel Sozialer Arbeit die Teilhabe am durchschnittlichen gesellschaftlichen Leben erschweren. In sozialräumlicher Beziehung sind die Soziotopen und Nischen der Benachteiligung und Behinderung von Menschen mitsamt den Bewältigungsmöglichkeiten zu studieren, die solche Soziotopen und Nischen ihnen bieten.
In dieser Perspektive nehmen wir KlientInnen der sozialen Arbeit weder als psychisch gestört noch als „krank“ wahr, sondern als BürgerInnen unter uns, die – mit eigenen und gesellschaftlichen Anteilen – bestimmten Herausforderungen des modernen Lebens nicht gewachsen sind und deshalb eventuell professionelle Unterstützung brauchen. Bei der Erforschung konkreter Lebenssituationen stoßen wir auf sozioökonomische Strukturen und auf individuelle, in ihrer Besonderheit persongebundene und zugleich typische Lebensweisen. In der Strategie unserer Untersuchung können wir über Fallstudien mit theoretischen Erklärungsansätzen und verstehenden Deutungen vom Einzelfall zu einem realistischen Bild auch allgemeiner, gesellschaftlicher Verursachungszusammenhänge gelangen.
Wenn ich qualitative Forschung bevorzuge, bedeutet das keinesfalls die Ablehnung quantitativer Forschung. Wie Bernhard Haupert (siehe dessen Beitrag S. 116ff.), gehe ich davon aus, daß die Untersuchung bestimmter, bereits gefundener Merkmale und Charakteristika auf einer Aggregatebene (im Meso- und Makrobereich) mit quantitativer Forschung zu leisten ist; beim Forschungsdesign wird oft ein „Methoden-Mix“ vorherrschen. Mit dieser von uns favorisierten Strategie sammeln wir Indizien und Bausteine für das konzeptionelle Gebäude Sozialer Arbeit. Daß diese Vorgehensweise nicht auf allgemeinere theoretische Sichtweisen verzichten kann, liegt auf der Hand. Diese werden jedoch nicht a priori eingeführt. Das sozialräumliche Denkmuster kann auf diesem Wege handlungsleitend und ein zumindest vorläufiges Integrationsmodell für den Umgang mit Erkenntnissen und Methoden aus den Nachbardisziplinen sein.
Mein *handlungstheoretisch orientiertes Vorgehen* folgt der Logik handelnder SozialarbeiterInnen. Deshalb sind in jedem Untersu-

chungsbereich entsprechende Fragen nach dem Wer, Warum, Wohin und Wie zu stellen. Von Bernhard Haupert angeregt, beziehe ich diese Fragen auf die Makroebene, die Mesoebene und die Mikroebene des Gegenstandsbereichs und ordne ihm Forschungsdesigns und Forschungsverfahren zu. In der Abbildung 1 (S. 110) wurde – ein Diskussions-Zwischenergebnis der Arbeitsgruppe „Sozialarbeitsforschung" der Deutschen Gesellschaft für Sozialarbeit – eine weitere Spalte zu den Forschungszielen und den Verwertungsinteressen hinzugefügt.

(1) Wer ist der/die Sozialarbeiter/in?

Unsere Sozialarbeitsforschung befaßt sich mit den handelnden Personen. Dies geschieht auf unterschiedlichen Ebenen. Im gesellschaftlichen *Makrobereich* wird die Frage nach den Aufgaben Sozialer Arbeit gestellt, nach ihrem Fremd- und Selbstbild, sowie die Frage, aus welchen Gruppen und Schichten der Bevölkerung sich die Fachkräfte der Sozialen Arbeit rekrutieren. *Mesosystemisch* ist zu fragen, in welchen Träger- und Verbandsstrukturen und Institutionen wird die Soziale Arbeit geleistet, mit welchen ideologischen Vorgaben usw. Hierzu gibt es bereits viele Studien, meist quantitativer Art, oft von KollegInnen aus den Nachbardisziplinen. Auf der Ebene konkret handelnder einzelner Menschen in diesem Beruf, auf der *Mikroebene*, interessieren Themen wie: Aus welchen Motiven hat sich eine Sozialarbeiterin für diese Profession entschieden? Wie sieht ihr biographische Hintergrund und sozialer Kontext aus? Welche Momente der Berufspraxis ermutigen und welche demotivieren zur Weiterarbeit? Kurz: Hier ist Persönlichkeitsforschung und eine Erforschung der dienstlichen Interaktionen angezeigt. Man wird dabei qualitativ und fallweise vorgehen.

(2) Wer ist der/die Klient/in?

Auch diese Frage stellt sich sowohl auf der allgemeinen und auf der konkreten Mikroebene. Einerseits gibt es gesellschaftliche Ursachen, daß einzelne Menschen und Personengruppen zur Klientel von Sozialer Arbeit werden. Die Forschung geht den Prozessen der Marginalisierung und Klientelisierung nach. Auf der anderen Seite interessiert uns der individuelle Prozeß, in dem jemand zum Klienten wird, unter welchen Umständen dies geschieht und wie dies veranlaßt wird. Welche Stärken und welche Schwächen liegen bei Personen vor, die Unterstützung brauchen? Welche Selbsthilfepotentiale und informelle soziale Netzwerke sind vorhanden? Welche eigenen Anteile beinhaltet die Hilflosigkeit? Welche Lebensentwürfe, Ängste und Hoffnungen spielen dabei eine Rolle?

Abbildung 1: Sozialarbeitsforschung

Forschungsgegenstand	Ebenen	Forschungstypen Designs	Methoden	Verwertungszusammenhänge, Ziele
Sozialarbeiter(in) Agentur	Makroebene			
	Mesoebene			
	Mikroebene			
Klient(inn)en	Makroebene			
	Mesoebene			
	Mikroebene			
Problemlagen	Makroebene			
	Mesoebene			
	Mikroebene			
Ziele der Sozialarbeit	Makroebene			
	Mesoebene			
	Mikroebene			
Verfahren/Konzepte Methoden	Makroebene			
	Mesoebene			
	Mikroebene			
Ergebnisse/Folgen	Makroebene			
	Mesoebene			
	Mikroebene			

(3) Welche Ursachen schaffen Probleme?

In der Armutsforschung sind eine Reihe von Faktoren ausgemacht worden, die einzeln und in ihrer Beziehung aufeinander „soziale Schwäche“, materielle Not, Erziehungsschwierigkeiten, gesundheitliche Probleme usw. bedingen. Auf der Makroebene erklären die gefundenen Faktoren aber (noch) nicht, weshalb Menschen bei Vorliegen gleicher Benachteiligung so unterschiedlich reagieren: Die einen „gehen“ beim Vorliegen bestimmter Bedingungen „kaputt“, andere „werden damit fertig“. Auf der individuellen Ebene spielen persönliche und familiale Dispositionen mit, förderliche und abträgliche Lernsituationen, die es zu studieren gilt. Welchen Ursachen von Beeinträchtigung läßt sich auf welche Weise beikommen? Wann und wie lassen sich Problemlagen ohne oder mit formeller Unterstützung bewältigen?

(4) Welche Ziele verfolgt die Soziale Arbeit?

In unterschiedlichen Bereichen wird die Frage nach den Zielen von Sozialer Arbeit virulent. Zwischen konfessioneller Caritas und „neuer Fachlichkeit“ liegt ein weites Feld. Sicher kann man mit einer Survey-Forschung allgemeine Ziele der SozialarbeiterInnen ausmachen; auch die Ethik-Codes der Berufsverbände bieten Anhaltspunkte. Spannend wird jedoch die Frage, welche Ziele die Berufstätigen in ihrer eigenen Praxis anstreben, wie diese Ziele zur Aufgabenstellung des jeweiligen Dienstes passen und mit welchem Menschenbild da gearbeitet wird. Die Ethik-Codes spezifizieren im Grunde Menschenrechte. Sie müssen in die Rahmen alltäglicher Praxis übersetzt werden und auch fallbezogen formuliert werden können. Sozialarbeitsforschung hat sich nach unserer Auffassung mit den ideologischen Orientierungen der Angehörigen der Profession und der mitwirkenden Laien zu befassen. Sie sucht wissenschaftlich nachprüfbare Verfahren zu entwickeln, wie sich Werten und Normen in der Praxis nachspüren läßt. Das von uns entwickelte Verfahren des „rating assessment“ ist ein Beitrag dazu.

(5) Über welche Verfahren verfügt Soziale Arbeit?

In der beruflichen Praxis, so wie sie ist, werden Konzepte, Strategien, Methoden und Techniken angewandt. Allgemein gefragt: Was tun ein Sozialarbeiter konkret, wenn er sagt: „Ich arbeite“? Welche Tätigkeiten sind im Berufsalltag zu unterscheiden? Welche Verfahren und Arbeitsweisen kommen zum Zuge? Mit wem kooperiert er: mit KlientInnen, KollegInnen oder mit Angehörigen anderer Berufe, mit anderen

Dienststellen? Was ist als methodisch überlegt anzusehen, und wie wird es in den jeweils gegebenen Situationen modifiziert? Welche, (eventuell ungewöhnlichen) methodischen Gesichtspunkte kommen zur Anwendung? Für welche Problembearbeitungen fehlen brauchbare Methoden? Wie kann eine praxisnahe Methodenentwicklung gefördert und forschend begleitet werden, und welche organisatorischen und strukturellen Hemmnisse gibt es? In welchem Zusammenhang steht methodische Innovation zur Organisationsentwicklung? Welche Formen der Praxisreflexion sind auszumachen, und wie läßt sie sich verbessern?

(6) Zu welchen Ergebnissen gelangt Soziale Arbeit?

Gegenwärtig ist die Untersuchung der Wirksamkeit (Effektivität und Effizienz) Sozialer Arbeit eine wichtige Aufgabe. Je nach Ebene der Betrachtung gibt es dafür unterschiedliche Verfahren und Forschungsdesigns. Man muß sich über Qualitäten und Standards klar sein, bevor man Wirkungen und den wirksamen Einsatz von Mitteln einschätzt und mißt. Soziale Arbeit ist auf der Ebene jeder einzelnen Praxis zu evaluieren (siehe: Heiner 1988; Spiegel 1993). Wie sonst kann die Profession ihre oft beklagte „Sprachlosigkeit" überwinden? Sowohl im Bereich der formativen als auch im Bereich der summativen Evaluation hat Sozialarbeitsforschung eine wichtige Aufgabe.

3. Anforderungen an eine eigenständige Sozialarbeitsforschung

Der Standort der Forschung in der Sozialen Arbeit läßt sich mit einer Reihe von Prämissen beschreiben, denen sie ihre Verfahren unterwirft, um der Profession dienlich und praktisch relevant zu sein. Vorausgesetzt werden: ein bestimmtes Erkenntnisinteresse, ein besonderes Verhältnis zur Praxis, Lebens- und Alltagsnähe, innovatorische Absichten, Pragmatismus.

(1) Das Erkenntnisinteresse

Sozialarbeitsforschung muß sich über ihr Erkenntnisinteresse Rechenschaft ablegen, wenn sie es nicht von anderer Seite, etwa über universitäre Sozialpädagogik von der Erziehungswissenschaft, beziehen will. Soziale Arbeit erbringt Dienstleistungen, die nicht unter ein pädagogisches Handeln zu subsumieren sind, obwohl, die Soziale Arbeit in starkem Maße erzieherische Anteile haben kann, insbesondere im Feld der Jugendhilfe. In der Begleitung umfassender sozialer Unterstützung, beim Aufbau sozialer Netzwerke und bei der Vermittlung materieller Hilfen hat unsere Forschung ein eigenständiges Erkenntnisinteresse. Es korrespondiert mit den Interessen der PraktikerInnen, der Klientel und der Gesellschaft und muß in dieser mehrseitigen Beziehung kritisch bedacht werden.

(2) Das forschungsprofessionelle Verhältnis von Nähe und Distanz

Da die Forschungsvorhaben mittelbar oder unmittelbar einen Gebrauchswert im Handlungsfeld haben sollen, ist eine Zusammenarbeit mit den PraktikerInnen angezeigt. Ohne die für eine kritische Betrachtung notwendige Distanz aufzugeben, läßt sich die Forschung in hohem Maße auf die Prozesse in der Praxis ein. Wie das geschehen kann, ist in der sozialwissenschaftlichen Handlungsforschung hinreichend diskutiert worden. Methoden der teilnehmenden Beobachtung oder des narrativen Interviews brauchen die PraktikerInnen als Partner. Mit ihnen werden gewissermaßen „Nahaufnahmen" hergestellt, für deren Interpretation aber wieder eine hinreichende Distanz zu den Alltagsproblemen erforderlich ist.

(3) Beteiligung der Praxis an der Forschung

Wer Soziale Arbeit erforschen will, muß über reflektierte eigene Erfahrungen in ihr verfügen. WissenschaftlerInnen sind auch gut beraten, wenn sie ihre Forschungsvorhaben von Anbeginn mit VertreterInnen der Praxis besprechen, insbesondere wenn das Ziel der Forschung die Weiterentwicklung der Praxis ist. Zunächst sind die PraktikerInnen die Experten in eigener Sache, und sie verfügen über erprobte Handlungs- und Deutungsmuster, bei denen es allerdings nicht bleiben muß, wenn in Projekten der Forschung andere Konzepte und Methoden Anwendung finden. Die Beteiligung der PraktikerInnen an der Entwicklung eines Forschungsdesigns, an der Methodenwahl, bei der Durchführung und bei der Auswertung bleibt natürlich fakultativ. Bei allen qualitativen Verfahren halte ich jedoch eine größere Beteiligung der Erforschten für unumgänglich.

(4) Verstehbarkeit des Vorgehens und der Ergebnisse

Eine Mitwirkung der Erforschten wie auch die Umsetzung von Forschungsergebnissen bzw. ihre sozialpolitische Verwertung setzen voraus, daß die Forscher sich weitmöglichst einer Darstellungsform bedienen, die von allen Beteiligten und in der interessierten Öffentlichkeit verstanden werden kann. Der Forschungsplan, die Vorgehensweise und die Ergebnisse müssen sich in der Alltagssprache darlegen und kommentieren lassen. Soziale Arbeit hat es mit Alltagssituationen zu tun. Sie ist auf Kommunikation nicht nur im Wissenschaftsbetrieb angewiesen. Deshalb verbietet sich die Entwicklung einer Geheim-Fachsprache unter den Forschenden. Gleichwohl müssen ihre Ergebnisse auch den VertreterInnen anderer Disziplinen, im System der Wissenschaften vermittelbar sein.

(5) Sozialarbeitsforschung ist oft Entwicklungsarbeit und Evaluation

In der Begleitung von Praxis trägt Forschung dazu bei, daß komplexe und vielschichtige Alltagsprobleme durchdrungen und besser verstanden werden. Auf Innovation angelegte Forschung und auf Innovation angelegte Praxis gehören zusammen und erfordern eine enge Zusammenarbeit der Beteiligten. Der Sachverstand aufgeschlossener PraktikerInnen muß mit dem Fachverstand der ForscherInnen gepaart werden, wenn Arbeitsweisen, Kommunikations- und Organisationsstrukturen zu entwickeln oder zu verbessern sind. Ihre wissenschaftlich begleitete Erprobung erfolgt nicht in einem abgeschiedenen Labor, sondern in der Regel bei „laufendem Betrieb" von Diensten und Einrichtungen. Eine solche Forschung entfernt sich während der Implementation eines Entwicklungsvorhabens, bei der Bewertung der ablaufenden Prozesse und bei der Evaluation der Resultate nicht aus der Praxis. Die Tauglichkeit der Forschung bürgt für die Tauglichkeit der Sozialen Arbeit.

4. Kreativer und reflektierter Pragmatismus vor reiner Wissenschaft

Wer die Kooperation mit den PraktikerInnen und Forschung am Ort der Praxis will, muß sich vom naturwissenschaftlichen Experiment und seinen Kriterien verabschieden. Wenn z.B. eine bessere Form der Sozialanalyse für ein erweitertes Assessment entwickelt werden soll (musterhaft: Meyer 1993), wird ein Großteil der Daten, die wir von oder über KlientInnen erhalten, nicht zu den sogenannten „harten Daten" gehören. Dennoch bilden wir aus dem weichen Material (vorläufige) Hypothesen. Auch die Validierung von Untersuchungsergebnissen wird oft nur kommunikativ erfolgen können.
Je nach Fragestellung setzen wir in einem Methodenmix sowohl quantitative als auch qualitative Verfahren ein. Verfahren der teilneh-

menden Beobachtung, hermeneutischer Textinterpretation, z.B. bei Biographieanalysen müssen anders abgesichert werden, als dies bei einer standardisierten Umfrage mit einer statistisch signifikanten Stichprobe geschehen kann. Neben wissenschaftlicher Akribie und Redlichkeit ist auch Kreativität gefragt. Gleiches gilt für die Darstellung von Forschungsergebnissen in der Öffentlichkeit. Wir bekennen uns mit vielen KollegInnen zusammen zu einem reflektierten Pragmatismus in der Forschung, wie er in den angelsächsischen Ländern oder auch in den Niederlanden längst verbreitet ist. Wenn wir glaubhaft nachweisen können – und das meint auch „Kommunikation" und „professionspolitische Durchsetzung innerhalb und außerhalb des ‚Horts der reinen Lehre'" –, daß Konzepte und Verfahren in der Praxisentwicklung wirklich Fortschritte bringen und damit auch für die KlientInnen vorteilhaft sind, muß auch der Zugriff auf Teilerkenntnisse aus anderen disziplinären Kontexten erlaubt sein. Nicht alle Handlungsmuster müssen bis in die Tiefe ihrer Entstehungszusammenhänge aufgeklärt sein, wenn deutlich wird, daß Verfahren nutzen und wie sie regelhaft herzustellen sind. In solchem reflektierten Pragmatismus wollen wir Sozialarbeitsforschung betreiben.

Wege und Ziele der Forschung im Rahmen professioneller Sozialer Arbeit

Bernhard Haupert

Bevor ich der Frage nach Wegen und Zielen empirischer und grundlagenorientierter Forschung in der Sozialen Arbeit nachgehe, will ich diese Forschung im Rahmen einer Konzeption von Sozialer Arbeit als (Sozial)Wissenschaft verorten. Dazu gilt es, zunächst die für eine wissenschaftliche Fundierung der Sozialarbeitswissenschaft zentralen Prinzipien und Gesichtspunkte deutlich zu machen (Abschnitt 1.). Sodann sind die Aufgaben und Zielrichtungen wissenschaftlicher Erkenntnisarbeit im Hinblick auf die Herstellung einer Professionskompetenz von Fachkräften in der Sozialen Arbeit zu beschreiben (Abschnitt 2.). Ihre disziplinäre Eigenständigkeit kann die Soziale Arbeit als Wissenschaft – wie andere Disziplinen auch – nur über eine Bestimmung ihres Gegenstandes begründen und gewinnen (Abschnitt 3.). Daraus lassen sich methodologische Hinweise für die Gestalt, die Designes und die Ansätze der Sozialleistungsforschung gewinnen (Abschnitt 4. und Abschnitt 5.).

1. Soziale Arbeit als (Sozial-)Wissenschaft

Theodor W. Adorno hat einmal geschrieben:

> „Theorie will benennen, was insgeheim das Getriebe zusammenhält. ... Sie muß die Begriffe, die sie gleichsam von außen mitbringt, umsetzen in jene, welche die Sache von sich selber hat, in das, was die Sache von sich aus sein möchte, und es konfrontieren mit dem, was sie ist.“ (Adorno 1955)

In dieser dialektischen Beziehung hebt sich die Wissenschaft der Sozialen Arbeit von der Sozialen Arbeit ab – und trägt zu ihr bei. Wir konzipieren diese Wissenschaft als *Sozialwissenschaft.* Sozialwissenschaftliche Erkenntnis, zumindest die nachweberianische, zielt ab auf von außerwissenschaftlichen Zwecken unabhängiges Wissen und theoretische Erklärung bzw. auf das Verstehen sozialer Tatbestände. Sozialwissenschaften analysieren einerseits Struktur und Funktionen sozialer Systeme, in denen sich das soziale Handeln der Menschen vergegenständlicht hat, andererseits die Wechselwirkungen zwischen institutionellen Systemen und Handlungs- und Verhaltensprozessen. Zu berücksichtigen hat Sozialwissenschaft dabei zuvörderst die Entwurfsfähigkeit des Individuums, was heißt, daß sozialwissenschaftliche Analyse „begründet sein soll in der alltäglichen Wirklichkeit handelnder Personen, daß die Sozialwelt zu erfassen ist als konstruiertes Insgesamt von Sinnzusammenhängen und Sinnderivaten" (Hitzler 1983, 136). Sozialwissenschaftliche Forschung wird damit zum Sonderfall einer allgemeinen menschlichen Tätigkeit. Forschung unterscheidet sich vom Alltagsdenken im wesentlichen durch zwei „einfache, aber folgenreiche Vorkehrungen: Der Forschungsprozeß ist für die Forschenden immer ein bewußter Prozeß, und er folgt formulierten und öffentlich bekannt gemachten Regeln (Methoden)" (Müller 1988, 202).

Ich definiere *Forschung* im weitesten Sinne, indem ich darunter sowohl empirisches Vorgehen als auch methodologische und grundlagentheoretische Anstrengungen fasse. Institutioneller Ort von Forschung ist die Wissenschaft. Forschung strebt auf unterschiedlichsten Wegen nach neuem Wissen, nach neuen Erkenntnissen. Was sie dabei gewinnt, wird in systematisierter Form der „scientific community" präsentiert und zur Diskussion gestellt. In argumentativer Auseinandersetzung werden theoretische Sätze formuliert, diskutiert und kritisiert. Dabei setzt sich das bessere Argument durch, bzw. es gilt der an der Logik geschärfte Grundsatz der Plausibilität. Wohin die Reise ins Ungewisse führt, bleibt zunächst unbestimmt. Geistes- und sozialwissenschaftliche Forschung hat auf dieser Reise zu neuer Erkenntnis immer zwei Richtungen eingeschlagen: einen „empirisch-konkreten" Weg den Fakten entlang und einen philosophisch-abstrakten Weg. Beide Pfade versprechen, an das Ziel wissenschaftlichen Strebens zu führen.

Nun hat sich nach Jahren semiprofessioneller Bescheidung und Abstinenz die *Soziale Arbeit* erneut auf den steinigen *Weg selbständiger wissenschaftlicher Erkenntnis* gemacht (siehe: Mühlum 1982; Wendt 1990; Engelke 1992), nicht ohne deshalb von vielen Seiten angefeindet zu werden: von der eigenen, weil Forschung immer auch mit alten Vorgehensweisen und altem Wissen „aufräumt", sozusagen Flurbereinigung betreibt; sodann von der Seite etablierter sozialwissenschaftlicher Disziplinen (insbesondere der Sozialpädagogik), weil diese um ihren eigenen Ruf besorgt sind (siehe: Konrad 1993), vielleicht auch um ihre abgesicherten Pfründe im Reich der Wissenschaften fürchten. Im „Land der Mandarine" (Brunkhorst 1987) ist es schwer, auszubrechen und neue Erkenntnis zu reklamieren.

Mittelfristig wird sich aus den Bemühungen um eine eigenständige Theoriebildung die Sozialarbeitswissenschaft entwickeln. Die Forde-

rung nach einer Sozialarbeitswissenschaft ist aus bildungs- und professionspolitischen Gründen zwar nachvollziehbar, theoretisch aber m.E. noch nicht hinreichend begründet, da der *theoretisch-begriffliche Rahmen einer solchen Wissenschaft* (noch) nicht genügend abgesteckt ist (Zink 1988). Die Disziplinarität wird auf dem Feld der eigenständigen Theoriebildung und der Präsentation von Forschungsergebnissen ausformuliert und nicht durch Beschlüsse in Amtsstuben. Hierin sollte sich die Soziale Arbeit zukünftig auch wohltuend von den aus den Boden sprießenden „neuen Wissenschaften" (Freizeit-, Tourismus-, Gesundheits-, Medien-, Pflege- oder auch Rockmusikwissenschaft) unterscheiden. Deshalb rede ich an dieser Stelle von der Sozialen Arbeit als Wissenschaft, um die vor uns liegenden Aufgaben zu bezeichnen. Den Terminus „Soziale Arbeit" verwende ich als Oberbegriff für die alte Schrägstrichverbindung Sozialpädagogik/Sozialarbeit (Haupert/Kraimer 1991).[1] Soziale Arbeit umreißt den Rahmen einer Sozialwissenschaft und gleichzeitig eines professionellen Handlungszusammenhangs.
Soziale Arbeit als Sozialwissenschaft beschäftigt sich mit drei Sphären sozialer Wirklichkeit, die sie zu erforschen und theoretisch zu begreifen hat, nämlich mit

(a) der grundlegenden Dimension von Theoriebildung und Forschung (Theoriebildung),
(b) den Bedingungen und Möglichkeiten professioneller Praxis (Professionalität),
(c) mit den Bedingungen der spezifischen Lebenspraxis der Adressaten bzw. Klienten (Lebenslage und Lebenswelt), die zu analysieren sind (eine Aufgabe, die Soziale Arbeit im Unterschied zu therapeutischen Professionen wahrnimmt).

Mit diesen Sphären ist der *Gegenstandsbereich Sozialer Arbeit* angesprochen und die Frage nach dem *spezifischen methodologischen Zugang*. Ohne eine Übereinkunft in beiden Hinsichten scheint mir eine weitere fruchtbare theoretische und empirische Arbeit schwer mög-

---

[1] Ich schließe mich hier Klaus Kraimer an: „Der Begriff ‚Soziale Arbeit' trifft sowohl für Handlungsfelder der klassischen Sozialarbeit (öffentliche Fürsorge und Hilfe) als auch für neue Formen Sozialer Arbeit etwa in Form einer ‚Einmischungsstrategie', des ‚case management', des ‚Netzwerkarbeitens' oder des ‚ökosozialen Arbeitens' zu." Kraimer plädiert dafür, immer (und nur) dann den Ausdruck „Sozialpädagogik" zu verwenden, „wenn im Forschungs- und Handlungsfeld Sozialer Arbeit die Aspekte von Bildung, Erziehung und Lernen im Vordergrund stehen" (Kraimer 1994, 11).

lich. Wir laufen sonst in der aktuellen Diskussion Gefahr, uns im Dikkicht methodologischer Grundsatzdifferenzen zu verlieren, zumal diese Diskussion weitgehend fremddisziplinär bestimmt ist. Damit meine ich, daß viele „Vertreter“ aus ihrer ursprünglichen Fachdiskussion heraus argumentieren, die Soziale Arbeit somit nicht als eigenes Fach, sondern als „Teildisziplin“ begreifen (siehe Konrad 1993; dazu: Wendt 1993). Wir müssen also die Frage nach dem disziplinären Ort Sozialer Arbeit selber beantworten. Letztlich ist Forschung nur über ihren Gegenstand bzw. ihr Gegenstandsfeld zu bestimmen. Folgende *Grundentscheidungen* sind zu treffen:

(a) Es muß ein eigener Zugang zum Sozialen als dem zentralen Gegenstand(-sfeld) der Sozialen Arbeit als Wissenschaft gefunden werden.[2] Damit rückt die Frage der Teilhabe am Sozialen bzw. die Verweigerung der Teilhabe – also die „Praxis gelingenden und scheiternden Lebens“ – in den Mittelpunkt. Diese Gegenstandsbestimmung wird auch gebraucht, um die Differenz insbesondere zur Soziologie aufzuzeigen, deren Forschung und Theoriebildung ja ebenfalls um das „Soziale“ kreist.
(b) Die professionelle Praxis Sozialer Arbeit ist interaktiv und kommunikativ organisiert. Dieser Verfaßtheit muß in der methodologischen Debatte Rechnung getragen werden.[3] Professionelles Handeln

---

[2] Im November 1992 hat die „Deutsche Gesellschaft für Sozialarbeit“ in ihrer „Erklärung zu gegenwärtig wichtigen Aufgaben in der Entwicklung von Wissenschaft und Praxis der Sozialarbeit“ den Gegenstandsbereich bestimmt als die „Theorie und Praxis gelingenden und scheiternden Lebens und die alltägliche Daseinsgestaltung von einzelnen Menschen, Familien und sozialen Gruppen sowie ihr Zusammenleben in unserer Gesellschaft unter den gegebenen und veränderbaren ökonomischen, politischen, kulturellen und kommunikativen Bedingungen.“

[3] Die Klientenperspektive kann in ihrer kommunikativen Verfaßtheit nur mit qualitativ-empirischen Verfahren angemessen berücksichtigt werden. Diese These läßt sich mit folgenden Argumenten begründen: (1) Die Betroffenen (oftmals Stigmatisierte), die in der Regel in ihrer Identität beschädigt sind, entwickeln oft unverständliche Lebensperspektiven und bilden dem „normalen“ Bürger fremde, unverständliche Alltagsmilieus und Subkulturen aus. Solche Lebensgestaltung überhaupt als Aspekt sozialer Realität zu erfassen, fällt den Professionellen (als Instanzen sozialer Kontrolle und der Öffentlichkeit) schwer. Qualitative Verfahren verhelfen dazu, die Weltsicht und die Lebensperspektiven der Betroffenen zu erfassen. (2) Oftmals sind systematische Probleme einer Lebenslage und der an sich gebundenen Leidensgeschichte den Betroffenen selbst nicht bewußt. Die Probleme äußern sich dann als ein dumpfes Unterlegenheits- und Opfergefühl. Was sich in ihm versteckt, wird von her-

ist im Kern eine „Kunst“, deren Praxis nur unbestimmten Regeln folgt. Professionelle Praxis ist konstitutiv durch ihren Fallbezug (individuell wie institutionell) bestimmt. Der Fallbezug verlangt – bei unterschiedlichen Professionen spezifisch ausgeprägt – ein auf die jeweilige Professon abgestimmtes rekonstruktives Vorgehen. In der Sozialen Arbeit kommt rekonstruktiven (Einzel-)Fallstudien ein besonderes Gewicht zu. Rekonstruktive Sozialforschung weist einen Weg aus der aktuellen methodologischen Debatte (Kade 1990, 111 ff.).
(c) Soziale Arbeit als Wissenschaft erforscht von daher näher zu bestimmende Formen des Sozialen und bildet zu ihnen Theorien in rekonstruktiver wissenschaftlicher Praxis.
(d) Wissenschaft kann gegenüber der professionellen „Kunstlehre“ drei Funktionen ausüben: Sie kann (erstens) Leitlinien für Reflexion und Beurteilung von Praxis liefern; sie kann (zweitens) gedankenexperimentell einen Beitrag zur Entdeckung und Erprobung neuer Formen der Praxis leisten, und sie kann (drittens) professionelles Handlungswissen zur Ausübung der „Kunstlehre“ bereitstellen.
(e) Das Studium (die Lehre) als Ort der primären Ausformung des professionellen Habitus muß demnach so organisiert sein, daß die Studierenden in die Lage versetzt werden, eigenständig Daten (im Fallbezug) erheben und interpretieren zu lernen, um dann in ihrer Berufstätigkeit rekonstruktiv tätig werden zu können.

2. Gesellschaftliche Rekonstituierung: Programm der Sozialen Arbeit als Profession

Wie Hans Scherpner bereits in den fünfziger Jahren betonte, verlangt die „Zerstörung von zentralen Urkategorien des Gemeinschaftshandelns“ (Scherpner 1962, 122) die (gesellschaftliche) Rekonstituierung durch Professionen. Damit ist die Stellung und zunehmende Be-

kömmlichen Befragungs- und Kodierungstechniken nicht erreicht, und man muß neue analytische Verfahren entwikeln. (3) Es gibt unaufhebbare Paradoxien professionellen Handelns: Die simple Abbildung „theoretischer“ Sinnwelten im konkreten Handeln ist ohne Brechung nicht möglich. Was wir aus allgemeinen Theorie- und Wissensbeständen ableiten können, verfehlt in aller Regel die Realität professionellen Handelns. Berufliche Interventionen reduzieren – notwendigerweise und oft gegen jede Absicht – die Orientierungs-, Kommunikations- und Handlungskapazitäten der Betroffenen. Diese Reduktion darf von Professionellen nicht geleugnet, sondern sollte kritisch reflektiert werden. Der Widerspruch ist wahrzunehmen zwischen dem Autonomieanspruch der KlientInnen und den dienstlichen Interventionen.

deutung der Sozialen Arbeit vorgezeichnet. Ihre Ausweitung und Differenzierung vollzieht sich gleichermaßen in der unmittelbaren Praxis als auch in der Debatte über sie. Die Expansion der Debatte ist ein notwendiger Prozeß in der Ausgestaltung einer jungen Wissenschaft. Das Soziale wird regulierungsbedürftiger, und auf diese Anforderung wird mit Konzepten wie „Risikogesellschaft" oder „Erlebnisgesellschaft" reagiert. Die Tendenzen gesellschaftlicher Ausdifferenzierung verlangen nach Ausweitung derjenigen Professionen, die mit der „Rekonstituierung" und „Resozialisierung" befaßt sind (Beratungs- und Therapieberufe, Erziehungsberufe, Soziale Arbeit). Ihre Tätigkeit spitzt sich auf die neuen sozialen und individuellen Risikolagen zu: Neben ökologischen und ökonomischen Risiken liegen soziale Gefahren vor, vor allem mit dem Zerbrechen lebensweltlicher Bezüge (der Normalbiographie und Normalfamilie), in Instabilitäten des Herkunftsmilieus, im Umbau der Arbeitsgesellschaft und in Traditionsverlusten. Auf diese gesellschaftlichen Umbruchsituationen muß Soziale Arbeit als Wissenschaft, als Lehre und als Profession reagieren.

Professionen, verstanden als Produkte gesellschaftlicher Differenzierungsprozesse,[4] nehmen zentrale gesellschaftliche Regulierungs-, Stabilisierungs- und Ritualisierungsaufgaben wahr. Sie erbringen „zentralwertbezogene Leistungen" (Dewe u.a. 1992). *Professionelle Tätigkeit* zielt somit, *grundsätzlich retrospektiv*, auf Wiederherstellung „verlorengegangener Zentralwerte". Die Anstrengung zielt auf eine Wiederherstellung der Autonomie individueller und gesellschaftlicher Lebenspraxis. Mit diesen Überlegungen ist ein kritischer Punkt der aktuellen Debatte gekennzeichnet (Dewe u.a. 1993, 57ff.). Hier wird ja oft von der „anwendungsbezogenen" Theorie gesprochen und eine falsche Dichotomie (nämlich die zwischen Theorie und Praxis) aufgemacht, wobei Praxis bzw. der sogenannte Praxisbezug zum Fetisch der Debatte wird. Man geht von einer prinzipiellen Differenz von Theorie und Praxis aus, ohne diese material zu bestimmen. Das Verhältnis von wissenschaftlicher bzw. professioneller Theorie und Praxis, von All-

---

4 Profession wird hier in klassischer Tradition verstanden. Nach Talcott Parsons (1969, 1980) ist idealtypischerweise im professionellen Handeln ein anderer Rationalitätstyp wirksam als im administrativen oder im marktkonformen Verhalten. In diesem Sinne erscheint „die Umstellung von traditionaler auf Fachautorität nicht zwingend als Irrweg in die Expertokratie, sondern zunächst und idealtypisch als Bindung professionellen Wissens an die konsensuelle Logik theoretischer Diskurse" (Brunkhorst 1992, 49). Fachautorität wird damit „antiautoritär", da kein „höheres" Wissen mehr zugelassen wird und alles Wissen prinzipiell kritisierbar und bezweifelbar wird.

tagstheorien und Lebenspraxis ist zuallererst ein autonomes Verweisungs- und kein Konkurrenzverhältnis. Weder hier noch dort ist Wahrheit zu finden, sondern lediglich Deutungs- und Reflexionswissen – über neue und alte Situationen sozialer Wirklichkeit. Wir können also Professionalität durchaus als Einheit von „Theorie- und Handlungswissen" bestimmen (Kade 1990, 37).
Bei der Vermittlung sozialarbeiterischen Wissens ist neben der *Grundlegung professioneller Praxiskompetenz* (Kompetenz zur Bewältigung berufspraktischer Aufgaben) eine weitere Kompetenz notwendig, die als *theoretische Praxiskompetenz* (theoretisch angeleitete Reflexions-, Erkundungs- und Interpretationskompetenz) bezeichnet wird. Diese Kompetenzen (Haupert/Kraimer 1991, 190) lassen sich zusammenfassend als *Professionskompetenz* bzeichnen und enthalten Elemente von wissenschaftlicher (Theorieverstehen) und beruflicher Kompetenz (berufliche Kunstlehre, hermeneutisches Fallverstehen, stellvertretende Deutung). Man erwirbt sie, indem mit Primärdaten sozialer Wirklichkeit gearbeitet wird; also vor allem durch Interaktions-, Lebenswelt-, Milieu- und Verlaufskurvenanalysen.[5] Hauptziel ist dabei „die Vermittlung der Fähigkeit zu abgekürzten Erkundungs- und Interpretationsverfahren, die am Ort des aktuellen Berufshandelns unmittelbar zum Einsatz gelangen und wissenschaftlich angeleitet" (Schütze 1979, 3) und fundiert sind. Das Wissen um diese Kompetenz und die konkrete Umsetzung in der alltäglichen sozialarbeiterischen Praxis sind unabdingbare Voraussetzung eines wissenschaftlich aufgeklärten und kontrollierten Berufshandelns.
Professionelle Standards können sich in der *stellvertretenden Deutung*, die in Anlehnung an Max Weber und Fritz Schütze um das Konzept des *typologischen Verstehens* erweitert wird, ausbilden. Für professionelle Tätigkeiten besteht im Unterschied zu bloß berufsmäßigen

---

[5] Hierbei bieten sich vor allem die Methode des narrativen Interviews, die biographische Methode und die struktur-rekonstruktive Dokumentenanalyse an. Demgegenüber vernichtet standardisierte Sozialforschung die Primärdaten bereits im Erhebungsprozeß, da die Primärdaten in numerische Kategorien überführt und nur die Kodierungen aufgenommen werden (können); das sind Sekundärdaten. Im Handlungsalltag ist der/die SozialarbeiterIn in aller Regel jedoch mit Primärdaten konfrontiert, die er entziffern muß. Der durch qualitative Verfahren geschärfte Blick zielt nicht auf quantitative Verteilungen kodierter Merkmalsausprägungen, sondern auf Existenz, Konstitutionsmechanismen und Variationen von sozialen Prozessen und die mit ihnen verbundenen Sozialstrukturen, die Leidensdruck und Handlungsprobleme erzeugen (siehe: Riemann 1987).

Tätigkeiten die Handlungsfunktion darin, daß die zu vollziehende Arbeit sich zentral als stellvertretende Deutung einer zu behandelnden Lebenspraxis gestaltet (Garz/Kraimer/Aufenanger 1983, 129). Wie Gerhard Burkart feststellt, ist

> „der professionell kompetent Handelnde (ein) wissenschaftlicher Experte, aber Professionalität, die sich (lediglich) auf Expertentum beschränkt, unterliegt der Gefahr der Szientifizierung“ (Burkart 1992, 456). Burkhart fährt unter Rückgriff auf Ulrich Oevermanns Modell der stellvertretenen Deutung fort: „Für kompetentes professionelles Handeln ist in diesem Sinne konstitutiv die hermeneutische Kompetenz des Verstehens eines Falles, also etwa einer Krankengeschichte oder eines Rechtsproblems in der Sprache des Falles selbst ...“ (ebd.).

Von der Handlungslogik her professionalisierte Tätigkeiten sind dadurch charakterisiert, daß deren Arbeit aus stellvertretender Deutung und typologischem Verstehen besteht.

Stellvertretende Deutung bezeichnet ein Handeln, welches sich auf andere Personen bezieht und für sich beansprucht, biographische Muster und Defizite des Handelns, zumindest langfristig, bewußt zu machen. Das Ziel besteht darin, den Klienten in den Status eines autonom handlungsfähigen, mit sich selbst identischen Subjekts zu überführen, ohne die „Autonomie der Lebenspraxis“ des Betreffenden zu verformen oder gar dauerhaft zu beschädigen.

Für die soziale Arbeit muß das Fallverstehen um das *typologische Verstehen* ergänzt werden, da der Alltag sozialarbeiterischen Handelns mit Problemen konfrontiert ist, die in ihren überindividuellen Zusammenhängen auf Typisches verweisen. Typologisches Verstehen lehnt sich an Max Webers Konzept des idealtypischen Verstehens an. Dieses vollzieht sich als gedankenexperimentelle Konstruktion, die durch Abstraktion gewonnen wird. Hierbei werden über das Individuum hinausweisende soziale Gemeinsamkeiten gesucht und im „Idealtypus“ auf den Begriff gebracht. Die Konstruktion von Idealtypen dient dem Verstehen sozialer Zusammenhänge und ermöglicht deren klarere Unterscheidung. Typologisches Verstehen schafft eine „Verständnisfolie“ für das Typische im Individuellen und hat in Fallbesprechungen seinen sozialarbeiterischen Ort. Im Prozeß der Typenbildung geht das Individuelle nicht verloren, sondern bleibt in einem doppelten Sinne erhalten: Die Konstruktion von realen Haltungs- und Handlungstypen ergibt sich aus der Rekonstruktion des Subjektspezifischen. In den so rekonstruierten Realtypen sind gleichzeitig soziale Faktoren wirksam. Insgesamt werden so typische Problemkonstellationen in ihrem milieutypischen, lebensweltlichen Bedeutungsgehalt verortbar.

Nach Talcott Parsons ist die

> „berufliche Rolle des Arztes das Musterbeispiel einer höherstufigen Form solidarischen Handelns. Höherstufige Solidarität setzt aber bis zu einem gewissen Grade die Zerstörung und die bewußte Neutralisierung der naturwüchsigen Solidarität von konkreten, partikularen Lebensformen und von geschichtlich gewachsener Kollektivbildung voraus. Professionalisierung erfordert die Transformation von moralischer (‚Charakter'), menschlicher (‚Bildung', ‚Weisheit'), natürlicher (‚Alter') oder sozialer (‚Klassenlage', ‚Rang') in spezifische Fachautorität. Und diese Form der ‚Autorität' unterscheidet sich von den anderen letztlich dadurch, daß sie im Zweifelsfall durch Wissen begründet und durch besseres Wissen bestritten werden kann. Ihre Reichweite deckt sich mit der Kraft von Argumenten" (Brunkhorst 1992, 51 f.).

Konsequenzen für sozialarbeiterische Professionalisierung liegen auf der Hand. Hauptbedingung jeder professionellen Intervention ist die Erkenntnis, daß unmittelbare Betroffenheit im professionellen Prozeß enttäuscht werden muß (Brunkhorst 1992, 54). Der Professionelle reagiert auf das, was ihn fachlich betrifft, „methodisch und virtuell". Die Sentimentalität von Betroffenheit dagegen nimmt Vernunft instrumentell in Anspruch. Professionen sind durch nicht-instrumentelle Vernunft konstitutiert.

(3) Vom Programm der Profession zum Gegenstand Sozialer Arbeit

Die Gegenstandsbestimmung einer disziplinär eigenständigen Theorie Sozialer Arbeit nehmen wir programmatisch vor, wenn wir uns auf das professionelle Handeln konzentrieren und fragen: Hat Soziale Arbeit, wie sie sich historisch als Profession und als akademische Disziplin entwickelt hat, einen eigenständigen, auch theoretisch begründbaren Gegenstand? Aus einer Wissenschaft, die sich aus unterschiedlichen Quellen speist, soll eine theoretisch begründete Wissenschaft werden. Wenn Soziale Arbeit als (Sozial-)Wissenschaft bestimmt wird, dann ist die *professionelle Dimension* der Praxis Sozialer Arbeit Ausgangspunkt der Überlegungen. Damit ist nun viererlei impliziert:

(a) Es muß darüber Verständigung erzielt werden, daß es bei Fragen der Sozialen Arbeit immer um handlungstheoretische geht,[6] also um

[6] Mit dem Begriff „Handlungstheorie" verbinden sich in der aktuellen Debatte viele Mißverständnisse und Unsicherheiten. In klassisch sozialwissenschaftlicher Tradition bezeichnet Handlungstheorie (theory of action) einen Ansatz, der

das Problem, „wissenschaftlich begründetes Handeln nicht nur zu formulieren, sondern als ‚Tätigkeit' zu realisieren" (Kunstreich 1992, 1).
(b) Die professionelle Dimension verweist auf die widersprüchliche Strukturlogik des professionellen Handelns. Diese Logik muß für den Bereich professioneller Sozialer Arbeit noch exakter bestimmt werden.
(c) Der Fallbezug ist konstitutiv für professionelles Handeln. (Schütze 1992 a) Der Fall muß doppelt, als Einzelfall und als „sozialtypischer" Fall, gesehen werden.
(d) Die widersprüchliche Realität des doppelten Mandats muß in seinen für die Profession grenzsetzenden Bedingungsgefügen bestimmt werden. Das vorliegende gesellschaftstheoretische Fundament solte längerfristig konsequent in seiner professionellen Dimension ausformuliert werden.

In Differenz zu benachbarten sozialwissenschaftlichen Disziplinen, wie etwa der Pädagogik und der Soziologie, kann nun der Gegenstand von Sozialer Arbeit als Wissenschaft bestimmt werden. Dabei verweise ich auf ältere Bemühungen, die es sowohl im angelsächsischen als auch im deutschen Sprachraum nun schon seit 100 Jahren gibt. Erinnert sei an die Arbeiten von Jane Addams (1913, 1979), Mary Richmond (1917, 1922) und Alice Salomon (1927), in jüngerer Zeit etwa an die Überlegungen von Fritz Haag u.a. (1973) und Louis Lowy (1973, 1983). Ich nehme zum Ausgangspunkt der Gegenstandsbestimmung – in Anschluß an einen Gedanken von Jan Tillmann (1990) – den Blick auf den Menschen als *prinzipiell von sozialer Überforderung bedrohtem Wesen* (Dreitzel 1968; Gehlen 1972). Individuelle Überforderung an Sozialität ist konstitutiv für die sich entfaltende Moderne (Beck 1986, 1993). In modernen Gesellschaften verfestigt sich die Bedrohung unter gesellschaftlichen und individuellen Bedingungen, die professionelles Eingreifen erforderlich machen. Damit rücken das Soziale und der Mensch in seiner je spezifischen Überforderung an und in Sozialität in den Mittelpunkt der theoretischen und professionellen Bemühungen. Auf „das Soziale" allein können wir uns nicht festlegen, da es auch der Gegenstandsbereich der Soziologie ist. Wir fassen es im Handlungskontext Sozialer Arbeit unter der Perspektive bedrängten, bedrohten, beschädigten

---

die Intentionalität (Zielgerichtetheit) menschlichen Handelns – im Sinne Max Webers – zur Grundlage eines besonderen, nicht rein erfahrungswissenschaftlichen Erklärungsprinzips nimmt. In dieser Theorietradition steht die Verstehbarkeit menschlichen Handelns im Vordergrund. Die folgende Argumentation lehnt sich an diesen weberschen Ansatz eng an.

oder eingeschränkten Lebens. Soziale Arbeit als Profession hat es konstitutiv mit beschädigten oder bedrohten Formen individueller und sozialer Identität zu tun. Der Topos „Hilfe“ (Sahle 1987) gewinnt damit gegenüber einer therapeutischen Orientierung an Bedeutung. Soziale Arbeit nimmt sich die Rekonstitution von Identität (und damit Resozialisierung) sowie Bewältigungsprobleme im modernen Leben zum Gegenstand. Damit ist eine eigene Perspektive der Wissenschaft Sozialer Arbeit als Reflexion ihrer Handlungswirklichkeit und ihrer Handlungsmöglichkeiten vorgezeichnet.
Letztlich knüpfen wir hier an die weitgehend akzeptierte Erkenntnis an, daß Menschen in der Moderne durch die Ansprüche an Individualität und die zunehmende „Pluralisierung der Lebenswelten“ überfordert sind, sich zugleich aber in der Gesellschaft permanent orientieren müssen (Berger/Berger/Kellner 1975). Soziale Arbeit geschieht in der spannungsreichen Beziehung von Individuum und Gesellschaft. In den Brennpunkt der Betrachtungen rücken das Soziale, die Bedingungen seiner Entfaltung bzw. Nichtentfaltung und das darunter leidende Individuum bzw. beeinträchtigte Formen menschlicher Gemeinschaftsbildung. Soziale Arbeit bezieht sich auf „Menschliches, auf Prozesse der Lebensbewältigung und damit verbundene Schwierigkeiten“ (Kraimer 1992, 2). Das sind soziale Probleme. Nach Max Weber gehören zum Sozialen Personen in vergesellschafteten und vergemeinschafteten Zusammenhängen (Weber 1980, 13).
Soziale Arbeit als (Sozial-)Wissenschaft hat *handlungstheoretisch das Soziale erkennend zu deuten*, Sinn zu verstehen. Soziale Arbeit als Profession soll in dieser Perspektive Sinn geben, ihn vermitteln und damit das Soziale (wieder) ermöglichen. In dieser Betrachtungsweise läßt sich Soziale Arbeit als Ausgleich für verlorengegangenes Soziales in der Lebenswelt verstehen bzw. als „Wiederherstellung der autonomen Lebenspraxis der Klienten“ (Kraimer 1994, 25). In ihrer Orientierung auf die *Lebenswelt*[7] widmet sich Soziale Arbeit den Milieus der Menschen als Orten des Leidens, der Lebensunsicherheit und der Identitätsdiffusion. Darin wirkt die professionelle Tätigkeit stets rekonstruktiv: *Soziale Arbeit wird eine rekonstruktive Sozialwissenschaft, die sich mit verlorengegangenem oder bedrohtem Sozialen zu beschäftigen hat.*

---

[7] Mit Alfred Schütz und Thomas Luckmann soll „unter alltäglicher Lebenswelt jener Wirklichkeitsbereich verstanden werden, den der wache und normale Erwachsene in der Einstellung des gesunden Menschenverstandes als schlicht gegeben vorfindet“ (Schütz/Luckmann 1979, 25).

Ins Zentrum der Profession und Wissenschaft rückt das Individuum in seinen kulturellen, ökonomischen, sozialen und politischen Bezügen. Da bei dieser *Fallorientierung* (Kade 1990, 154ff.) das Individuum jedoch unter Aspekten des Sozialen betrachtet wird, also keineswegs losgelöst oder lediglich unter psychischen Gesichtspunkten, muß der sozioökonomische Zusammenhang und ökosoziale Raum stets mitgedacht werden (*Feldorientierung*). Dabei können wir uns auf historische Arbeiten der Chicagoer Soziologenschule stützen, die bereits in den zwanziger Jahren die Ökologie städtischer Räume erforschte (siehe: Faris 1970). Im sozialen Umfeld muß sich Soziale Arbeit orientieren, wenn sie ihre Funktion wahrnehmen will, zur Herstellung und Erhaltung sozialer Gerechtigkeit beizutragen bzw. Ungerechtigkeit zu kompensieren (Brunkhorst 1992, 67).
Bei der Orientierung am Fall haben wir ihn, wie bereits bemerkt, sowohl als Einzelfall als auch als sozialtypischen Fall zu begreifen. Notwendig wird eine strukturanalytische Rekonstruktion in der Sprache des Falls (Haupert 1991; Haupert/Kraimer 1991). Der hier formulierte Ansatz steht damit quer zu kausal orientierten methodischen Konzepten, die den Fall seiner Sozialität berauben und ihn in ein lineares Schema pressen, statt ihn in seiner Komplexität zur Geltung zu bringen. Basis der Rekonstruktion ist der *Fall selbst* und nicht die bereits verhandelte Vorstellung davon. Den „Fall zum Sprechen" bringen, bedeutet aber zuerst, über Methoden und Wege zu verfügen, Menschen in eigener Sache zu Wort kommen zu lassen.
In der Forschung sind *Untersuchungsverfahren* anzuwenden, die dem fallförmigen Gegenstand Sozialer Arbeit entsprechen. In der Ausbildung müssen die *hermeneutische Methode des Fallverstehens* systematisch gelehrt und das typologische Verstehen und die stellvertretende Deutung eingeübt werden. Das gewonnene Wissen gehört zu den Grundlagen der Profession (Haupert/Kraimer 1991). Bei der Wiederherstellung des Sozialen handelt es sich im Kern um die Rekonstituierung von Identität als individueller Ausprägung des Sozialen und von Sozialität als deren objektiver Ausprägung. Im Vordergrund steht der Widerspruch und Widerstand des Individuums gegenüber der drohenden Überforderung durch Soziales, mithin das Problem möglicher Beschädigung von Identität, sei sie individuell, kulturell, ökonomisch oder sozial.[8] Beschädigte Identität im hier ver-

[8] Gegen dieses Identitätskonzept können Einwände geltend gemacht werden. Mir geht es hier in erster Linie darum, programmatische Eckpunkte zu setzen. Über das Abschleifen der Kanten kann später gestritten werden. So hat beispielsweise Theodor Adorno (1955, 11) das Konzept der „gut integrierten Per-

wandten Sinne beschreibt die Abnahme, einen Mangel oder eine Einschränkung der autonomen Gestaltung von Lebenspraxis. Daraus erwachsender Leidensdruck verlangt nach professioneller Hilfe juristischen, medizinischen, seelischen und sozialen Typs. Steht beispielsweise bei der Jurisprudenz normkonsensuales Verhalten, also bestätigendes oder abweichendes im Vordergrund professionellen Handelns, so hat die Soziale Arbeit kommunikatives Handeln als Basis, in dem Sinn erfahren, gedeutet und interpretiert wird.
Forschungspraktisch wird danach an der *Leidensgeschichte von KlientInnen* und deren Rekonstruktion, an der Verfolgung von *Karrieren* und mit *Verlaufskurven* (steigenden und fallenden) gearbeitet. Den zugehörigen methodologischen Ansatz habe ich als *strukturanalytische Rekonstruktion von Lebensgeschichten* bezeichnet. Über die Nachzeichnung individueller Biographien gelingt es, den theoretisch wie professionell-praktisch bedeutsamen Kern von Sozialer Arbeit im Fallbezug festzuhalten und andererseits fallweise das Soziale herauszuarbeiten und wiederherzustellen. Nach diesen Überlegungen wird Soziale Arbeit eine „Resozialisierungswissenschaft" in dem Sinne, daß Bedingungen der Konstitution von Sozialität und dem Leiden daran kritisch untersucht werden.

4. Was kann Sozialarbeitsforschung leisten?

Sozialarbeitsforschung begleitet und sichert die Fortentwicklung der Disziplin. Sie stellt Forschungsmethoden und Analyseverfahren bereit, um den Prozeß der Professionalisierung auf der Ebene der Wissenschaft und in der beruflichen Praxis voranzutreiben. Neben methodologischen Arbeiten sollten empirische Studien zur speziellen Verfaßtheit der Sozialarbeit sowie zu Aspekten des Alltagslebens der KlientInnen im Vordergrund stehen. Dabei kann sich, bestimmt durch ihren Gegenstand und das besondere Handlungsfeld (interaktive Verfaßtheit) ihrer Praxis (prinzipiell professionalisierbare Sozialarbeit), eine neue Art empirischer Forschung ausbilden, die ich mit Klaus Kraimer die „kommunikativ-qualitative Variante der Sozial-

---

sönlichkeit" verworfen, weil in „antagonistischen Gesellschaften" Menschen „unidentisch mit sich, Sozialcharakter und psychologischer in einem und kraft solcher Spannung a priori beschädigt" sind. Auch Jürgen Habermas fragt: „Können komplexe Gesellschaften eine vernünftige Identität ausbilden?" (Habermas 1976, 96 ff.).

forschung als Ausgangsort für die Erhebung subjektiver Sichtweisen in Feldern sozialer Arbeit" (Kraimer 1991, 127) nenne.
Empirische Forschung hat hier das *Ziel* – so eine erste Definition –, *Aussagen über Handeln und Organisationsformen von Sozialer Arbeit* zu machen, das Handeln, Denken und Deuten der KlientInnen von Sozialer Arbeit zu erforschen und die interaktiven Konstitutionsbedingungen von Sozialer Arbeit nicht zu vernachlässigen. Vier Prämissen empirischer Sozialarbeitsforschung können an dieser Stelle benannt werden:

(a) die Auffasung, daß Wirklichkeit sozial konstruiert ist;
(b) die Auffassung, daß ein verstehender Zugang zur sozialen Wirklichkeit unumgänglich ist;
(c) die Auffassung, daß eine fallbezogene Untersuchung mit einer sich daran anschließenden Möglichkeit der Typenbildung zentral ist;
(d) die Auffassung, daß die ForscherInnen sich unmittelbar auf die Praxis einlassen müssen (Garz/Kraimer 1991, 13).

Kennzeichnend für eine speziell rekonstruktiv-fallorientierte Sozialforschung sind, wie oben bereits aufgezeigt, die folgenden vier Merkmale:

(a) Subjektorientierung,
(b) Kontext- bzw. Milieuorientierung,
(c) Situationsorientierung,
(d) hermeneutische Orientierung.

Diese Perspektiven (Kraimer 1991, 127) müssen in der Aus- und Fortbildung erlernt und kultiviert werden. Ziel ist ein möglichst unvoreingenommenes, subjektbezogenes Verstehen von Wirklichkeit, insbesondere des Menschlichen in der Sozialwelt. Hermeneutik (als Text- und Sinnauslegung) bezieht es auf sie und führt die ForscherInnen wie die professionellen PraktikerInnen zur Rekonstruktion des Sozialen in der Wirklichkeit. Mit der sozialwissenschaftlichen Kompetenz des Auslegens und Verstehens werden die Professionellen in die Lage versetzt, „die Prozeßstrukturen von singulären Problemfällen (ob individueller oder kollektiver Natur) in ihren fallübergreifend allgemeinen, in ihren fallspezifisch allgemeinen und gänzlich fallbesonderen Merkmalen empirisch zu rekonstruieren" (Schütze 1992 b, 196).
In der Sozialarbeitsforschung ist zu berücksichtigen, daß der in Rede stehende Ausschnitt gesellschaftlicher Realität in wesentlichen Anteilen durch sprachliche (noch weiter gefaßt: durch textuelle) Symbolisierungen konstituiert ist. Die Erforschung der sozialen Realität vollzieht sich mithin über sprachbegründete Deutungs-(Dechiffrierungs-)

vorgänge und über sprachliche Kommunikation. Die erforderliche Datensammlung und -analyse geschieht konsequenterweise mit kommunikativen (d.h. ethnographischen und interpretativen) Verfahren. Diese gehen prinzipiell davon aus, daß der/dem Professionellen in der Sozialen Arbeit, der/dem SozialforscherIn sowie dem „aufgeklärten Laien" viele noch so vertraut erscheinende Bereiche der Realität nicht wirklich vertraut (da nur aus der eigenen, z.T. oberflächlichen oder einseitig verzerrten Erfahrungs- und Handlungsperspektive verstanden) sind (ethnographischer Aspekt), daß diese scheinbare Sicherheit über die tatsächlichen sozialen Prozesse (Verlaufskurven, Leidenserfahrungen, Handlungen, Interaktionen) in vielen Bereichen der sozialen Realität hinwegtäuscht (interpretativer Aspekt). „Eingelullt" durch die eigenen alltäglichen und professionellen Handlungsroutinen, findet eine „Abschottung" von den interaktiven Realitätsstiftungen und Realitätserfahrungen der Interaktionspartner und -kontrahenten statt. In der Praxis werden notfalls sogar zwangskommunikative Praktiken zur „Abschottung" benutzt (kommunikativer Aspekt). Adäquat angewandte qualitative (auch: ethnographische, interpretative und kommunikative) Verfahren der Sozialforschung vermögen diese systematischen „Selbsttäuschungen" aufbrechen.
Unterscheiden wir drei Untersuchungsebenen – eine Nah-(Mikro-), eine Mittel-(Meso-) und eine Fern-(Makro-)Ebene –, dann lassen sich für die qualitativen Verfahren in der empirischen Forschung folgende Ziele bestimmen:

(a) *Makrostrukturell* (auf Gesellschaft hin) angelegte Forschung hat gesamtgesellschaftlich und in der Sozialstruktur vorhandene Problemlagen zu erforschen und dabei insbesondere die politischen Kontextbedingungen zu beachten – mit dem Ziel, das notwendige Wissen zur Analyse sozialpolitischer und sozialadministrativer Strukturelemente bereitzustellen.
(b) *Mesostrukturell* (auf soziale Lebenslagen hin) angelegte Forschung zielt darauf ab, die objektiven Handlungsspielräume sozialer Gruppen und kommunaler Organisationen zu erfassen und dabei milieuspezifische Ressourcen aufzudecken und Grundlagen zur Analyse sozialer Institutionen zu entwickeln. Hierbei ist auch die Verwobenheit individueller Erfahrungen mit und in Institutionen zu berücksichtigen.
(c) *Mikrostrukturell* (auf die Lebenswelt) orientierte Forschung hat subjektive Repräsentanzen und individuelle Problemlagen zum Gegenstand. Hierbei werden lebensweltliche Deutungen und Handlungen von Subjekten in ihrem Wirkcharakter rekonstruiert. Den Erfah-

rungseinbettungen des Leidens kommt besonderes Gewicht zu. Es werden individuelle Bewältigungsstrategien entdeckt, die sich in Alltagsinteraktionen manifestieren.

Diese drei Ebenen müssen in Lehre, Forschung und Theoriebildung sorgfältig getrennt werden, um ihre unterschiedlichen Kontextualitäten und Strukturgesetzlichkeiten zur Geltung zu bringen. Zusammengeführt ergeben sie das, was ich „struktur-rekonstruktive Sozialarbeitsforschung“ genannt habe (Haupert 1992, 6). Im professionellen Vorgehen wird diese Zusammenführung ständig praktiziert, und zwar am Fall in seiner Besonderheit als Einzel- und als sozialtypischer Fall. Der Qualität des Falles folgt die qualitative Methode. Der Alltag vereint die zu ihrer Erforschung getrennten Ebenen.
Da die „Alltagstechniken“ das Reservoir für alle sozialwissenschaftlichen Methoden darstellen, können wir davon ausgehen, daß die

> „sozialwissenschaftlichen Verfahren zur Erkenntnis der Umwelt nicht aufgesetzt auf die natürlichen Techniken sind, nicht deduziert aus in sich widerspruchsfreien Gedankengebilden sind, sondern nach den gleichen Regeln funktionieren wie die natürlichen. ... Ist dem so, so eröffnet sich die Chance, die sozialwissenschaftlichen Techniken besser zu erkennen und zu handhaben, indem man sie mit ihren Quellen, den Alltagsstrategien, im Zusammenhang sieht. Dann sind die Alltagstechniken die Basis, aus der sich die qualitativen Verfahren als erste, die quantitativen Techniken aber als zweite Stufe der Abstraktion entwickeln“ (Kleining 1982, 225).

In dieser Reduktion kann quantitative Forschung qualitative Analysen nicht ersetzen. Wir haben die sozialwissenschaftlichen Methodiken „Objektive Hermeneutik“, „Soziologischer Narrativismus“, „Kommunikative Sozialforschung“, „Biographieforschung“ und „Lebensweltanalyse“ auf ihre Bedeutung für eine struktur-rekonstruktive Sozialarbeitsforschung hin zu untersuchen und mit ihnen entsprechende Forschungsprogramme zu entwickeln.

5. Schlussfolgerungen

Zusammenfassend läßt sich festhalten, daß – ausgehend von der Beschreibung sozialer Abläufe – die Analyse konkreter (individueller und kollektiver) Sozialprozesse möglich ist, ohne daß eine statistisch-repräsentative (quantitative) Untersuchung aggregierter Typen von Einzelfällen erforderlich wäre. Grundlage der analytischen Erklärung ist die theoretisch-empirische Rekonstruktion dieser Sozialprozesse.

Der Logik des Vorgangs sind Verfahren qualitativer (rekonstruktiver) Sozialforschung angemessen. Ziel zukünftiger theoretischer und empirischer Anstrengungen wird es sein, die Verbindung quantitativer und qualitativer Ansätze zu realisieren, wobei dafür plädiert wird, die quantitative der qualitativen Strategie unterzuordnen, ohne die Methodenkombination aus dem Auge zu verlieren. Hiermit ergibt sich erst die Möglichkeit, die „Welt des Alltags“ mit unvoreingenommenem Blick wahrzunehmen.
Die Einübung qualitativer Verfahren mit ihren typischen Erhebungs- und Analysetechniken führt zu spezifischen Kompetenzen, nämlich zu

(a) der Steigerung der Wahrnehmungs-, Unterscheidungs-, Deutungs- und Analysekompetenz und damit zur Weiterentwicklung der handlungsbezogenen professionellen Urteilskraft;
(b) der Fähigkeit zur situativen Klärung von kleinräumigen Sozialprozessen;
(c) einer dem Zeit- und Entscheidungsdruck professionellen Handelns angemessenen Kompetenz zu abgekürzten Verfahren der Erkundung, Erklärung und Abwägung sozialer Prozesse;
(d) mehr klinischer Kompetenz sozialer Berufe, indem Verfahrenstechniken in Beratung und Therapie qualitativer Analyse unterzogen werden (Schütze 1979, 16).

Soziale Arbeit bezieht sich primär auf die Lebenspraxis und auf Lebensprobleme von Menschen. Professionelle Standards können sich auf dem Weg der stellvertretenden Deutung ausbilden, die in Anlehnung an Max Weber und Fritz Schütze um das Konzept des typologischen Verstehens erweitert wird. Von der Handlungslogik her professionalisierte Tätigkeiten sind dadurch charakterisiert, daß deren Arbeit aus stellvertretender Deutung und typologischen Verstehen besteht.

> „Trotz aller gravierenden Unterschiede zwischen den genannten Modellen ist ihnen doch eine Grundannahme gemeinsam, und diese bringen sie forschungspraktisch zur Geltung, daß die Lebenswelt und Lebenspraxis – bei aller Fehlerhaftigkeit – immer auch schon über richtige Antworten auf die Fragen der Wissenschaft verfügt.“ (Nagel 1986, 30)

Mit dem Verfahren der „Objektiven Hermeneutik“ lassen sich die Zusammenhänge zwischen objektiver und subjektiver Bedeutungsstruktur herausarbeiten und generalisierende Strukturaussagen treffen.
In der momentanen Situation Sozialer Arbeit als Wissenschaft, Lehre und Profession hat Forschung vorrangig und vordringlich dreierlei sicherzustellen:

(a) die Weiterentwicklung der Disziplin mit grundlagentheoretischen Arbeiten zu fördern;
(b) über angewandte Forschung den Professionalisierungsprozeß zu unterstützen und Kompetenz auszubilden;
(c) in der Ausbildung die Lernenden in diesen Prozeß in Form von Lehr-Lern-Forschung mit einzubeziehen: die Studierenden lernen und üben exemplarisch die Verfahren des typologischen Fall-Verstehens und der stellvertretenden Deutung ein.

In der Sozialarbeitsforschung sollte der Gegensatz zwischen qualitativen und quantitativen Verfahren in eine Kombination beider Strategien überführt werden, wobei die kommunikativ-qualitative Sozialforschung als Ausgangsort für die Erhebung subjektiver Sichtweisen in Feldern Sozialer Arbeit gesehen wird. Lebensweltanalyse wird dann ein integraler Bestandteil jeder Sozialarbeitsforschung. Der Einbezug der Klientenperspektive in die Forschung birgt Möglichkeiten, Soziale Arbeit entsprechend der hier aufgezeigten lebensweltlichen Konzeption zu gestalten und weiterzuentwickeln.

Zur Frage der Ausgestaltung rekonstruktiver Forschung in der Sozialarbeitswissenschaft

Klaus Kraimer

Wenn ich nach der Ausgestaltung, also nach dem Design einer rekonstruktiven Forschung in der Sozialen Arbeit frage (Abschnitt 2.), ist damit die Möglichkeit und Notwendigkeit gemeint, die Forschung in dieser Disziplin so zu strukturieren, daß zunächst ein *arteigener Zugang zum Sozialen* und dessen Sinnstruktur möglich wird und daß außerdem Einzelfallstudien neu belebt werden (Abschnitt 3.); denn das ist der Königsweg der rekonstruktiven Erforschung des Sozialen, und schließlich sollen in der Ausbildung Studierende in die Forschung so eingebunden werden, daß diese eigenständig Daten erheben und interpretieren („Sinn verstehen") lernen, um später die Praxis selbständig erfassen und meistern („Sinn stiften") zu können. Auf diese Weise wird m.E. auch die Professionalisierung der Sozialen Arbeit vorangetrieben sowie ein höheres Maß an disziplinärer Autonomie erreicht (Abschnitt 4.). Langfristig sind diese Ziele dann zu verwirklichen, wenn die Sozialarbeitswissenschaft praxisgesättigt und theoriebegründend ist (wozu vor allem eine theoretische Analyse der eigenen Praxis not tut).
Betrachtet man die Wissenschaft Sozialer Arbeit als „Insel im Meer der Praxis", dann gilt es, diesen „Inselaufenthalt" so zu gestalten und zu nutzen, daß der Wissensstoff über das Soziale und dessen Sinnstrukturiertheit bereits im Studium über Fälle vermittelt wird. Sie können beispielhaft für die anschließende berufliche Praxis sein. Ich spreche von einer rekonstruktiven Fallorientierung; sie erzeugt Reflexionswissen für die an ihr partizipierenden Personen. Dabei ist die Differenz zwischen Forschungswissen und Akteurswissen besonders zu gewichten. Davon soll im folgenden nach einigen Überlegungen zur Situation der Sozialen Arbeit die Rede sein (Abschnitt 1.).

1. Situationsdiagnose

Den Begriff „Soziale Arbeit" will ich als Überbegriff für die alte Schrägstrichverbindung „Sozialpädagogik/Sozialarbeit" verwenden. Soziale Arbeit bildet dann den gemeinsamen Rahmen einer Handlungswissenschaft und eines Handlungszusammenhanges. Aus dem steigenden gesellschaftlichen Bedarf zur „Sicherung des Sozialen" erwächst auch die Notwendigkeit, mehr gesichertes Wissen im Zuge einer „reflexiven Modernisierung“ (Beck 1992) bereitzustellen. Mit der vor über 20 Jahren begonnenen Veränderung der Hochschullandschaft im Sozial- und Erziehungswesen, speziell auch mit dem jüngst favorisiertem Ausbau der Fachhochschulen (allein elf Fachhochschulen sind in den neuen Bundesländern bisher gegründet worden) geht auch die Frage nach der *Ausweitung von Forschungskapazitäten* einher, wenn beim quantitativen Ausbau der Studienplätze die Qualität der Lehre, die ja zentral aus der Forschung resultiert, gesichert werden soll.

Zur Situation der Sozialen Arbeit liefern Autoren wie Lothar Böhnisch, Roland Merten, Richard Münchmeyer, Thomas Olk und Hans Thiersch (etwa in: Rauschenbach/Gängler 1992) elaborierte Diagnosen, doch es fehlt an materialen Analysen und Konzeptionen für die Sozialarbeitsforschung (siehe auch die Auseinandersetzung zu Ausbildung und Arbeitsmarkt sowie zum Verhältnis von Sozialpädagogik und Erziehungswissenschaft etwa bei: Thiersch, Gängler, Thole und Rauschenbach in: Krüger/Rauschenbach 1994). Im Zuge der genannten Diagnosen lassen sich drei allgemeine Trends ausmachen, die mit einer lebensweltlichen Orientierung einhergehen:

(a) die Auflösung reaktiver zugunsten präventiver, Lebenschancen eröffnender Hilfen (Systemöffnungsfunktion);
(b) die Schwerpunktverschiebung von stationären Maßnahmen in Richtung auf ambulante, lebensnahe Netze von Diensten und Einrichtungen (Ressourcenarbeit);
(c) die Auflösung rechtlich eingerahmter Fallbearbeitung zugunsten der Kommunikation mit KlientInnen als Verständigungsarbeit (Vermittlerfunktion).

In diesem Kontext benötigt die Soziale Arbeit ein Forschungsprogramm zur sachgemäßen Analyse des sozialen Wandels und dessen Auswirkungen, und zwar bei ihren Adressaten, bei den PraktikerInnen und in den Institutionen. In der rekonstruktiven Forschung geschieht dies unter anderem so, daß das jeweilige Sozialwissen erhoben und in seinem sozialstrukturellen Kontext rekonstruiert wird.

2. Aufgaben und Kernelemente rekonstruktiver Forschung

Ich möchte die Aufmerksamkeit darauf richten, daß die Soziale Arbeit als Wissenschaft methodisch so vorzugehen hat, daß sie die für sie relevanten Lebensbereiche aufsucht und mit den in ihnen gegebenen Problemlagen bzw. den dort handelnden Personen in einen *forschenden Dialog* tritt. Dabei ist diese Wissenschaft verbunden mit anderen, die das Soziale unter ihren Gesichtspunkten erforschen. Die Ergebnisse benachbarter Einzelwissenschaften sind zu prüfen und mit Blick auf die zu leistende Arbeit an sozialen Zusammenhängen konstruktiv einzubeziehen.

Das Verhältnis von Theorie und Praxis ist – übrigens ganz ähnlich wie es Max Weber für die Soziologie und Wilhelm Flitner für die Pädagogik beschrieben hat – so zu verstehen, daß die Praxis autonom ist. Dies unter der Annahme, daß die PraktikerInnen mit der praktischen auch eine theoretische Wahrheit suchen, also weder theoriegläubig noch theoriefeindlich sind, sondern Theorien, welche die Wissenschaft Sozialer Arbeit hervorbringt, situativ zu prüfen in der Lage sind. Die Wissenschaft Sozialer Arbeit – wohlgemerkt nicht die der Psychologie, Soziologie, Jurisprudenz oder Pädagogik – kann zweierlei bereitstellen: empirisch gesichertes Einzelwissen und Wissen über soziale Zusammenhänge in der Sozialen Arbeit.

Die *Theorie leitet die Praxis also nicht direkt an.* Ein technologisches Denken legt eine solche Anleitung nahe, aber es sitzt einer Selbsttäuschung auf und hat nicht gelernt, zwischen Wollen und Können zu unterscheiden. Die Theorie kann indes – sofern sie empirisch gesättigt ist – Reflexionswissen für die Deutung der sozialen Situation liefern, in der sozial gearbeitet wird. Mit Blick auf soziale Probleme, soziale Auffälligkeit und soziale Intervention ist das jeweils vorgefundene Wissen einzubeziehen und gegebenenfalls durch alternative Deutungen zu erweitern. Die *Rekonstruktion von Sozialwissen* erscheint somit als eine der zentralen Aufgaben der Forschung: Sie bezieht das Sozialwissen von KlientInnen, das Sozialwissen der beruflich tätigen und ehrenamtlich in der Sozialen Arbeit engagierten Personen und das Sozialwissen benachbarter Wissenschaften ein.

Die Forschung in der Sozialen Arbeit bedient sich der Methoden der quantitativen und qualitativen Sozialforschung (Haupert 1992), wobei sie diese ihrem arteigenen Gegenstand anpaßt, nämlich dem Sozialen und dessen Prozessen der Aufrechterhaltung und Störung. Dabei hält die Forschung einen engen Bezug zur Praxis aufrecht, begleitet sie, evaluiert sie und gestaltet sie reflexiv mit (zur formativen Evaluationsforschung siehe beispielsweise: Eichberger u.a. 1994). Das Reflexionswissen kann allerdings nur in seine volle Wirkung treten, wenn es aus originären sozialarbeiterischen Situationen rekonstruktionslogisch hervorgegangen ist. Ansonsten wird sich eine Kluft zwischen Theorie und Praxis auftun. Forschung in der Sozialen Arbeit bezieht sich folglich auf die Analyse empirischer Verhältnisse, etwa auf ein Segment gesellschaftlicher Praxis, und auf die Ausarbeitung begründeter Handlungsmöglichkeiten, die sich der Praxis der Sozialpolitik und der Sozialen Arbeit anbieten.

Frühe Beispiele grundlagenorientierter Sozialarbeitsforschung sind bekanntlich die von Jane Addams, Florence Kelley und ihren Mitarbeiterinnen 1895 veröffentlichten „Hull-House Maps and Papers“ mit soziographischen und regionalsoziologischen Untersuchungen. Sie begründeten eine sozialwissenschaftliche Tradition, die als investigative bekannt geworden ist. Sie konnten zeigen, daß es sich bei der Genese sozialer Probleme vorrangig nicht um individuelle Willensschwäche arbeitsunwilliger Menschen, sondern entscheidend um einschränkende Arbeits- und Lebensbedingungen handelte. Später arbeitete Mary Richmond in ihren Schriften auf der Grundlage personenbezogener Daten aus der Familienfürsorge ebenfalls soziale Gründe heraus (vor allem Arbeitslosigkeit, Arbeitsunfälle und Niedrigstlöhne), die Armut und Hilfebedürftigkeit bedingen (Richmond 1917, 1922). Die Daten wurden bei Hausbesuchen erhoben, und es wurden Aktenanalysen durchgeführt. Ab 1929 begannen Marie Jahoda, Paul Lazarsfeld und Hans Zeisel (1980) mit ihrer berühmten Studie in der kleinen Industriegemeinde Marienthal in der Nähe von Wien: ein weiteres prägnantes Beispiel für die Erforschung des Sozialwissens und der Sozialstruktur. Insbesondere die Bildung von Typen ist dabei zentral. Zudem beeindruckt die Lebensnähe und Methodenvielfalt, wie sie heute wieder in der qualitativen Einzelfallstudie gefordert wird.

Kennzeichnend für die rekonstruktiv-fallorientierte Sozialforschung sind nun die *Merkmale „Subjektorientierung“, „Kontextorientierung“ und „hermeneutische Orientierung“*. Diese Merkmale gründen in der Einsicht, daß Personen eine lebensgeschichtlich erworbene Einzigartigkeit zukommt, die vor dem zeitgeschichtlichen Hintergrund der jeweiligen Geburtenkohorte interpretiert wird. Sodann wird damit das Umfeld von Personen systematisch in den Analyseprozeß einbezogen (Analyse objektiver Daten, Sozialstatistik, Sozialpolitik). Und schließlich berücksichtigen sie die Hermeneutik als ein Herzstück des ganzen Vorgehens, bietet diese doch die Grundlage sowohl für „dichte Beschreibungen“ (dazu siehe meine Ausführungen unten, S. 142) in der Forschung als auch für individuelle Übersetzungshilfen in der Folge reflexiver Modernisierung, die wiederum eine doppelte Beschreibung, nämlich materieller Substrate (in der Sozialstruktur und Administration) und inhaltlicher Substrate (im Lebenssinn von KlientInnen), erfordert.

Das Anliegen der Hermeneutik, einer nichttechnologischen Methodik der Text- und Sinnauslegung, ist im Unterschied zur bloßen Erklärung das Verstehen des Menschlichen. Es geht nicht um einfühlendes Verstehen, sondern um Sinn-Verstehen. Zunächst wird beschreibend nachgezeichnet, was sich vorfinden läßt, etwa in Form sogenannter „subjektiver Repräsentanzen“ (also das, was eine Person gedanklich z.B. im Gespräch vorbringt). Nach diesem „Hineinversetzen“ in lebensweltliche Bezüge durch Interviews, Aktenanalysen oder Interventionsanalysen erfolgt in einem zweiten Schritt das „Hinausversetzen“, um die gefundenen Deutungen nach wissenschaftlichen Kunstregeln zu bearbeiten. In einem dritten Schritt wird entschieden, *ob* und, wenn ja, *wie* eine Rückübersetzung für die jeweilige Person oder Personengruppe zumutbar und leistbar ist. Diese *Rückübersetzung in die „Sprache des Falles“* ist mit dem Finden und Erfinden von Deutungsalternativen verbunden, die unter Umständen der „in Rede stehenden“ Person oder den PraktikerInnen, denen die Ergebnisse überantwortet werden, zu denken geben. Es darf sich keinesfalls um eine Bevormundung der Praxis handeln.
Die rekonstruktiv-fallorientierte Forschung in der Sozialen Arbeit zielt allgemein darauf, die Strukturierung sozialer Probleme und deren individuelle Ausprägung sowie Möglichkeiten der Prävention oder Intervention zu erkennen. Dazu werden in der Forschung die genannten Schritte („Hinein-Hinaus-Versetzen“) extensiv, d.h. zeitaufwendig und handlungsentlastet, durchgeführt. Nur in dieser Form der „umständlichen Herstellung von Wirklichkeit“, die ohne den Erwartungs- und Handlungsdruck der Praxis oder den von Auftraggebern oftmals vorschnell ausgeübten Ergebnisdruck zustandekommt, gelingt es, Deutungen zu erzeugen, die sich mit dem Namen „Grundlagenforschung“ – und mit „grounded theory“ im Sinne von Anselm Strauss (Glaser/Strauss 1967) – verbinden.
Das Besondere der gegenstandsangemessenen Theorie, die Strauss (1991) entwickelt hat, liegt darin, daß

(a) der *Fall* als eigenständige Untersuchungseinheit gilt; ein Fall ist z.B. eine Person in der Beratung, ein Jugendamt, ein Frauenhaus, ein Sportverein, eine Schule;
(b) für die *Fallinterpretation* eine Kunstlehre zuständig ist; die Theoriebildung enthält, wie auch John Dewey gezeigt hat, künstlerische und handwerkliche Elemente;
(c) die *Forschung* dort ansetzt, wo „was los ist“, nämlich im Alltagsleben, in der jeweiligen Lebenswelt; Theorie heißt im ursprünglichen Sinne „Dabei-sein“ und sehen, was ist.

Diese drei Elemente – der Fall als Einheit, die Interpretation als Kunst und der Ansatz im Alltag – gehen in die Einzelfallstudie ein, die m.E. den Königsweg der rekonstruktiven Sozialforschung bildet.

3. Die Einzelfallstudie: Beispiele aus der Forschungspraxis

Die Einzelfallstudie ist heute ein komplexer Forschungsansatz, in welchem sozialwissenschaftliche Methoden auf eine Untersuchungseinheit so ausgerichtet werden, daß eine aufschlußreiche Gesamtinterpretation möglich wird, die dem Fall im ganzen gerecht wird. Nehmen wir die Studie „Alltag als Therapie" von Bruno Hildenbrand (1991) als Muster:

> Es gehe in der fallrekonstruktiven Sozialforschung nicht, so Hildenbrand, um bloße Abbildung von Wirklichkeit. Der Fall wird „in theoriebildender Absicht rekonstruiert". Dabei finde nicht „empirische Generalisierung, d.h. Subsumtion eines Individuellen unter ein Allgemeines, statt, sondern *Strukturgeneralisierung*. Entscheidend für die Verallgemeinerung von empirischen Befunden ist hier nicht, ob eine für statistische Aussagen hinreichend große Anzahl von Fällen untersucht wurde, sondern entscheidend ist die Frage, ob es in der jeweiligen Fallrekonstruktion gelungen ist, die Dialektik von Allgemeinem und Besonderem herauszuarbeiten. ... Die Strukturierungsgesetzlichkeit, die einem individuellen Fall zugrunde liegt, ist jenes Muster, das die Geschichte des Falls als die Geschichte seiner Entscheidungen insgesamt kennzeichnet." (Hildenbrand 1991, 52)

Strukturen bilden sich in einem Prozeß, und Prozesse variieren die Strukturen, die wir studieren wollen.
Als weiteres Beispiel sei das Werk von Werner Helsper u.a. (1991) „Jugendliche Außenseiter" genannt, in dem die Autoren es sich in ihren Einzelfallstudien zur Aufgabe gemacht haben, den Prozeß des Scheiterns von Jugendlichen in der Ausbildungs- und Berufsanfangsphase in seinen wesentlichen Dimensionen zu erfassen:

> Ermittelt wurden Bedingungen, welche die Individuierung als Aneignungsgeschichte von Sozialität und Identität behindern bzw. verstellen. Zentraler Gegenstand der Untersuchung ist die Frage, inwieweit gesellschaftlich-strukturelle Veränderungen etwa im Schul- und Beschäftigungssystem sich tatsächlich auf die psychosoziale Situation und das Leben von marginalisierten Heranwachsenden auswirken. Das Innovative dieses Ansatzes liegt darin, daß die *subjektive Sichtweise* der befragten Jugendlichen in eine ganzheitlich-lebensweltliche Perspektive eingebunden ist. Biographieanalyse nach Fritz Schütze (1983, 1993) und objektive Hermeneutik nach Ulrich Oevermann (1983) werden hier in einer qualita-

tiven Einzelfallstudie zusammengeführt. Aus sieben von zehn der im Projekt analysierten narrativen Interviews entstehen eindrucksvolle Porträts der Jugendlichen.
Helsper rekonstruiert in einer der sieben Fallstudien – die jeweils mit prägnanten Selbstdeutungen aus den Interviews überschrieben sind – die *Lebensgeschichte* von Esra, einer fast achtzehnjährigen Türkin, die in einem Mädchenheim lebt. Mit der Aussage von Esra: „Ja und das war immer ein hin und her", ist auf Probleme in der Lebensbewältigung dieser jungen Frau verwiesen, die der Autor in deren Konflikthaftigkeit im einzelnen herausarbeitet. Bewältigungsmuster (wie etwa das des „Abhauens"), die sich vielfach als ineffektiv erweisen (Quensel 1970), stehen im Zentrum der Analyse. Mit dem rekonstruktiven Ansatz gelingt es, die Komplexität von Abweichungsprozessen in ihrer individuellen Allgemeinheit transparent zu machen.
Die in dieser Studie formulierten Fragen nach der Ermöglichung einer autonomen Bewältigung des zukünftigen Lebens marginalisierter Kinder und Jugendlicher und nach der Steuerung von Maßnahmen, die im Einklang zu stehen haben mit den jeweiligen institutionellen Bedingungen und den biographischen und lebensweltlichen Besonderheiten der jungen Menschen, formulieren Aufgaben für die weitere Forschung.

In einer eigenen Studie (Kraimer/Müller-Kohlenberg 1990) im Bereich der Devianzforschung haben wir am Beispiel der Jugendgerichtshilfe den Prozeß des Scheiterns von Jugendlichen analysiert und konnten eine Kette von Fehlentscheidungen und mangelhaften Problemlöseversuchen rekonstruieren:

Auf seiten der Jugendlichen wird eine „Logik des Scheiterns" (Dörner 1989) erkennbar – und auf seiten der Interventionspraxis etwas, was ich als „Logik der falschen Information" bezeichne: Diese Praxis trägt vor allem aufgrund naiver Verhaltenstheorien zum Scheitern der Jugendlichen noch bei, indem sie ihnen lediglich verkürzte Deutungen in einer Art Dauergespräch anbietet, z.B. das Herkunftsmilieu als kriminell und gestört interpretiert und als allein und direkt verantwortlich für die Problematik ansieht. Einige Interventionen vermochten es, diese Logik zu durchbrechen, etwa durch ein klares Entschuldungsprogramm in Verbindung mit professionell gelenkter, vernetzter lebenspraktischer Assistenz (z.B. Finden ehrenamtlicher HelferInnen, die *biographische Fürsprache* leisteten und alternative Lebensentwürfe präsentierten). Andere Interventionen erwiesen sich lediglich als *Verwaltung einer guten Absicht*, waren also wohlgemeint, doch zu unstrukturiert in ihrem Einsatz, so daß eine Gestaltung des Lebensweges der Jugendlichen nicht wirklich erfolgte.

4. Die Fallrekonstruktionsmethode als Instrument in der Professionalisierung Sozialer Arbeit

Wie die rekonstruktive Forschung in das Studium eingebunden werden kann und wie dem hier betonten Anspruch auf Professionalisierung durch praxisgesättigte Forschung genügt werden kann, soll noch kurz aufgezeigt werden. Erstrebt wird eine *professionelle Kompetenz*, die sich aus der wissenschaftlichen Kompetenz des Theorieverstehens und der beruflichen Kompetenz des Fallverstehens zusammensetzt. Die berufliche Kunstlehre, die das Wissen zu beiden Komponenten enthält, ist so auszugestalten, daß ein dichtes Fallverstehen gewährleistet ist und daß der Hilfeprozeß in seiner Ganzheit und Sinnstrukturiertheit erfaßt wird.

Die Fallrekonstruktionsmethode läßt sich in Forschungswerkstätten vollziehen, wie sie von Fritz Schütze beschrieben werden: Konstitutiv für eine *Forschungswerkstatt* ist danach die regelmäßige, im Prinzip dialogische Einbeziehung der Studierenden in die Forschungs- und Praxisarbeit. In der Erhebung, Untersuchung und Bearbeitung von unterschiedlichen Fällen, z.B. aus der Jugend- und Familienhilfe, lernen die Studierenden unter Anleitung die Verfahren der Forschung und wichtige Vollzüge der Berufspraxis kennen. Die empirischen Fälle gelangen in die Forschungswerkstatt, indem Studierende sie aus Praktika mitbringen oder in Projekten bearbeiten. In der Forschungswerkstatt wird z.B. die Lebensgeschichte einer obdachlosen Frau eingebracht. Nun kann man die Prozeßstrukturen des Falles präparieren, etwa deutlich machen, wie die Frau in die „Gesetzmäßigkeiten" einer sogenannten Erleidensverlaufskurve hineingezogen wird, und aufzeigen, welche Hilfestellungen die Frau beanspruchen kann (siehe: Schütze 1993).

In unserer Untersuchung zur Obdachlosigkeit in der Schweiz und in Deutschland wurde ähnlich verfahren (siehe: Kraimer/Haupert 1992):

> Bisher wurden mit der Methode des narrativen Interviews insgesamt 23 obdachlose Personen nach ihren Erfahrungen befragt. Der Erzählstimulus regte – ausgehend von der aktuellen Lebenssituation, etwa in Notschlafstellen, auf der Straße oder im „Asyl", dazu an, die Geschichte zu entfalten, wie man obdachlos wird. Die Analyse ergab durchgängig Hinweise auf die Logik der „Prozedierungskarriere", die – so eines der Untersuchungsergebnisse – ein übergreifendes Moment in der Lebenswelt der Obdachlosen darstellte. In Aufenthalten im Krankenhaus, im Heim oder im „Asyl", im Abgleiten in die Drogenszene und in Prostitution schrieben sich abweichende Karrieren fort und fest, die mit zunehmendem Autonomieverlust für die Betroffenen korrespondierten. Die zur Lebensbewältigung erforderliche Flexibilität nahm in allen Fällen – abbildbar in Form sogenannter „negativer Verlaufskurven" – stark ab.

Tiefgreifende Verunsicherungen in bezug auf die eigene Biographie, die „durcheinander gewirbelt" wird und in der eine natürliche Selbstverständlichkeit verloren geht, zeigten sich in verschiedenen Ausprägungen. Gleichzeitig wurden Entwicklungspotentiale und Stärken und Ansätze zu Handlungsplänen und biographischen Projekten offensichtlich, welche die Interviewten gleichsam gegen die Verhältnisse hegten. Wenngleich solche Ansätze oftmals schwer sichtbar zu machen sind, bieten gerade sie Anhaltspunkte für eine heraushebende, entbindende (mäeutische) Intervention. Möglichen Stigmatisierungen und Entmündigungstendenzen kann auf diese Weise entgegengewirkt werden, wie sich in unserem Beispiel aus der Obdachlosenstudie zeigen läßt. In den Interviews mit SozialarbeiterInnen, die gleichzeitig durchgeführt wurden, wurden neben gelungenen Interventionen auch Schwächen Sozialer Arbeit sichtbar. Eine solche Schwäche habe ich als „Sheriff-Syndrom" bezeichnet: Es wird kontrolliert und verwaltet, und Routinelösungen schleifen sich ein.

Eine Forschungswerkstatt, in welche PraktikerInnen einbezogen sind, könnte als Alternative zur oftmals psychologisierenden Supervision fungieren. Die Werkstatt bietet keine Therapie für SozialarbeiterInnen an; sie übt mit ihnen *dichte Beschreibungen* ein, die der Klientel verpflichtet sind und deren Wohl dienen, und sie löst die in der Berufsroutine üblichen „dünnen" Beschreibungen ab. Der Sachverhalt der „dichten Beschreibung" wurde durch Clifford Geertz (1987) bekannt. In den Feldern der Sozialen Arbeit läßt sich damit die Forderung bezeichnen, eine Situationseinschätzung oder einen Sozialbericht so zu formulieren, daß sie mitten in das hineinführt, was interpretiert wird. Nicht etikettierende Zurechnungen sind gefragt, sondern solche Deutungen defizitärer Lebenslagen, die Probleme in ihrer individuellen und sozialen Verfaßtheit rekonstruieren. In dieser dichten Beschreibung wird mikrologisch nachgezeichnet, welche persönlichen Gründe eine Lage hat, und makrostrukturell, wie sich gesellschaftliche Bedingungen und Vorgänge in ihr ausprägen.
Fassen wir zusammen: Mit der Erweiterung des Methodenkanons, der Verfeinerung von Erhebungs- und Interpetationsverfahren sowie der Bündelung einzelner Methoden in einer ganzheitlichen Schauweise führt die rekonstruktive Forschung zur Transparenz sozialer Wirklichkeit. Die Forschung kann einerseits dazu beitragen, Soziale Arbeit als Profession und als Wissenschaft entwicklungsfähig zu halten; andererseits wird – etwa in Form der skizzierten Forschungswerkstatt – im Studium der notwendige Zugewinn an *arteigener Wissensbasis* erbracht, die unverzichtbar ist, wenn eine kundige, am Menschen interessierte und an der Lebenswelt orientierte Assistenz geleistet werden soll.

Desiderate einer Wissenschaft der Sozialen Arbeit im heilpädagogisch-rehabilitativen Handlungsfeld

Udo Wilken

Jenseits des terminologischen Definitionsstreites um Heil-, Sonder- und Behindertenpädagogik wollen wir festhalten: Heilpädagogik ist als rehabilitative Pädagogik (Wilken 1980, 8; 1992a, 7ff.) mit den Ernst- und Grenzfällen der Erziehungs- und Lebenspraxis behinderter Menschen mittelbar und unmittelbar konfrontiert. Sie bedarf zur Realisierung ihrer fachspezifischen Handlungsvollzüge sowohl in rehabilitativ-erzieherischer und sozial-integrierender als auch in gesellschafts-orientierter sozialdidaktischer Hinsicht der theoretischen Besinnung auf das Wesentliche ihres Tuns, und sie bedarf der Reflexion, was an diesem Tun notwendig und sinnvoll ist. Soweit sich nun solche Erziehungspraxis im Zusammenhang mit den alltäglichen und natürlichen Lebensvollzügen ereignet, erweist sie sich gegenüber ihrer theoretischen, erziehungswissenschaftlichen Formulierung immer wieder als vorgegeben. Von daher ergibt sich, daß in besonderer Weise ein „aufspürendes heuristisches Bemühen für die Pädagogik konstitutiv" ist (Klein 1993, 86). Professionelle Sozialarbeit hingegen organisiert sich weithin subsidiär, sowohl im praktischen personenbezogenen Vollzug als auch in ihrer administrativen und sozialrechtlichen Gestaltung. Über den sozialrechtlichen Charakter der Hilfestellung hinaus wird mit dem Begriff „subsidiär" hier eine verantwortliche und solidarische Befähigungshilfe zur Verwirklichung eigener Lebensgestaltung bezeichnet (Furger 1992, 454). Gegenüber der „Unmittelbarkeit" intentionaler erzieherischer Prozesse erweist sich Sozialarbeit in der Tendenz als „mittelbar", angewiesen auf eine dezidierte Begründung und Legitimierung ihrer Intervention, die im Vorfeld besonders zu klären ist.

Selbst angesichts ihrer korrektiven Funktionen wäre Sozialarbeit dahingehend zu kennzeichnen, daß sie eher zu nicht-direktiven Entscheidungen und Strategien neigt, denn zu direktiven. Somit ergibt sich aus fachmethodischen Gründen wie auch aufgrund des speziellen Legitimationsbedarfs für den Einsatz ihrer Interventionsstrategien, daß Sozialarbeit im Blick auf ihre Handlungsfelder auf Theorie angewiesen ist. Sie führt zu begründeter Einsicht in Handlungsvollzüge und wird im Falle einer nicht wissenschaftlich reflektierten beruflichen Alltagspraxis substituiert durch tradierte Routinen, unbewußte und oft unaufgeklärte Einstellungs- und Verhaltensweisen und Annahmen (etwa über die „Würdigkeit" der Klientel). Unterstellen wir die Theoriebedürftigkeit von Heilpädagogik und Sozialarbeit, lassen sich nun Desiderate einer Wissenschaft der Sozialen Arbeit (Oppl 1990, 269 ff.) im heilpädagogisch-rehabilitativen Handlungsfeld aufweisen.

1. Das Verhältnis von Sozialer Arbeit und Rehabilitation

Aufgrund der Komplexität des rehabilitativen Handlungsfeldes kann weder Heilpädagogik als rehabilitative Pädagogik noch Sozialarbeit für sich eine Allein- und Allzuständigkeit bei der umfassend zu leistenden sozialen Eingliederung behinderter Menschen reklamieren. Heilpädagogik und Sozialarbeit sind vielmehr auf das sachlich gebotene interdisziplinäre Zusammenwirken aller an der rehabilitativen Arbeit beteiligten Disziplinen verwiesen. Daß dabei als Ergebnis der rehabilitativen Bemühungen soziale Integration angestrebt wird, soll im Hinblick auf ihre professionelle Realisierung im folgenden mit dem Begriff *„sozial-rehabilitative Arbeit"* zum Ausdruck gebracht werden. Die Sichtweise, die zu der Bezeichnung „sozial-rehabilitative Arbeit" führt, leitet sich aus einer neuen Bestimmung der Zielsetzung von Rehabilitation ab. Da immer deutlicher wird, daß sich eine soziale Eingliederung behinderter Menschen nicht (mehr) von selbst mit der erfolgten medizinischen, schulischen und beruflichen Rehabilitation ergibt, auch nicht einfach an sie anschließt, ist es unerläßlich geworden, dezidiert die soziale Integration als Leitziel aller rehabilitativen Bemühungen zu verfolgen. Einer Integration allerdings – dies sei hier ausdrücklich betont –, die frei von utilitaristischer Verzweckung und funktional verkürzter Normalisierung ist (Wilken 1992a, 7 ff.). Die strukturellen Ursachen, die dieser finalen Neubestimmung von Rehabilitation zugrunde liegen, sind gesellschafts- und arbeitsmarktpolitischer Natur, liegen aber auch in schwerwiegenderen und zunehmend verbreiteten organisch-funktionellen Schädigungen vor. Durch die erhöhte Lebenserwartung der Gesamtbevölkerung und die damit einhergehende altersbedingte Morbidität ergeben sich zudem spezifische Aufgaben für ein rehabilitative Soziale Arbeit im Alter (Mühlum/Oppl 1992, 307 ff.).
Die direkt intendierte soziale Eingliederung, als „Teilnahme am Leben in der Gemeinschaft" gemäß § 40 BSHG seit 1961 auch sozialleistungsrechtlich relevant, zählt bis heute (§ 29 Abs. 1 Nr. 3 SGB I) noch immer zu den am wenigsten entwickelten Bereichen der Rehabi-

litation (Wendt 1992, 442). Wenn wir den Primat der sozialen Eingliederung bei der Rehabilitation von Menschen mit Behinderungen betonen und diese Eingliederung professionell durch sozial-rehabilitative Arbeit zu erreichen suchen, fühlen wir uns im übrigen jenen Bestrebungen verbunden, die bereits zu Beginn dieses Jahrhunderts durch den Orthopäden Konrad Biesalski im Hinblick auf eine umfassende Fürsorge für Körperbehinderte artikuliert und, allerdings zeittypisch auf lebenspraktische Ertüchtigung begrenzt, praktiziert wurden (Heiden/Simon/Wilken 1993, 58ff.). Biesalski weist immer wieder darauf hin, daß die Aufgabe des Orthopäden mit der medizinischen Versorgung nicht beendet sein darf, sondern daß – dem damaligen Sprachgebrauch zufolge – die „Krüppelfürsorge" als „die soziale Betätigung seiner speziellen Wissenschaft" hinzutreten müsse (Biesalski 1910, 12). Denn über „die biologische Existenzsicherung" hinaus ist allen orthopädischen Fällen gemeinsam, „daß sie in ihrer sozialen Existenzsicherung bedroht sind". Von einer Sichtweise ausgehend, die das soziale Endziel jeder ärztlichen Heilbestrebung mitberücksichtigt, formuliert Biesalski den „sozialbiologischen Einheitsgedanken in der Orthopädie". Mit diesem „sozialbiologischen Einheitsgedanken" bringt er eine neue erkenntnistheoretische Betrachtungsweise in die Rehabilitation Behinderter ein (Biesalski 1924, 150f.). Ausgehend vom Ziel der sozialen Eingliederung und einer (relativen) „Gleichwertigkeit" der an der Rehabilitation beteiligten Berufsträger (Biesalski 1911, 41), beschreibt Biesalski bereits 1908 die zu leistende Aufgabe in einer dialektischen Verhältnisbestimmung: „Wie jede soziale Arbeit ist die Krüppelfürsorge der Dienst am Individuum, gesehen durch das Interesse der Allgemeinheit" (Biesalski 1908, 11).

Wie wir im Verlauf dieses Jahrhunderts erleben mußten, ist dieses Interesse der Allgemeinheit kein statisches, sondern ein in hohem Maße dynamisches. Allerdings garantiert das vorhandene Interesse das einmal erreichte Niveau sozial-rehabilitativer Arbeit nicht; es ist immer wieder aufs neue Gefährdungen ausgesetzt. Von daher gilt es, im rehabilitativen Handlungsfeld die Qualität des Umgangs weiter zu entwickeln und Humanität zu sichern (Furger 1992, 451 ff.). Im Blick auf das begründete allgemeine sozial-integrative Leitziel jeder rehabilitativen Bemühung habe ich die hierfür zu leistende professionelle Arbeit mit dem Oberbegriff „sozial-rehabilitative Arbeit" bezeichnet. Mit dem Begriff *„rehabilitative Soziale Arbeit"* hingegen sollen die besonderen sozialberuflichen Aufgabenbereiche bei der Rehabilitation behinderter Menschen zum Ausdruck gebracht werden, ohne daß diese Aufgaben auf den speziellen Tätigkeitsbereich von Diensten begrenzt wären, in denen SozialbeiterInnen rehabilitativ tätig sind.

Mit dem hier im Zusammenhang mit sozialer Arbeit gebrauchten Terminus „Rehabilitation“ kann dreierlei verdeutlicht werden:

(1) Rehabilitation umfaßt in sozialer Hinsicht die Rehabilitierung der Betroffenen angesichts der dissozialen Zuschreibung individuellen Verschuldens und eines danach persönlich mit allen Konsequenzen zu verantwortenden Schicksals von Behinderung. Der Schuldvorwurf belastet das mitmenschliche Verhältnis. Er wird meistens weder offen erhoben noch eingestanden; gerade deshalb muß ihm nachgegangen werden. Der Gebrauch des Begriffs Rehabilitation baut auf die anthropologische Wertentscheidung, daß der behinderte Mensch in seinem Menschsein nicht erst zu „habilitieren“ ist, sondern, daß er schon immer „habilis“ (hinreichend, geeignet) gewesen ist, daß sein menschlicher Wesenskern nicht defekt, sondern unversehrt ist und seine Zugehörigkeit zur menschlichen Gemeinschaft nicht zur Disposition steht. Angesichts der neuerdings geführten Euthanasiediskussion bedarf es dieser basalen humanen Vergewisserung (Wilken 1992 b, 183 ff.).

(2) Neben der Aufhebung des defektiven und culpativen Stigmas, die in der Rehabilitierung der Betroffenen intendiert ist, bedingt Rehabilitation den Anspruch auf Reparation. Im Blick auf die vielfältigen gesellschaftlich verursachten und nicht durch behinderte Menschen bewußt herbeigeführten Schädigungen und Behinderungen, ist unsere Gesellschaft im Sinne einer Kollektivverantwortung den Betroffenen zur Wiedergutmachung, zur Reparation verpflichtet – soweit dies überhaupt möglich ist. Diese gesellschaftspolitisch begründete Forderung nach Wiedergutmachung als einem solidarischen, gemeinschaftsstiftenden Prinzip gegenseitiger Hilfe findet sich bereits in Artikel 21 der französischen Verfassung von 1793. Dort heißt es: „Die öffentliche Unterstützung ist eine heilige Schuld. Die Gesellschaft schuldet ihren unglücklichen Bürgern den Unterhalt, sei es, daß sie ihnen Arbeit verschafft, sei es, daß sie denen, welche zum Arbeiten außerstande sind, die Existenzmittel gewährt“.

(3) Aus der Definition von Rehabilitation im Sinne von Wiedereingliederung und Reparation folgt das Ziel, dem behinderten Menschen die weitestgehende Partizipation an den gesellschaftlichen Lebenszusammenhängen und Entscheidungsprozessen zu ermöglichen. Dies schließt die Befähigung des einzelnen zu einer gesellschaftlich und/oder individuell sinnvollen Tätigkeit und Daseinsgestaltung mit ein.

Der besondere Aufgabenbereich rehabilitativer sozialer Arbeit erfordert unter dem generellen integrativen Leitziel eine offensive Rehabilitationspraxis. Denn in einer Gesellschaft, die zunehmend von Entsolidarisierung geprägt ist und zur Sozial-Euthanasie neigt, müssen behinderte Menschen befähigt werden, sich selbstaktiv ihres Lebens zu vergewissern, weil sie ein Recht auf Leben haben. Sie müssen in die Lage versetzt werden, differenziert von anderen Hilfe anzunehmen, sich selbst zu behaupten und offensiv zu agieren (Wilken 1992a).

Angesichts der Separations- und Extinktionspraxis einer ihre Humanität noch suchenden Gesellschaft, gehört es zu den unverzichtbaren Aufgaben rehabilitativer Sozialer Arbeit, darauf hinzuwirken, daß behinderte Menschen und ihre Angehörigen befähigt werden, sich mit andersartig Behinderten und sozial Benachteiligten zu solidarisieren, um dadurch ihre legitimen Interessen und Forderungen besser vertreten und durchsetzen zu können. Es ist aber evident, daß die hier skizzierte personale und soziale Rehabilitation und Integration nicht nur von den unmittelbar Betroffenen, den Behinderten und ihrer Solidargemeinschaft, allein geleistet werden kann. Neben einer auf tatsächlichen Interessen von Behinderten bezogenen Verbands- und Trägerpolitik könnte dies durch die Bildung kommunaler Behindertenbeiräte erfolgen (Wilken 1992 c, 14ff.).

Auf die Schaffung solcher Behindertenbeiräte hinzuwirken, wäre eine genuine rehabilitative sozialarbeiterische Aufgabe, durch die sich die auf lokaler Ebene bestehenden formellen und informellen Aktivitäten besser als bisher vernetzen ließen. Der aktuelle behinderungsbedingte Hilfe- und Unterstützungsbedarf der Mitbürger könnte zielgruppengerechter koordiniert werden. Ambulante Dienste sowie hausexterne Mobilitätshilfen und Kontakte in der Freizeit ließen sich bedürfnisorientierter organisieren, soziale Netzwerke wären zu knüpfen und zu pflegen, und Integrationsförderung könnte auch in Verbindung mit stationären Einrichtungen geplant werden (Windisch/Kniel 1993).

2. Professionelle Kompetenz und rehabilitative Soziale Arbeit

Für multidisziplinär zusammengesetzte Fachteams in den sozial-rehabilitativen Institutionen und Ämtern ergibt sich aus dem bisher Dargelegten, daß sich ihre Mitglieder, unbeschadet der unterschiedlichen schulpädagogischen, therapeutisch-pflegerischen oder sozialberuflichen Qualifikationen, als verantwortlich handelnde Fachkräfte in den Rehabilitationsprozeß einzubringen haben. Immer stärker wird in diesen Teams die Fähigkeit zur Kooperation erwartet, zuneh-

mend eine durch Kompetenztransfer erworbene transdisziplinäre Berufskompetenz (Goll 1993, 287).
Transdisziplinäre Teamfähigkeit wird sich jedoch nur auf der Basis einer qualifizierten beruflichen Identität, die auf Rehabilitation bezogen ist, entwickeln lassen. Auf der professionellen Ebene ist dabei Ähnliches gefordert wie in der gegenwärtigen Debatte um die Disziplinwerdung einer Sozialarbeitswissenschaft. Auch bei den hier vonstatten gehenden Konstituierungsprozessen ist es mit einem „Disziplinen-Mix" ohne zusammenfassende und übergreifende neue Strukturbildung nicht getan. Vielmehr ergibt sich ein Entwicklungsverlauf (Pfaffenberger 1993, 205 ff.), der über die gegenwärtige Phase der Interdisziplinarität zur Selektion, Integration und Transformation unterschiedlicher disziplinärer Theorien und Wissensbestände fortschreitet und der schließlich durch deren Aufhebung und Überführung in Form der Transdisziplinarität zur weiteren Konstituierung einer Sozialarbeitswissenschaft führt. Daß diese Sozialarbeitswissenschaft dann auch in der Kontinuität historisch tradierter und praktizierter sozialer Arbeit stehen wird (Wendt 1990), ist evident.
Im Blick auf die Fachlichkeit rehabilitativer Sozialer Arbeit, erfordert die professionelle Tätigkeit in besonderem Maße die Bereitschaft zu einer beruflich zu leistenden subjektiven Mitbetroffenheit und Empathie hinsichtlich der Lebenssituation behinderter Menschen. Neben dieser an sozialen Werten orientierten Kommunikationsfähigkeit der Berufsträger und der mit ihr verbundenen handlungsbezogenen und reflektionsgeleiteten fachlichen Kompetenz ist für die Sozialberufe zu bedenken, daß aus der Doppelbedeutung von Behinderung – als individuellem Ereignis und Produkt gesellschaftlicher Reaktion – ein doppeltes Mandat (Engelke 1992, 105 f.) rehabilitativer Sozialer Arbeit resultiert, und zwar dergestalt, daß mit der Beachtung der im individuellen Falle gebotenen rehabilitativen und integrierenden Förderung, die Veränderung derjenigen gesellschaftlichen Verhältnisse nicht übersehen werden darf, die Rehabilitation und Integration verhindern.
Sowohl die Doppelbedeutung des Behinderungsbegriffes als auch die praxisleitende Sicht des doppelten Mandats machen aber deutlich, daß das Wissen um komplexe gesellschaftliche Bedingungszusammenhänge, denen die Klienten wie auch die professionell Tätigen unterworfen sind, zwar eine notwendige, keinesfalls jedoch eine hinreichende Bedingung für eine rehabilitative und integrierende Gestaltung sozialer Arbeit ist. Erst in der Verbindung eines Wissens, wie sich gesellschaftsbezogen handeln läßt, mit persönlichkeits- und charakterbezogenen Fähigkeiten und Werthaltungen, wie auch mit handlungsbezogenen professionellen Fertigkeiten läßt sich der soziale Anspruch

kompetent einlösen. Gesellschaftliches Gestaltungswissen, charakterliche Fähigkeiten und berufsmethodische Fertigkeiten müssen zusammenkommen, damit sich professionelle Soziale Arbeit menschengerecht, vertrauensbildend und verläßlich entfalten kann. In ihrem Einsatz verlangt die hier skizzierte humane Professionalität, daß die bislang in der Behindertenarbeit vorherrschende klientzentrierte Fachlichkeit in Richtung auf eine ganzheitlich-mehrperspektivische, ökosoziale Sichtweise erweitert wird (Wendt 1992, 429ff.). Dabei ist zu beachten, daß der behinderte Mensch nicht länger nur als Objekt rehabilitativer Einflußnahmen aufgefaßt wird. Vielmehr muß der behinderte Mensch als Subjekt seiner im individuellen Entwicklungs- und Lebensprozeß sich ausdifferenzierenden Selbstgestaltungskräfte in den Blick treten, mit der Folge, daß ihm als Träger seiner Rehabilitation und Integration auf seinem je individuellen Niveau Selbstbestimmung in interpersonalem Bezug zu ermöglichen ist.

Der Wahrnehmung dieser Selbstbestimmung sollten die vielfältigen psychosozialen Befähigungsprozesse dienen, die in unterschiedlichen Bereichen rehabilitativer Sozialer Arbeit angeboten werden. So haben wir mit dem Beispiel des „sozialbiologischen Einheitsgedankens in der Orthopädie“ auf notwendige sozial-rehabilitative Intentionen im Bereich der Rehabilitationsmedizin hingewiesen. Im Zusammenhang mit der Installierung kommunaler Behindertenbeiräte wurde auf die vielfältigen rehabilitativen Aufgaben qualifizierter Sozialarbeit verwiesen. Psychosoziale Befähigungsprozesse können aber bereits im Rahmen einer rehabilitativen Schulkultur fruchtbar werden. Allerdings erfordert dies eine Diskussion z.B. darüber, wozu eine Körperbehindertenschule gebraucht wird. Diese würde sich dann nicht mehr primär durch eine dem behinderten Schüler angepaßte technologische Infrastruktur legitimieren, sondern durch eine psychohygienische Unterrichtsgestaltung, die Vertrauen in eigene Könnensformen und Leistungsmöglichkeiten eröffnet. Durch die Gestaltung ihrer Lernarrangements könnte sie auf eine umfassende Persönlichkeitsbildung zielen, die eine zur sozialen Integration nötige psychische Stabilität einschließt (Wilken 1980, 59ff.).

Mit diesen zu einer selbstbestimmten Lebensführung verhelfenden Befähigungsprozessen müßte ein Perspektivwechsel hinsichtlich des Selbstbildes der Professionellen einhergehen. Demnach wäre die in zahlreichen Rehabilitationseinrichtungen und -feldern vorherrschende berufliche Identität als „Betreuer“ aufzuheben zugunsten eines beruflichen Selbstbildes, das mit den Begriffen „Assistenz“ und „Lebensbegleitung“ zu umschreiben wäre. Trotzdem werden die jeweils gebotenen und durch den Schweregrad der Behinderung mitbe-

dingten „protektiven“ Funktionen, die Schutz und Förderung bieten, in der rehabilitativen Sozialen Arbeit aufrecht zu erhalten sein. Zudem ist dieses neue berufliche Selbstverständnis einer, wie ich sie nennen möchte, „Assistenz bietenden temporären Lebensbegleitung“ – gegenüber einer heil- und sonderschulpädagogisch geforderten „Unmittelbarkeit“ des pädagogischen Bezugs – geeignet, die eingangs erwähnte tendenziell legitimierungsbedürftige „Mittelbarkeit“ von subsidiärer rehabilitativer Sozialarbeit zu verdeutlichen, die dezidiert auf eine Stärkung der Subjekthaftigkeit der Klienten verweisen will und nicht etwa distanzierend der Verweigerung von Kommunikation, Solidarität und sozialer Kooperation im Berufszusammenhang Vorschub leisten möchte.
Wenn soziale Integration durch heilpädagogisch-rehabilitative Maßnahmen gelingen soll, bedarf es auf den verschiedenen Handlungsebenen eines allgemeinen sozial-rehabilitativen Gestaltungsbewußtseins und jeweils besonderer rehabilitativer Qualifikationen und spezieller Kompetenzen. Es ergibt sich damit, daß aus diesem Handlungsfeld für die weiteren wissenschaftlichen Konstituierungsprozesse sozialer Arbeit wichtige Impulse erwachsen können und umgekehrt, daß Soziale Arbeit als Wissenschaft über relevante Wissensbestände für die Rehabilitation behinderter Menschen verfügen sollte.

Der Beitrag supervisorischer Kompetenz zur Sozialarbeitswissenschaft
Metatheoretische Überlegungen

Nando Belardi

Sozialarbeitswissenschaft bezieht sich auf die interdisziplinäre Praxis helfender Berufe. Spätestens seitdem an verschiedenen Hochschulen – auch zur Überwindung der unglücklichen Fächervielfalt – Professorenstellen mit den Stellenbeschreibungen „Sozialarbeitswissenschaft“ oder „Sozialarbeitslehre“ besetzt werden, hat sich damit auch das Fach etabliert. Meiner Meinung nach sollte es helfen, unter dem *Oberbegriff „Soziale Arbeit“* die überholte Trennung von Sozialpädagogik und Sozialarbeit zu beenden und die enge Bindung an die Erziehungswissenschaft zu lockern. Damit wäre nicht nur Anschluß an die internationale Begrifflichkeit von social work gewonnen, sondern auch die wissenschaftliche Eigenständigkeit von Fach und Berufsfeld hergestellt, in welchem bei uns eine dreiviertel Million Menschen tätig sind.[1]

Die Sozialarbeitswissenschaft befindet sich im Schnittbereich verschiedener Einflußebenen, die teilweise auch anderen Wissenschaftsdisziplinen entsprechen. Aus den praxisfernen *Makrosystemen*, also aus dem „Obergeschoß“ von Ökonomie, Politik, Recht und Verwaltung, wird die Soziale Arbeit zwar am stärksten, allerdings eher indirekt (z.B. über die Finanzierung) beeinflußt. In diesem Bereich verfügen wir über gut ausgestattete „Zulieferwissenschaften“, mit deren Hilfe wir den PraktikerInnen vieles erklären können, ohne ihnen allerdings direkt Hilfestellung für den Alltag zu liefern. Denn die PraktikerInnen bewegen sich in ihrem Berufsalltag vorwiegend in nahräumlichen *Mikrosystemen* (Familie, Schule, Arbeitsplatz, Peer-Group) und damit – auch politisch gesehen – eher im „Kellergeschoß“ unserer Gesellschaft.

Für ihren Handlungsbereich hatte die Soziale Arbeit früher die aus den USA stammenden Methoden der Einzelhilfe und Gruppenarbeit zur Verfügung. Diese sind jedoch schon ziemlich lange aus mehreren

---

[1] Der Sozialen Arbeit und ihrem akademischen Fach „Sozialarbeitswissenschaft“ rechne ich alle helfenden Sozialberufe zu. Nicht verstanden wissen möchte ich unter „Sozialarbeitswissenschaft“ die von Lutz Rössner (1973, 1977) dargestellte technokratische Verengung.

Gründen nicht mehr aktuell.[2] Ich gehe davon aus, daß im Zentrum der Sozialarbeitswissenschaft eine „Handlungstheorie als methodologische Basis einer Theorie Sozialer Arbeit“ (Engelke 1992, 145) stehen muß. Allerdings klafft hier eine Lücke. Die vielen ebenso gescheiten wie auch abgehobenen akademischen Beiträge über „Professionalisierung“ oder „Handlungskompetenz“ haben in dieser Hinsicht wenig geholfen. Vorbereitung, Begleitung und Reflexion bilden meiner Meinung nach einen Kernbereich der Sozialarbeitswissenschaft. Ich möchte im folgenden zeigen, daß ein elaboriertes Verständnis von Supervision dazu einen wesentlichen Beitrag leisten kann.[3] Dazu will ich zunächst kurz darstellen, was Supervision ist (Abschnitt 1.) und was sie im Hinblick auf unsere Fragestellung zu leisten imstande ist (Abschnitt 2.). Insbesondere der Blick auf die konzeptionellen Entwürfe der Supervision (Abschnitt 3.) und auf ihre wissenschaftstheoretischen Grundlagen (Abschnitt 4.) eröffnen Perspektiven für die Fundierung einer Sozialarbeitswissenschaft.

1. Was ist Supervision?

Als Supervision bezeichnet man heute die Reflexion beruflicher Beziehungen zwischen HelferInnen und KlientInnen. Die Supervision ist keine Psychotherapie oder reine Selbsterfahrung; sie bedient sich aber *auch* psychotherapeutischer und gruppendynamischer Erkenntnisse und Methoden. Diese haben jedoch das Ziel, berufliche Zusammenhänge und Verstrickungen zu beleuchten. Ferner ist die Supervision auch keine reine Fachberatung; sie ist allerdings *auch* Fachberatung und bedient sich zu diesem Zweck des fachlichen Gesprächs. Ihrer geschichtlichen Herkunft nach ist Supervision Ende des letzten Jahrhunderts in den USA als Beratungs- und Begleitsystem der Einzelhilfe (case work) entstanden. Dort war sie lange eine Art Anleitung durch Vorgesetzte mit den Schwerpunkten „Kontrolle und Hilfe für minderqualifizierte SozialarbeiterInnen“.[4]

---

[2] Hierüber habe ich an anderer Stelle publiziert (siehe Belardi 1980, 1990, 1992).

[3] Sie soll natürlich den angedeuteten ökonomischen, politischen, rechtlichen Zugang nicht ersetzen. Die Supervision bezieht sich mit ihrem Wissensbereich auf Aus- und Weiterbildung sowie Reflexion im Handlungsbereich helfender Berufe.

[4] Unsere Übernahme des amerikanischen Supervisionsbegriffs ist sowohl Folge eines Mißverständnisses als auch des Trends, englischsprachige Begriffe

Case work und mit ihr Supervision erlebten in den zwanziger und dreißiger Jahren in Amerika eine derartige psychoanalytische Ausformung, daß man, als beide Verfahren nach 1950 bei uns rezipiert wurden, dachte, case work wäre psychoanlytische Sozialarbeit und Supervision die „Kontrollanalyse" dieser Beratungsform.
Dieses psychoanalytische „Erbe" hängt der gegenwärtigen Supervision, größtenteils zu Unrecht, immer noch an. Dabei ist die geniale Konstruktion, in der erfahrene Kollegen den Nachwuchs in beruflichen Zusammenhängen beraten, ein bedeutender Beitrag der Sozialen Arbeit für die Humanwissenschaften überhaupt. In Deutschland besitzen die Sozialberufe inzwischen kein Monopol mehr für Supervision; sie wird auch von anderen Berufsgruppen (im Schul- und Gesundheitswesen, in der Verwaltung und in der Wirtschaft) beansprucht. Von der ursprünglichen *Einzelsupervision* ist man über die *Gruppensupervision* zur *Teamsupervision* übergegangen, die heute am häufigsten genutzt wird. Sie geht fließend in Formen der *Organisationsberatung* über.
Indem neue Zielgruppen angesprochen und andere Aufgaben übernommen wurden, entfernte sich die Supervision von der Sozialen Arbeit. Auch war man der Meinung, in Fragen der Handlungskompetenz auf Supervision wieder verzichten zu können. Nicht zur Kenntnis genommen wird dabei, daß Supervision heute zu einem weitgehend feldunspezifischen Beratungsverfahren für alle möglichen beruflichen Zusammenhänge geworden ist. Viele SupervisorInnen sind freiberuflich tätig und müssen sich am „Markt" orientieren. Das macht pragmatisch und legt interdisziplinäre und auch internationale Wissenschaftsbezüge nahe. Die Soziale Arbeit hat diese produktive Weiterentwicklung ihres „Ablegers" bisher wenig zur Kenntnis genommen – und ihn anderen Disziplinen überlassen. Dabei wäre die Supervision ein Gegenmittel zur „Kolonisierung" der Sozialen Arbeit. Zur Konstruktion einer Sozialarbeitswissenschaft können Supervisionsmodelle einiges beitragen. Zunächst will ich zeigen, was die Supervision konzeptuell zu bieten hat.

---

unreflektiert zu benutzen. Supervision meint im englischen Kulturraum vor allem Überwachung und Kontrolle. Erst in jüngster Zeit hat sich die amerikanische Supervisionsdiskussion davon gelöst und die Schwerpunkte eher auf Unterstützung und Hilfe gelegt. Leider haben sich die bei uns in den siebziger Jahren eingeführten und inhaltlich besser geeigneten Termini „Praxisanleitung" und „Praxisberatung" nicht durchsetzen können (Belardi 1992, 69 ff.).

Im Gegensatz zu den Anfängen der Supervision rechnen wir heute zu ihren Aufgaben die Untersuchung

(a) der Helfer-Klient-Beziehung (Helfer-System),
(b) der Beziehung der Helfer untereinander (Team-System) und
(c) der organisatorischen Zusammenhänge des „Helfer-Systems" (Organisations-System) und seiner Veränderung (Rappe-Giesecke 1990).

Notwendige *Wissensbestände von Supervision* sind

(a) psychologisches und in den psychotherapeutischen Schulen gesammeltes Wissen; diese Wissensbestände beziehen sich sowohl auf rationale Dialoge als auch phänomenologische Deutungsmuster;
(b) gruppenorientiertes Wissen zur Anwendung in der Gruppen- und Teamsupervision;
(c) sozialwissenschaftliches, organisationswissenschaftliches und systemisches Wissen, wie es bei der Team- und Organisationsberatung gebraucht wird.

Zusätzlich und eigentlich vorgelagert ist noch eine andere Befähigung gefordert: die *Feldkompetenz* zur kognitiven Orientierung. Der Supervisor muß das spezielle Feld, für das er berät, kennen. Also die dortigen Organisationskulturen, Interaktionsformen, Ziele, Professionen, KlientInnen, Probleme. Im Idealfall sollte der/die SupervisorIn in diesem Feld gearbeitet haben. Wir sehen, die moderne Supervision ist ebenso wie die Sozialarbeitswissenschaft interdisziplinär, praxisorientiert und auf übergreifende Erklärungen (und Konzepte dafür) aus, was im Feld geschieht. In den Perspektiven (a) des Falles, (b) des Teams und (c) der Organisation entwickelt Supervision Deutungs- und Handlungsmuster, die gleichermaßen in die Handlungstheorie von Sozialer Arbeit gehören:

(1) *Die Perspektive der Fallarbeit:* Systemtheoretisch gesprochen geht es dabei um das Personalsystem der Sozialen Arbeit und die „Helfer-Klient-Beziehung". Der notwendige Wissensbestand kommt vor allem aus der Psychologie (z.B. der Sozialpsychologie), der Soziologie (z.B. Rollentheorie) und aus den Psychotherapien. In didaktisch-methodischer Hinsicht gehören Kenntnisse der Gesprächsführung dazu. An „Hintergrundwissen" wäre die Kenntnis von Lebenswelten der KlientInnen, von Diensten und materiellen Hilfsquellen zu nennen. Die letztgenannten Gesichtspunkte sind auch wichtig, damit die Fallarbeit nicht in einem psychologisch orientierten Gespräch „stek-

kenbleibt". Insgesamt soll mit dem Wissensbestand die Leistungsfähigkeit direkter „Helfer-Klient-Beziehungen" erhöht werden.
(2) *Der Teamaspekt*: Vor allem BerufsanfängerInnen haben oft unrealistische Ziele und Selbstansprüche. Etwa in der Weise, daß alle HelferInnen gleich sein sollen. Nicht selten mit der Folgerung, daß HelferInnen und KlientInnen tatsächlich auch gleich sind. Hinter diesem berufsspezifischen Mythos steht die Schwierigkeit, Ungleichheit untereinander und mit den KlientInnen auszuhalten, Unvollkommenheit hinzunehmen und dennoch das Machbare zu tun. Es ist kein Geheimnis, daß in vielen sozialen Institutionen die MitarbeiterInnen selber das Hauptproblem darstellen. Eine Menge Zeit und Energie geht in selbstinduzierten Teamkonflikten verloren.
Systemisch betrachtet, haben wir es in der Gruppen- und Teamsupervision mit komplexen Sozialsystemen zu tun, die Störungen oder Interferenzen aufweisen. Ins Auge zu fassen sind

(a) Zu den *Organisationsfragen* gehören Aufgabenverteilung, Arbeitsteilung, Diskrepanzen zwischen formellen und informellen Abläufen, Zustandekommen von Entscheidungen: administrativ, über Aushandlungsprozesse, durch Druck auf Minderheiten oder manipulativ;
(b) *Gruppen- und teaminterne Konflikte* ergeben sich aufgrund wenig strukturierter Situationen und bei enormem berufsspezifischen Aushandlungsbedarf;
(c) zum *Austausch über Klientsysteme* gehört unter anderem die Klärung und Einhaltung von Regeln, Normen und Werten, beispielsweise die Frage, wie mit dem Alkoholkonsum im Jugendhaus umgegangen werden soll;
(d) die *Definition der Klientel* muß vorgenommen werden, d.h. eine Antwort auf die Frage gegeben werden: Was für Klienten möchten die beruflichen HelferInnen etwa im Jugendhaus eigentlich haben: eher unauffällige Besucher, die eigentlich auch ohne die Einrichtung gut zurechtkommen, oder Jugendliche, die sonst keiner haben will, weil sie vielleicht rechtsextrem eingestellt und gewalttätig sind? Unter welchen konzeptionellen und professionellen Gesichtspunkten sind solche Fragen zu entscheiden?

(3) *Die Organisationsanalyse*: Soziale Arbeit hat auch eine Dienstleistung in und an der Gesellschaft zum Inhalt. Der Dienst findet in organisatorischen Zusammenhängen statt. Die freien und öffentlichen Träger im Sozialwesen sind komplexe Sozialgebilde und gleichzeitig Vermittlungsinstanzen zwischen dem Mikrosystem des konkreten beruflichen Handelns und den Mesosystemen kommunaler und überregionaler Versorgung, ihrerseits bedingt durch Vorgaben aus der Mak-

roebene von Politik, Ökonomie und Recht. Zum Bestand an Wissen über Organisationen gehört, daß man sich ihrer „Doppelgesichtigkeit" bewußt sein muß: Sie entlasten, können aber auch entmündigen. Organisationen strukturieren und reduzieren Komplexität; sie neigen aber auch dazu, selbstreferentiell die eigene Struktur und Identität aufrechtzuerhalten.
Alle Organisationen haben eine Geschichte. Viele fingen pragmatisch in einer Pionierphase an, durch Zuweisung neuer KlientInnengruppen und Personalaufstockung kam es zu Hierarchisierungsprozessen, verstärkter Rollenhaftigkeit und Arbeitsteilung. Diese Differenzierungsphase ist denn auch eine Zeit vermehrter Krisen und Konflikte. Weiterhin kann man in der Supervision den Institutionalisierungsgrad sozialer Einrichtungen untersuchen und beschreiben. Hinzu kommt die Beschäftigung mit der Organisationskultur, also die Frage, welches Selbstverständnis die Organisationen und ihre Subsysteme pflegen und wie sich der Geist einer sozialen Dienstleistungseinrichtung in Symbolen und Mythen darstellt? Die Handlungsspielräume der Mitarbeiter und sonstigen Bedingungen ihres Handelns sind sehr verschieden ausgeprägt und können Gegenstand der Organisationsanalyse sein.

3. Konzeptionelle Entwürfe der Supervision

Wie hat die neuere Supervisionsliteratur eigentlich die komplexe Leistung der Integration verschiedener Wissensbestände handlungsleitend vollzogen? Aus den USA kennen wir eine Reihe pragmatischer und methodenpluraler Ansätze (z.B. Kadushin 1985; Munson 1983; Stoltenberg/Delworth 1987). Im europäischen Raum gehen *neuere Konzeptionen* über den situativen und methodischen Eklektizismus hinaus und beziehen sich auf eine metatheoretische Konstruktion, teilweise systemtheoretisch untermauert. Diese Konzeptionen sind unabhängig voneinander entstanden und dürften in ihren Ansätze auch für die Formierung der Sozialarbeitswissenschaft interessant sein:

(1) *Metatheoretische Ebene*: Supervision muß sich hinsichtlich ihrer Zielbestimmung, ihrer ethischen Prämissen und ihres Menschenbildes an der Sozialen Arbeit orientieren. Ziele sind: Sozialintegration, Entwicklungsförderung, ökonomische, soziale und psychische Autonomie, Verringerung von Abhängigkeit und Fremdbestimmung. Schon deswegen verbieten sich monokausale Sichtweisen oder einseitige Fachorientierungen. Erst nach Klärung dieser Prämissen darf sich Su-

pervision (und analog die Sozialarbeitswissenschaft) mit „fachfremden“ Theorien befassen.
(2) *Interdisziplinäre Theorie-Ebene*: Bei Berücksichtigung von Theorien anderer Fachwissenschaften im Sinne der Interdisziplinarität müssen sie den metatheoretischen Postulaten entsprechend modifiziert, also den Zielen, ethischen Vorstellungen und dem Menschenbild in der Sozialen Arbeit angepaßt werden.
(3) *Praxeologische Ebene*: Gleiches gilt für die aus jenen Theorien abgeleiteten und in praktisches Handeln umgesetzten Verfahren, Techniken oder Methoden. Sie müssen im Handlungsfeld der Sozialen Arbeit dienlich sein.

Beispiel:

> Ein psychoanalytisch orientierter beziehungsabstinenter Gesprächsstil in der Sozialen Arbeit läßt sich auf diesen drei Ebenen hinsichtlich seiner Kompatibilität untersuchen. Paßt der genannte Stil zu den Aufgaben, den Werten und in den Theorierahmen der Sozialen Arbeit? Größtenteils wohl nicht! Was ist an ihm dennoch und unter welchen Umständen für Sozialarbeit wichtig und verwendbar? Derlei Fragen fordern die Sozialarbeitswissenschaft. Für die Supervision sind sie in mehreren Konzeptionen angesprochen worden.

In Schweden wurde 1985 von Gunner Bernler und Lisbeth Johnsson ein Buch über „Supervision in der psychosozialen Arbeit“ publiziert, das allerdings erst 1993 in deutscher Übersetzung erschien. Wie andere Autoren standen die Verfasser vor der Frage, wie sie eine Supervisionstheorie entwickeln sollten, welche „durch Aneignung von und Auseinandersetzung mit verschiedenen grundlegenden Theorien und der Supervisionspraxis“ entsteht. Sie ziehen die Systemtheorie und die psychodynamische Theorie heran, meinen aber, für supervisorisches Handeln müsse grundsätzlich ein „Theoriewechsel“ möglich sein, um „Probleme mit verschiedenen Erklärungsmodellen zu betrachten und damit die Analysemöglichkeit zu verbreitern“ (Bernler/Johnsson 1993, 41 f.). Gleichzeitig wird nach einem übergeordneten Bezugrahmen Ausschau gehalten. „Die Systemtheorie wird von uns als Metatheorie benutzt“ (a.a.O., 54).
Im Jahre 1990 erschien eine erste konzeptionell grundlegende Dissertation über Supervision im deutschen Sprachraum von Kornelia Rappe-Giesecke:

> Sie hebt darin auf „die Psychodynamik von professionellen Beziehungen“ ab; die Supervision widme sich dem „Zusammen- bzw. Gegeneinanderwirken von psychischen und institutionellen Strukturen in professionellen Beziehungen“. Supervisoren müssen wegen der Komplexität ihres Gegen-

> standes eklektisch arbeiten und zwischen „Fallarbeit", „Selbstthematisierung" in der Gruppe sowie „Institutionsanalyse" hin- und herpendeln. Um diese unterschiedlichen Ebenen auch wissenschaftlich zu vermitteln, ist eine Sichtweise der Supervision einzuführen, „die nicht identisch ist mit der Sichtweise und der Begrifflichkeit eines Konzepts von Supervision. Es ist mit anderen Worten ein metatheoretischer Standpunkt nötig". Rappe-Gieseckes Vorschlag bezieht sich auf die Systemtheorie und die Kommunikationswissenschaft, „um eine von den Konzeptualisierungen der Praktiker unabhängige Beschreibungssprache zu gewinnen" (Rappe-Giesecke 1990, 4 f.).

Ein weiterer metatheoretischer und integrativer Entwurf für die Supervision liegt seit 1992 mit einer Arbeit von Astrid Schreyögg vor:

> Sie begreift Theorie als „Strukturierungshilfe" für Erkenntnis und hält in Blick auf Supervision solche Konzepte für relevant,die „interaktives und organisatorisches Geschehen zu strukturieren vermögen" (Schreyögg 1992, 4 f.).

Ich habe mich bei meinen eigenen metatheoretischen Überlegungen von dieser Autorin leiten lassen.

4. Wissenschaftstheoretische Überlegungen

An Integrationsmodellen mangelt es in den Sozialwissenschaften nicht. Sie nehmen an, daß man Intergration entweder empirisch oder normativ herstellen kann. Bei der Komplexität des sozialen Berufsfeldes scheidet die empirische Begründung eines integrativen Ansatzes aus. Die normative Untermauerung der Sozialen Arbeit und ihrer Wissenschaft fällt leichter, weil der Gegenstandsbereich schon immer normativ bestimmt war. Die Normierung ist für die Soziale Arbeit im ganzen gegeben und reicht bis in detaillierte Funktionsbestimmungen. Dieser Ableitung läßt sich metatheoretisch folgen.
Fritz Haag u.a.(1973) unterscheiden in ihren „Überlegungen zu einer Metatheorie der Sozialarbeit" Funktionsebenen im Sinne von „Handlungs-Subsystemen" eines übergeordneten Handlungsbereiches. Drei Funktionsebenen werden genannt:

(a) Sozialarbeit als Sozial- und Gesellschaftspolitik,
(b) Sozialarbeit als Sozialplanung und Sozialadministration,
(c) Sozialarbeit als Sozialtherapie.

Der „metatheoretische Ansatz der Sozialarbeit" kann sich nach Meinung der Verfasser nicht an Konzepten oder Methoden der Arbeits-

felder orientieren, sondern muß sowohl die horizontalen wie die vertikalen Zusammenhänge von Methoden, Arbeitsfeldern und gesellschaftlichen Systemebenen bis hin zur Gesamtgesellschaft berücksichtigen (Haag u.a. 1973, 173). Ökonomische und politische Vorgänge sind im Gegenstandsbereich der Sozialen Arbeit wirksam und beeinflussen sie in ihrer Gestaltung.
Sozialarbeitswissenschaft bezieht sich auf eine sehr komplexe und sich in Veränderung befindliche Realität der Praxis sozialer Berufe und muß sich selber darauf einrichten. Sie sollte eine verständliche Wissensstruktur auf verschiedenen Ebenen anbieten und auf der Metaebene Grundannahmen explizieren: übergeordnete Ziele, anthropologische Setzungen, ethische Prämissen, gesellschaftliche Rahmenbedingungen. Es muß beispielsweise begründet sein, weshalb sozialdarwinistische oder extrem wirtschaftsliberale Positionen nicht vereinbar sind mit einer Disziplin, die sich wissenschaftlich mit Hilfe für sozial Schwache und kompensatorischer Erziehung junger Menschen befaßt.
Sozialarbeitswissenschaft schöpft ihre Legitimation aus der neuartigen Verbindung, die sie zwischen den Erkenntnissen herkömmlicher Wissenschaften in Zulieferfunktion herstellt. Da sie zugleich eine Fülle von Praxisfragen in eigener Zuständigkeit zu durchdringen hat, wählt die Sozialarbeitswissenschaft nicht willkürlich und zufällig Stücke aus anderen Wissenschaftsdisziplinen. Leider ist in vielen Studiengängen die reine Addition von Fächern immer noch die Regel. Auch in der Fachliteratur werden immer wieder Versatzstücke unterschiedlicher Herkunft beigezogen, um Fragestellungen der Sozialen Arbeit zu behandeln. In einer eigenständigen Theoriebildung sollte sozusagen jederzeit und an jeder Stelle des Konzepts nachvollziehbar sein, weshalb man dieses oder jenes Teilelement verwendet. So können etwa Theoriefragmente aus der klassischen Psychoanalyse oder dem Behaviorismus nicht vorbehaltlos in die Soziale Arbeit „eingebaut" werden, oder: Es mag für die Sozialarbeitswissenschaft sehr wichtig sein, moderne Organisations- und Managementtheorien zu berücksichtigen; man muß sie allerdings modifizieren, soweit sie nicht mit den ethischen Prämissen der Sozialen Arbeit übereinstimmen und auf bloße Manipulation oder Effektivitätssteigerung hinzielen. Das metatheoretische Modell ermöglicht die Integration aller und insbesondere neuer Wissensbestände nur dann, wenn die übergeordneten Ziele, die Werte und Rahmenbedingungen der Sozialen Arbeit beachtet werden.

5. Zusammenfassung

Der kurze Einblick in die metatheoretische Konstruktion und die Lernbereiche der Supervision (Fallarbeit, Teamgesichtspunkte, Organisationsanalyse) mag verdeutlichen, daß die moderne Supervision viel zur Sozialarbeitswissenschaft beizutragen hat. Die Wissensstruktur ist interdisziplinär angelegt, und übergreifend kann auf die Systemtheorie gebaut werden (Lüssi 1991; Hollstein-Brinkmann 1993), denn sie ermöglicht eine neutrale Beschreibung und hilft, wissenschaftliche Zirkelschlüsse zu vermeiden.

(a) Die metatheoretische Konstruktion des vorgestellten Supervisionsmodells verlangt, daß allgemeine Ziele, das Menschenbild und die ethischen Prämissen des Faches vorrangig definiert werden.
(b) Die dann verwendeten Erkenntnisse und Theorien aus den Nachbarwissenschaften (Soziologie, Psychologie u.a.) haben sich diesen Zielen und Werten unterzuordnen.
(c) Daraus erwachsen dann die jeweils klientelspezifischen und institutionellen Praxeologien (Methoden, Verfahren, Techniken) als Handlungsansätze für die (idealtypischen) Arbeitssituationen.

Alle diese metatheoretischen Anforderungen müssen im Praxisfeld auch untereinander vereinbar (kompatibel) sein. Dringend geboten scheint mir, daß die sich entwickelnde Sozialarbeitswissenschaft die moderne Supervision berücksichtigt und sich ihre Weise der Durchdringung von Tatbeständen zu eigen macht.

Ausblick: Ziviler Diskurs und soziale Wissenschaft

Wolf Rainer Wendt

Die wissenschaftliche Verständigung in der Sozialen Arbeit und über sie dient nicht zuletzt ihrer Selbstvergewisserung und der Klärung ihrer gesellschaftlichen Funktion. Als man sich vor gut 200 Jahren in den gemeinnützigen Gesellschaften der Bürger erstmals konkrete soziale Projekte vornahm, eine individualisierte Armenunterstützung eingeschlossen, standen der Begriff von der Sache und ihre praktische Handhabung in einem unmittelbaren Erfahrungszusammenhang: das soziale Engagement war zugleich moralisch begründet, tugendhaft und ökonomisch, patriotisch und vernünftig. In unseren postmodernen Zeiten läßt sich das eine nicht mehr einfach mit dem anderen legitimieren, und der Zusammenhang des Sozialen ist in der Praxis wie in den Konzepten von ihm längst zerfallen. Vom Zusammenhang des Sozialen kann nicht mehr unvermittelt ausgegangen werden, wenngleich die andauernde Vemittlungsarbeit in der Dienstleistungsgesellschaft dies übersehen läßt. Das tägliche Geschäft, der berufliche Einsatz täuschen über beider Legitimationsdefizit hinweg. Wer aber will auf die normative Kraft des Faktischen noch bauen angesichts zunehmender Zerstreuung der Fakten?

Die Fragwürdigkeit Sozialer Arbeit wird heute international unter den an ihr Beteiligten und Interessierten diskutiert. Die Lage der Dinge bringt es mit sich,

> „that social work is now experienced as being particularly complex und subject to tremendous tensions, ambiguities and fragmentation. Increasingly it feels as if social work does not have a core theoretical knowledge base, and that there is a hole at the centre of the enterprise“ (Parton 1994, 30).

Was Soziale Arbeit im Kern ausmacht, hat sich verloren. Viele einzelne Handlungen erfüllen wohl ihren Zweck; das Wesen der ganzen Betriebsamkeit ist kaum zu erkennen. Die theoretische Reflexion Sozialer Arbeit wird sich dieser Leerstelle konstruktiv widmen müssen, damit sie im inflationären Reden über Soziales und in sozialer Geschäftstüchtigkeit sich nicht zu einem Abgrund ausweitet.

Wenn Soziale Arbeit ihrer Eigenschaft, „sozial“ zu sein und auch so zu wirken, tatsächlich gerecht werden soll, kann sie sich nicht auf das Geschäft der Verabreichung von Dienstleistungen und auf Experten-

funktionen beschränken. Soziale Arbeit erfolgt in der Beziehung von BürgerInnen auf BürgerInnen, von BürgerInnen auf ihr Gemeinwesen und von ihm aus in Sorge um das Ergehen derer, die ihm angehören. Auch eine Sozialarbeitswissenschaft, die ihren Namen verdient, kann sich nicht derart von den BürgerInnen und von ihrer Kommunikation abheben, daß ihre Erfahrung verschwindet und ihre Selbstdeutung nicht gilt. Richard Harvey Brown hat den Sozialwissenschaften generell nahegelegt, sich in einem *zivilen Diskurs* zu entfalten (Brown 1989). WissenschaftlerInnen und ForscherInnen zumal in der Sozialen Arbeit bleiben dieser Arbeit verhaftet, und sie bleiben BürgerInnen, die auf der Ebene der Reflexion, des Konzepts und der Theoriebewegung zivile Anliegen verfolgen. Der Verweisungszusammenhang von Lebenspraxis, Berufspraxis und Wissenschaft entzieht letzterer nicht den Boden, sondern steckt ihr das Terrain ab.
Sie erstellt nicht Expertisen für Experten. Entwerfen wir den wissenschaftlichen Diskurs als einen *zivilen*, orientieren wir uns inhaltlich und auch noch in der Ausformung von Theorie an der Thematik alltäglichen Lebens und an seinen sozial relevanten Problemen. So haben vor 100 Jahren die Frauen um Jane Addams, die im Umfeld von Hull House in Chicago „friendly research" betrieben, ihr wissenschaftliches Vorgehen verstanden. Wer zeitgenössisch im sozialen Kontext forscht, mischt sich in ihn ein, und in wissenschaftlicher Selbstverständigung wird den Forschenden deutlich, daß sie immer schon eingemischt sind, nicht kontextfrei und bereits ziemlich „textsicher". Eine Sozialarbeitswissenschaft, die ihren Namen verdient, entkommt den sozialen Prozessen nicht. Daß sie ihnen verhaftet bleibt, ist durchaus kein Nachteil und kann als ein Vorzug unserer Wissenschaft behauptet werden. Brown hat den Sozialwissenschaften generell nahegelegt, ihre Sprache und ihre Verfahren so zu reorientieren, „that they might become an agency for the empowerment of citizens" (Brown 1989, IX).
Eine „zivile" Neuinterpretation des Sozialen hilft vielleicht auch über die eigensüchtigen Abgrenzungen hinweg, die der sozialen Profession hierzulande so sehr zu schaffen machen:

> Sozialpädagogik gehöre in die Erziehungswissenschaft und habe andere Wurzeln als die Sozialarbeit. Als Sammelbezeichnung fasse Soziale Arbeit nur eine Reihe von diversen Tätigkeiten locker und ohne eigenen disziplinären Anspruch zusammen; das Sozialwesen bezeichne nicht eine besondere Sache oder Art, sondern lediglich einen Sektor von Vorgängen, den die staatliche Sozialpolitik eröffnet hat. Soziale Arbeit reduziere sich auf ein Verwaltungshandeln in Ausführung rechtlicher Vorgaben, wo sie nicht Erziehung, Beratung oder Therapie ist.

In einem zivilen Diskurs versichern wir uns der Annahmen, auf Grund derer Erziehung außerhalb von Schule und Familie unter BürgerInnen für notwendig gehalten wird, auf Grund derer Menschen beratungsbedürftig in ihren persönlichen Angelegenheiten erscheinen und auf Grund derer nach Therapie gerufen wird. Jene Annahmen sind das Ergebnis von Entscheidungen, die man revidieren kann. Ihre Revision ist nachgerade eine Aufgabe im wissenschaftlichen Diskurs und trägt zur Klärung und neuen Verständigung über das Soziale bei, eingeschlossen sozialisierende Erziehung, Beratung und Behandlung bei Problemen im Zusammenleben.
Soziale Arbeit begreift ihr Wesen *als ziviles Projekt*, wenn sie auf Bürgerengagement und Verantwortung für das Gemeinwohl setzt. Jede/r einzelne Angehörige der Gesellschaft hat für sich und in ihrem/seinem Lebenskreis für Wohlfahrt zu sorgen, bezogen auf körperliches und psychisches Befinden, auf die umgebende Natur, auf materielle Ressourcen und auf die Kultur des Miteinanderlebens. Dazu rüsten sie/ihn Erfahrungen, Wissen und Fertigkeiten aus, und Wissenschaft gehört dazu als ein System und Prozeß zur Erzeugung weiterer Erkenntnis. Als Praxis wie als Wissenschaft kommen in der Sozialen Arbeit bestimmte „Formate" zur Problemlösung in der Wohlfahrtspflege zum Zuge. Es gibt Programme, mit denen und in deren Ausführung man persönliche und gesellschaftliche Schwierigkeiten, der bezeichneten Verantwortung gerecht zu werden, einigermaßen bewältigt. Als Programmideen werden die „Formate" publik gemacht, jedenfalls fachöffentlich vorgelegt, politisch verhandelt und beschlossen, in Diensten und Einrichtungen umgesetzt und den einzelnen BürgerInnen nahegebracht.
Die wissenschaftliche Bearbeitung des Sozialen in Beziehung auf die Probleme der BürgerInnen gehört zu deren öffentlicher Beratung. Wissenschaft existiert als ein Prozeß, und sie bezeichnet einen kommunikativen Zusammenhang, in dem Menschen, die Erkenntnisinteressen teilen, sich austauschen. Welche Schleifen auch immer diese Kommunikation zieht – ethnomethodologisch, hermeneutisch, rekonstruktiv, normativ, makrologisch und mikrologisch –, im Ergebnis haben wir soziale Repräsentationen (Cranach/Doise/Mugny 1992) vor uns, die öffentlich vertreten werden und in der fachlichen und interdisziplinären Meinungsbildung den erreichten Erkenntnisstand angeben. Diese Feststellung ist nun eine metatheoretische; sie taugt als solche außerhalb der engeren Sphäre wissenschaftlicher Reflexion gewiß nicht für eine Debatte in der Bürgerschaft.
Der zivile Diskurs, dem wir die soziale Wissenschaft anempfehlen wollen, ist indes kein einheitlicher. Gesellschaft existiert heute in vie-

len Sphären, Verbänden, Gruppen und Subkulturen. Unter ihnen haben auch die diskreten Gemeinschaften der Wissenschaftler ihren Platz. In der pluralistischen Gesellschaft verläuft Meinungsbildung vielstimmig und vielgestaltig. Soziale Arbeit allerdings mischt sich in sie an verschiedenen Stellen ein, nämlich überall dort, wo konkrete soziale, einzelne Menschen und Gruppen betreffende Probleme bewältigt werden müssen, und zwar von den Beteiligten unmittelbar und spezifisch und von der Gesellschaft mittelbar und generell. Eine Wissenschaft, die solche Bewältigungsaufgaben zu ihrem Gegenstand hat, verfehlte ihn, wenn sie elitär wäre oder sich auf den Binnenbereich ihrer diskreten Reflexion, auf „reine Wissenschaft" beschränkte. Sie muß sich vielmehr so explizieren, daß sie an die Problembewältigung der BürgerInnen, mithin an ihre Kommunikation anschließt.
Andererseits nötigt die Komplexität der Probleme individuell und sozial zu entsprechend elaborierten Bewältigungsweisen. Die Angehörigen unserer Gesellschaft kommen nicht umhin, sich darin kompetent zu halten: Sie sind für sich und ihren Lebenskreis zuständig, und ihnen ist die Anstrengung abzuverlangen, ihrer eigenen Zuständigkeit gerecht zu werden. Die Beratung unter BürgerInnen, der Tausch von Erfahrung und Erkenntnis macht sie dazu fähiger. Wissenschaft trägt das ihrige mit theoretischen Konzepten und Forschungsergebnissen bei, und sie verfehlte ihre soziale Aufgabe, simplifizierte sie ihre Leistungen und gäbe sie ihr Niveau auf, um auch dem schlichtesten Gemüt noch nahezukommen.

1. Die wissenschaftliche Plattform im sozialen Diskurs

Die neuzeitliche Wissenschaft ist mit dem Fortschrittsgedanken verbunden. Der Wissenschaftler und Forscher wird als einer angesehen, der mit seiner Erkenntnis den übrigen Menschen voraus ist. Er entdeckt vorher unbekanntes Gelände; er erfindet etwas, das es nie gegeben hat. Dem postmodernen Bewußtsein im allgemeinen und dem ökologisch-sozialen Gewissen im besonderen erscheint inzwischen die Metaphorik des Erfinders und Entdeckers und mit ihr der Fortschrittsglaube ziemlich unbedarft und nicht mehr angebracht. Die soziale Problematik wird mit der Zeit nicht geringer; eine Wissenschaft, die sie erkundet, trägt zu ihr bei und wird schließlich Teil der Problematik. Eine Wissenschaft vom Elend stiehlt sich entweder aus ihm davon oder bringt es uns überflüssigerweise nahe. Es sei denn, sie läßt sich auf es ein und eröffnet *in ihm* die Chance, es besser zu bewältigen.

Eine derart verstandene soziale Wissenschaft will nicht länger die Vorhut der Praxis sein, sondern sucht ihren Platz innerhalb von ihr als eine Plattform und ein Milieu der ständigen Reflexion über das, was sozial geschieht und geschehen kann. Die Bearbeitung von Problemen des gesellschaftlichen und individuellen Lebens benötigt einen *Hypertext* der Orientierung: Er eröffnet Zugänge, gestattet Interpretation, erschließt Sinn und führt zu Lösungsmöglichkeiten. Wissenschaft ist für diesen Hypertext zuständig; sie verwaltet ihn und pflegt die erforderlichen Datenbestände, ergänzt und erweitert sie, formatiert sie in neuen Konzepten und Theorien. Die BürgerInnen, die sich an dem wissenschaftlich geführten Diskurs beteiligen, gewinnen an Einsicht in Zusammenhänge ihres Alltags und an Befähigung, in ihm für sich persönlich und in Teilhabe am Gemeinwesen zurechtzukommen.

Wie läßt sich Wissenschaft als eine solche Plattform der Orientierung gestalten, und zwar in Verbindung mit Sozialer Arbeit, nicht abgehoben von den aktuellen Problemen im Gemeinwesen, aber doch selbständig gegenüber der politischen und privaten Besorgung sozialer Angelegenheiten? Wissenschaft organisiert ihre Erkenntnis unabhängig in ihren Theorien und in ihrer Methodologie. In den Beiträgen dieses Buches werden beispielsweise die Verfahren der objektiven Hermeneutik und rekonstruktiven Sozialforschung angesprochen: Man geht kommunikativ vor, bezieht also die „Erforschten" ein, bleibt dabei aber einem theoretisch geklärten Anspruch auf Sachgerechtigkeit und Konstruktivität verpflichtet. Der Forscher mag in eine „performative" Einstellung wechseln, nämlich sich als Teilnehmer begreifen; er gibt deshalb die theoretische Einstellung nicht auf. Mehr noch: Er bringt den Bürger, der sich auf eine Diskussion mit ihm – von Teilnehmer zu Teilnehmer – einläßt, dazu, seine „natürliche" Einstellung aufzugeben und sich in Selbstreferenz und Fremdreferenz neu zu orientieren.

Wissenschaft als Plattform der Orientierung hebt sich aus der umgebenden Praxis heraus wie *Kompetenz* aus *Performanz*. Die BürgerInnen sind in ihrem Alltag tätig und erweisen sich darin in unterschiedlichem Maße als fähig. Sie erledigen ihre Angelegenheiten aber gewöhnlich nicht in dem Bewußtsein, als BürgerInnen zu handeln, Rechte wahrzunehmen und Pflichten zu erfüllen, kurz: Sie referieren nicht auf ihre Zuständigkeit und darauf, was zu dieser Kompetenz alles gehört. Diskursiv referiert darauf und darüber Wissenschaft. Zu ihr gehört beispielsweise die Erkenntnis, daß objektive Sinnstrukturen der Einsicht der Beteiligten im voraus gegeben sind. Nach Klärung der „latenten" Sinnstrukturen ist (politisch) zu entscheiden, ob die Subjekte in ihrem Handeln die Verantwortung für sie übernehmen – oder sie, und mithin ihre Performanz, ändern. Natürlich hat die Wissenschaft inmitten sozialer Praxis die Kompetenz nicht allein für sich gepachtet. Auch ohne Theorie sind wir alle mehr oder minder kompetent (zuständig und befähigt) in unseren Lebenskreisen. Sache der Wissenschaft ist es, eine intersubjektiv ausgemachte disziplinäre Kompetenz zu versammeln. Sie bestätigt sich im Falle Sozialer Arbeit im Austausch mit den (für sich und untereinander sorgenden) Subjekten dieser Arbeit: Deren Performanz ist der Prüfstein wissenschaftlich ausgestalteter Kompetenz.

Nehmen wir eine Familie als Beispiel, die zur Klientel des Allgemeinen Sozialdienstes im Stadtteil zählt:

> Die Kinder der Familie Schmidt bereiten Erziehungsschwierigkeiten, der Vater ist Alkoholiker, die Mutter hat gesundheitliche Probleme, Schulden drücken. Eine typische „Multiproblemfamilie“ also. Der Zusammenhang von familialer Erziehungsschwäche, Sucht, psychosomatischen Beschwerden, Verschuldung – alles vor dem Hintergrund geringer Bildung, tradierter Ideale von Familie und Häuslichkeit, scheiternder Selbstbehauptung unter ungünstigen Umständen – läßt sich im Einzelfall und in vielen Fällen erforschen und wissenschaftlich darstellen. Für die Familie Schmidt und ihre beruflichen Unterstützer ist aber erst etwas gewonnen und damit Kompetenz bewiesen, wenn die Einsicht in die Zusammenhänge zu einer besseren Bewältigung der Situation, also zu einer anderen Performanz führt.

Nun beginnt die wissenschaftliche Arbeit nicht erst bei der genannten Familie und mit dem aktuellen Handlungsbedarf. Die gesammelte Erkenntnis findet in vielen vergleichbaren Fällen Anwendung und sollte auch präventiv zum Einsatz kommen. Wissenschaft und Forschung müssen den dringlichen Anforderungen hier und jetzt im Alltag enthoben sein. Welche soziale Problematik allerdings im sozialen Handlungsfeld bedeutsam und wo generell Lösungen zu suchen sind, bestimmt die gemeinte soziale Wissenschaft nicht nach eigenem Ermessen. Die Erziehungsproblematik, die Suchtproblematik, die zunehmende Verschuldung sind der Forschung vorgegeben; mit der Sozialen Arbeit differenziert sich ihre Wissenschaft in Sachen Hilfen zur Erziehung, Suchtbehandlung, Schuldnerberatung – und in deren Verknüpfung zu ganzheitlicher Familienhilfe.

Da die meisten Leute findig genug sind, sich selber zu helfen, und da im sozialen Umfeld von Einzelpersonen und Familien eine Menge informeller und formeller Unterstützung vorhanden und soziale Wegleitung gegeben ist (im guten Sinne und im schlechten von Verführung und Dissozialität), greifen wir auch wissenschaftlich auf diese

Tatbestände zurück, setzen uns mit ihnen auseinander und mischen uns so mit Theorie und Forschung in die Prozesse ein, welche in Selbstsorge und im Betrieb des Gemeinwesens ablaufen. Mit dem zivilen Diskurs über soziale Angelegenheiten ist die bürgerschaftliche Verständigung über sie gemeint. Welche Chancen und Benachteiligungen erfahren Familien und Alleinerziehende mit Kindern im Stadtteil? Was bietet er jungen Menschen in ihrer Freizeit? Wie steht es um nachbarschaftliche Beziehungen? Wer nutzt vorhandene Dienste, und inwieweit sind sie vernetzt? Im Vorgang der Verständigung darüber bietet die wissenschaftliche Plattform den beteiligten BürgerInnen Orientierung.

Wie die Soziale Arbeit insgesamt bleibt auch ihre Wissenschaft auf eine öffentliche Meinungsbildung angewiesen. Der Trend von stationärer zu ambulanter Versorgung läßt sich mit Forschung begleiten; sie löst aber den Trend nicht aus und gibt ihm kaum zusätzlichen Schub. „Gegen Gewalt" sind Konzepte nur zielwirksam zu entwickeln, wenn man sich wenigstens ungefähr einig ist, um welche Formen von Gewalt es geht. Die Evaluation der Dienste für Behinderte setzt publike Positionen in der Frage ihrer Integration und der „Normalisierung" ihres Lebens voraus. Beide Begriffe enthalten Wertentscheidungen, die nicht wissenschaftlich zu treffen sind. Ist Eingliederung gewollt und nur strittig, wie sie erfolgen kann und soll, vermag Wissenschaft zur Klärung dieser Frage beizutragen.

Gegenstand sozialer Untersuchungen sind mit Ansprüchen und Behauptungen belegte Positionen (claims). Dem konstruktivistischen Ansatz nach werden soziale Probleme publik, indem Individuen oder Gruppen über mutmaßliche Zustände behaupten, sie seien in der einen oder anderen Hinsicht problematisch, oder indem sie für sie bestimmte Lösungen beanspruchen. Dieser Ansatz des „social constructionism" ist paradigmatisch von John Kitsuse und Malcolm Spector formuliert worden (Spector/Kitsuse 1977). Die in der Frauenbewegung erhobenen Forderungen gegen Benachteiligung, die deutsche Asyldebatte und die Thematisierung sexuellen Mißbrauchs von Kindern sind Beispiele für die „claims-making activities" der Interessierten. Eher verborgen und unbedacht verläuft die Vertretung von Ansprüchen in Familien, am Arbeitsplatz und in jeder gewöhnlichen Kommunikation. Wissenschaft mischt sich darin ein, möglichst klärend und aufarbeitend. „Theoretical work would be concerned with elucidating the abstract features of the conventional presuppositions, interpretive practices, rhetorical devices, joint activities, and variety of forums involved in the discursive production of social problems", reformulieren Peter Ibarra und John Kitsuse (1993, 26) den genannten Ansatz.

Die geforderte Aufarbeitung und Klärung wird von der Wissenschaft kaum geleistet, wenn sie sich akademisch absondert und eine realitätsferne Theoriekonstruktion betreibt.
In der Sozialen Arbeit sind die vordergründigen Probleme, welche die Dienste und Einrichtungen beanspruchen, von den hintergründigen Problemen zu unterscheiden, die erst zu dem offenbaren Schwierigkeiten und Notlagen führen, auf die mit Sozialer Arbeit geantwortet wird. In dem oben angeführten Fall der Familie Schmidt sind die Verschuldung, das Suchtverhalten des Vaters, die gesundheitliche Schwäche der Mutter und die Unarten der Kinder von problematischen Zuständen bedingt, welche die Beteiligten nicht anders als in der sozial auffälligen Weise bewältigen. Diese Zustände, und was sich über sie behaupten läßt, verdienen unsere wissenschaftliche Aufmerksamkeit mehr als die routinierten Reaktionen der Sozialdienste und ihrer Mitarbeiter. Die Wissenschaft bietet sich als eine Plattform der Auseinandersetzung über die (von Kitsuse und Spector angesprochenen) „putative conditions“ und „claims-making activities“ an, eine Auseinandersetzung, die gleichzeitig im gesellschaftlichen Umfeld *politisch* geführt wird: Warum verhalten sich so viele Menschen süchtig? Ist die permissive, konsumorientierte Gesellschaft schuldig am Erziehungsversagen der Eltern?
Der zivile Diskurs über soziale Probleme kann beim Naheliegenden bleiben und doch aufgeschlossen sein für die weiterreichende politische Auseinandersetzung und wissenschaftliche Analyse. Gemeinwesenarbeit im Stadtteil etabliert vielleicht die eine oder andere Selbsthilfegruppe, in der sich interessierte Eltern über Erziehungsschwierigkeiten heutzutage, über Suchtgefahren oder über Gesundheitsprobleme von Frauen austauschen. Sie bringen ihre konkreten Erfahrungen ein und können ihre „Behauptungen“ dazu kritisch durchsprechen. Statt Ursachen für Probleme auswärtig in „der Politik“ zu suchen, kommt die inwärtige, selbst zu verantwortende „Politik“ der Familie, zwischen den Geschlechtern und Generationen, zwischen Ideen, Wünschen und Körpern zur Sprache. Wissenschaftlicher Rat führt in dieser Diskussion weiter; er wiederum muß für die jeweilige Situation und den einzelnen Fall „performativ“ aufbereitet werden. Die Gruppe stellt somit ein Feld der Übung und der Bewährung für die Sozialarbeitswissenschaft dar.

2. Die Privation des Sozialen als Bescheidung der Wissenschaft

Wer sich in der Sozialen Arbeit zu sehr auf das persönliche Ergehen von KlientInnen einläßt, kommt darin um. Einer mag als Privatperson und Mitmensch die Not und die Leiden des anderen teilen, im beruflichen Alltag ist er damit überfordert. Selbst in einer mildtätigen christlichen Genossenschaft wird gut daran getan, menschliches Elend dem Erlöser zu überantworten. Auch mit und durch Wissenschaft ist existentieller Not, körperlichem und seelischem Leid letztlich nicht beizukommen. Eine den Problemen der Lebensführung und des sozialen Miteinanders von Menschen verpflichtete Sozialarbeitswissenschaft muß ihre Beschränkungen beachten und hat mit ihnen zusätzlich Anlaß, den zivilen Diskurs über das Machbare im Rahmen sozialer Bestrebungen zu suchen.

Menschlichem und sozialem Unvermögen verhaftet zu sein, schadet der Reputation. Die Mehrzahl der ProfessorInnen an Fachhochschulen für Sozialwesen hält von dem Arbeitsgebiet, für das sie ausbilden, nicht viel, weniger jedenfalls als von dem Fachgebiet, das sie vertreten. Folgerichtig stehen sie einer eigenen Wissenschaft der Sozialen Arbeit skeptisch bis ablehnend gegenüber. Es ist gewiß auch das Stigma der Klientel, das die Profession teilen muß. Gewichtiger aber ist wohl die scheinbare Substanzlosigkeit der Sozialen Arbeit. Man argumentiert, eine bessere (gerechtere) Wirtschaft und Politik, eine optimale Pädagogik, Psychologie oder Medizin erübrigte Sozialarbeit. Und nicht wenige SozialarbeiterInnen pflichten dieser Meinung mit dem Dictum bei, ihre Aufgabe bestehe darin, sich überflüssig zu machen. Daß sie dahin nicht kommen, liege eben an ihrer unzureichenden psychotherapeutischen oder pädagogischen Kompetenz respektive an den ungerechten politischen und ökonomischen Verhältnissen. Was soll dagegen eine Sozialarbeitswissenschaft ausrichten?

In einem Beitrag über Sozialarbeit als „bescheidene“ Profession erörtert Fritz Schütze (1992) den Umstand, daß es der Sozialarbeit an einem „maßgeblich eigenproduzierten und eigenkontrollierten abgegrenzten höhersymbolischen Sinnbezirk zur Selbststeuerung und Reflexion“ mangele und daß sie deshalb den Paradoxien professionellen Handelns in besonderem Maße ausgesetzt sei (Schütze 1992, 146). Zu diesen Paradoxien gehört, alltagsenthobenes Wissen im Alltag anwenden zu müssen und KlientInnen dazu anzuhalten, selbständig zu handeln. Andere Professionen lösen sich durch Spezialisierung aus solchen Verwicklungen, werden damit aber der komplexeren sozialen Problematik immer weniger gerecht. Daß die Soziale Arbeit sich nicht derart „heraushalten“ kann, hält Schütze für einen Vorzug der Profession. Entschiedener noch gilt das für die Sozialarbeitswissenschaft, wenn sie ihre Beziehung zu alltäglichem Rat und auf gesellschaftliche Selbstverständigung reflektiert.

Sozialarbeitswissenschaft schließt in der Weise an einen zivilen Diskurs an, wie die Soziale Arbeit auf ihn bauen muß. Familienkrach, Delinquenz von Jugendlichen, Verlust der Wohnung, seelische Nöte usw. sind als solche Privatangelegenheit, mag sich ihrer auch der eine oder andere Mitmensch aus christlicher Nächstenliebe und anderen achtenswerten Motiven helfend annehmen. Erst die Erhebung von Familienzerfall, Kriminalität, Wohnungnot und Psychohygiene zum *gesellschaftlichen* Problem, zur „sozialen Frage“ veranlaßt eine auf Wohlfahrtsproduktion angelegte Werktätigkeit, die den Namen *„social work“* verdient. Gemeinnützige und patriotische Gesellschaften von Bürgern, christliche Erneuerer und frühe Sozialisten fingen einst damit an. Heute braucht unter den Vorzeichen der Individualisierung und des Pluralismus das bürgerschaftliche Engagement neue Veranlassung: Die scheinbar privaten Probleme sind kollektive; „privat“ sind sie ihres sozialen Charakters „beraubt“, der darum in jedem Einzelfall und in allgemeiner Erörterung wieder hergestellt, rekonstruiert, behauptet und ausgelegt werden muß. Als öffentlichen Zustände sind die Probleme dann in ihrer Sphäre dezentral, auf lokaler Ebene und in den Lebenskreisen der BürgerInnen auch von ihnen ökologisch und sozial zu verantworten. Dazu brauchen sie Wissen, Anleitung, formative Modelle und ihre diskursive Vermittlung in persönliche Erfahrung und eigenes Handlungsvermögen. Womit auch die Rolle und der Beitrag von Wissenschaft umschrieben wäre, eine gar nicht bescheidene Funktion.

Die BürgerInnen haben ein *Recht auf Differenz*. Sie führen ihr Leben in einem je besonderen Sinnhorizont, in ihren Kreisen, unter lokalen Umständen, in ihrer Kultur. Wissenschaftlich nähmen wir diese Differenzen nicht ernst und mißachteten ihren Wert, suchten wir um der Einheitlichkeit des Verstehens willen und unserer abstrakten Begriffe wegen nach dem Uniformen im individuellen und sozialen Handeln. Ausdeutungen haben ihren Ort und haben ihre Grenzen: Für die Wissenschaft der Sozialen Arbeit ist eine *Topik* angebracht, in der Differenzen ihr Recht behalten und Kritik (eine Unterscheidung des Wahren) schon in der Natur der Sache liegt. Die Wissenschaft setzt die kritische Wahrnehmung und gewöhnliche Verständigung, in der die Leute ihr Leben führen, analytisch und rekonstruktiv fort. Sie erhebt sich diskursiv über die Moral und Politik im Alltag, ohne sich ihr und ihren Auseinandersetzungen zu entziehen. Schließlich ist Sozialar-

beitswissenschaft eine unter anderen „policy sciences“ (Reid/Popple 1992, IX). Ihre Art Verständigung über Sozialpolitik dient sowohl einer Klärung der „Politik“ der kleinen Leute als auch der Gesellschaftspolitik im großen und ganzen, und sie reflektiert die eine im Licht der anderen.
Warum ist ein Meinungsaustausch unter Arbeiterfrauen im Waschsalon über das, was in der Zeitung steht, nur eine Plauderei oder Geschwätz, fragt Leslie Miller (1993, 363 ff.) in einer Betrachtung über „claims-making“ in der Unterschicht, während der gleiche Vorgang in einem parlamentarischen Gremium „Debatte“ heißt? Die Frauen halten sich für politisch entmündigt, und sie sind es auch, soweit sich ihr Diskurs auf die Unterhaltung im Waschsalon beschränkt. In der Sozialarbeit zielt *Empowerment* darauf ab, jede Frau und jeden Mann „in den Stand zu setzen“, eigene als öffentliche und öffentliche als eigene Angelegenheiten zu vertreten, indem sie den „gemeinen Sinn“, *common sense*, walten lassen. Zugegeben, man verwechselt ihn leicht mit dem „gesunden Volksempfinden“ oder überläßt ihn selbsternannten Meinungsführern. Der gemeine Menschenverstand in sozialen Belangen ist entwicklungsfähig, und er entzieht sich nicht der Bearbeitung: in Selbstreflexion der an jenen Belangen beteiligten Personen, in den Medien öffentlicher Kommunikation – und nicht zuletzt durch Wissenschaft, die sich mitzuteilen versteht. Sie knüpft ihre Erkenntnis an den common sense und behält sie nicht einer autonomen „Gelehrtenrepublik“ vor. Deren Mitglieder sind selber in sozialer Hinsicht BürgerInnen und in Blick auf ihren Gegenstand Akteure unter Akteuren. Ihre wissenschaftlichen Ansprüche stellen sie an einen intersubjektiven Verstand, der in den Dingen, denen die Wissenschaft der Sozialen Arbeit sich widmet, bereits vorgedacht hat und in den Sinnstrukturen der Tatbestände und Sachverhalte vorliegt.

3. Ein ziviles und wissenschaftliches Projekt

An anderer Stelle habe ich den Anspruch der Sozialen Arbeit auf Zivilität erörtert (Wendt 1993). Eine Sozialarbeitswissenschaft, die zu dieser Ausrichtung etwas beitragen will, verbindet sich mit einer *Theorie von „Bürgerschaft“* (civics). Mit dem Bürgerstatus (citizenship) sind nicht nur formal Rechte und Pflichten angesprochen. Es gilt, sie sachhaltig und material aufzufassen, da die BürgerInnen Teilhaber ihrer res publica sind. Als Angelegenheit eines Publikums, das sie vernünftig erörtert und tatkräftig behandelt, nahmen im 18. Jahrhundert Bürger einzeln und gemeinsam (in ihren Gesellschaften) diese Sache wahr. In ihr objektivierten sich Pflichten und Rechte. Man brauchte dafür eine ökonomischen Realismus und eine zivile Gesinnung (civic spirit). In der damaligen Beschäftigung mit den Tatbeständen des gesellschaftlichen Lebens wurzeln die modernen Sozialwissenschaften: Es ist nicht unerheblich festzustellen, daß die liberalen angelsächsischen Denker die Tüchtigkeit des einzelnen Bürgers mit dem Gemeinwohl verbanden und daß die „Ideologen“ nach der Französischen Revolution auf eine ideelle Prägung von Ökonomie und Moral der Gesellschaft aus waren. Bis zu ihnen hin vertrugen sich ökonomische Rationalität und moralische Rationalität noch.

Das soziale Geschehen ist seitdem viel differenzierter und komplexer geworden. Die einzelnen Bereiche der Zuständigkeit haben sich in funktionalen Systemen auseinanderentwickelt und mit ihnen die Wissenschaften. In ihrer Lebenswelt sind die Menschen heute diversen Systemanforderungen ausgesetzt und können ihnen oftmals nicht oder nur unzureichend nachkommen. In Sozialer Arbeit wird versucht, Menschen einzeln und in Gruppen bei ihrer Lebensführung zu unterstützen und mit ihnen Notlagen zu bewältigen. Die Bedingungen sind im Einzelfall ungünstig, und es mangelt an Befähigung. Die andere Seite der Kompetenz, die *Zuständigkeit* von BürgerInnen für ihre Angelegenheiten, ist indes grundsätzlich gegeben und Basis der Zusammenarbeit mit ihnen und unter ihnen. Soziale Arbeit erreicht ihr Ziel, wenn sie die Kompetenz der BürgerInnen nach der Seite ihrer *Befähigung* hin erhöht.

Zivile Projekte entwickeln die *res publica*, hier: die Wohlfahrt des Gemeinwesens in individualisierter Lebensführung. Diese mag privat bleiben, solange Menschen allein zurechtkommen und ihre bürgerlichen Pflichten wie recht und billig wahrnehmen. Weil sie in den gesellschaftlichen Systemen funktioniert, tritt nicht hervor, daß die persönliche Lebensführung ein officium ist, dem man sich unter zivilen Vorzeichen nicht entziehen kann. Sie trägt zur Funktionsfähigkeit und Ökologie modernen Lebens in seinen engeren und weiteren Kreisen bei. Bürgerschaft ist mit Geschäftsfähigkeit, mit Verantwortung in der Besorgung eigener Angelegenheiten, mit Eigenpflege, mit gewissen Anstandspflichten verbunden. Diese Zivilität ist zweifellos variabel; sie läßt sich erweitern, oder sie mag in der Ausübung eingeschränkt sein. Hier sind Ansatzpunkte für die Forschung und für wissenschaftliche Reflexion.

Herman van Gunsteren (1994) hat in einer „neo-republikanischen“ Konzeption von *citizenship* sie ein „Amt“ genannt, für das man sich zu qualifizieren hat. Nicht die Person als solche besitzt die Fertigkeiten, die für die Wahrnehmung von Bürgerschaft gebraucht werden.

Dazu ist Übung erforderlich und Ermöglichung durch Gesellschaft und Staat.

> „In today's setting, citizenship does not spring up ready-made from society. It is a public responsibility to combine elements in plural society in such a way that their mutual interaction in the public domain results in citizenship." (Gunsteren 1994, 47)

Es ist eine ständige Aufgabe einzelner Personen und öffentlicher Institutionen, den Bürgerstatus zu „reproduzieren". Wissenschaft trägt dazu bei, indem sie sich mit vorhandenen und nötigen Fähigkeiten zur Zivilität befaßt und die Arten, Weisen und Inhalte untersucht, in denen sie sich ausprägt.

Offensichtlich gibt es viele Formen der Teilhabe am gesellschaftlichen Leben, gelingender und auch defizitärer Lebensführung und sehr unterschiedliche Bedingungen, unter denen sie erfolgt. *Soziale Probleme von Frauen* beispielsweise sind zweifellos verbunden mit der Stellung der Frau innerhalb und außerhalb der Familie und mit der Frage der Vereinbarkeit von Kindererziehung, Berufstätigkeit und Hausarbeit. Daß Frauen Herrschaftsbeziehungen unterworfen sind, berührt ihren Bürgerstatus (Vogel 1991): Sie können ihre zivilen Rechte und Pflichten nicht in gleicher Weise wahrnehmen wie Männer. Und wollen das auch nicht, denn sie stehen für ein anderes Verhältnis von oikos und polis als es patriarchalisch arrangiert worden ist. Es wäre in der Sozialen Arbeit sicher verfehlt, bei familiären Problemen, in Erziehungsfragen oder bei Unterstützung pflegender Angehöriger so zu tun, als ob sie allein auf der Ebene persönlicher Bezüge abzuhandeln wären. Hier ist die Politik der Geschlechter und die der Generationen virulent. Die Wissenschaft kann sich aus dieser Politik nicht heraushalten, denn sie ist eine wesentliche Dimension ihres Gegenstandes.

Gleiches gilt für den *Bereich „Arbeit und Einkommen"*. Die Verteilung von Erwerbsarbeit in der Bevölkerung berührt den Bürgerstatus; Beschäftigungsprojekte benötigen eine Begleitforschung und wissenschaftliche Auswertung; die politische Kontroverse zum „Bürgereinkommen" ist auch theoretisch relevant. Arbeitslosigkeit hat soziale psychische und somatische Folgen; die Erfahrung lehrt aber, daß der Eintritt solcher Folgen von der gesellschaftlichen, politisch induzierten Bewertung von „Arbeit" abhängt (Arbeitslosigkeit wird in Deutschland in den neuen Bundesländern anders erlebt und erlitten als in den alten Ländern). Die Forschung und die Theorie können diesen Zusammenhang nicht gut ignorieren.

Im *Problembereich interkulturellen Zusammenlebens von Menschen unterschiedlicher Herkunft* bezeichnen die Auseinandersetzungen um

„Multikultur“ ein ziviles Projekt, rufen aber zugleich zu einem wissenschaftlichen Diskurs über Ethnizität in unserer Zeit, über „politische Korrektheit“ und Fundamentalismus auf (Taylor 1993), durchaus vergleichbar mit den Theorieprozessen in den sechziger und siebziger Jahren, als sich die berufliche Sozialarbeit an die Emanzipationsbewegung seinerzeit anschloß. Mit ihrem Gestus der Aufklärung schien Wissenschaft ohne weiteres vereinbar; mit einer „Politik der Anerkennung“ (Taylor) oder einer „Politik der Mentalitäten“ heutzutage hat sie es schwerer. Es ist aber unumgänglich, in der Frage, wie mit abweichendem Verhalten von Personen und Gruppen umzugehen ist, auf Werturteile und auf Entscheidungen zu rekurrieren, ob das fragliche Verhalten tolerabel ist und toleriert wird. Der wissenschaftliche Diskurs schließt hier an den politischen Diskurs an und führt in ihn zurück.

In sozialen Belangen kann wissenschaftliche Kommunikation *selber eine musterhaft zivile Erkundung* sein, denn in ihr nehmen sich die Beteiligten die (akademische) Freiheit, diszipliniert eine Sache zu erörtern und ihr unter Zurückstellung eigener und fremder Interessen gerecht zu werden. Im Rahmen sozialer Arbeit entheben wir uns *wissenschaftlich* der Notwendigkeit, situationsbedingt entscheiden und handeln zu müssen. Unter Ausklammerung dessen, was überindividuell als recht und gut behauptet wird, erreicht das wissenschaftliche Projekt inmitten von sozialen Verwicklungen Sachgerechtigkeit im Entwurf und in der Rekonstruktion realer Zusammenhänge, um sie derart bearbeitet den Handelnden anheim zu stellen. Diese Leistung löst nicht die Probleme der Praxis, verschafft den BürgerInnen, die „billig und gerecht“ denken und handeln wollen, aber Orientierung und Durchblick. In einer Wissenschaft der Sozialen Arbeit wird für die „billig und gerecht Denkenden“ und mit ihnen stückweise revidiert, erneuert und erweitert, was sie in schwieriger Lage tun können.

Literatur

ADDAMS, Jane, et al.: Philanthropy and Social Progress. Seven Essays (1893). Books for Libraries, Freeport, N.Y. 1979

ADDAMS, Jane: Hull House Maps and Papers – A Presentation of Nationalities and Wages in a Congested District of Chicago – With Comments and Essays on Problems Growing out of the Social Conditions, by Residents of Hull House. Chicago 1895

ADDAMS, Jane: Democracy and Social Ethics. Macmillan, New York 1902

ADDAMS, Jane: Zwanzig Jahre sozialer Frauenarbeit in Chicago. C.H. Beck, München 1913

ADORNO, Theodor W.: Zum Verhältnis von Soziologie und Psychologie. In: Sociologica. Frankfurter Beiträge zur Soziologie (Band 1). Europäische Verlagsanstalt, Frankfurt am Main 1955

ALEXANDER, Jeffrey C.: The „Individualist Dilemma" in Phenomenology and Interactionism. In: Eisenstadt, Shmuel N./Helle, Herbert J. (eds.): Macro-Sociological Theory (Vol. I). Sage, New York, S. 25–57

ALTER, Caterine/EVENS, Wayne: Evaluating Your Practice. A Guide to Self-Assessment. Springer Publishing Company, New York 1990

ARLT, Ilse: Grundlagen der Fürsorge. Österreichischer Schulbücherverlag, Wien 1921

ARLT, Ilse: Wege zu einer Fürsorgewissenschaft. Notring der wissenschaftlichen Verbände Österreichs, Wien 1953

AUFENANGER, Stefan/LENSSEN, Margrit (Hrsg.): Handlung und Sinnstruktur. Kindt, München 1986

BARTLETT, Harriet M.: The Common Base of Social Work Practice. National Association of Social Workers, New York 1970

BECK, Ulrich: Risikogesellschaft. Auf dem Weg in eine andere Moderne. Suhrkamp, Frankfurt am Main 1986

BECK, Ulrich: Der Konflikt der zwei Modernen. Vom ökologischen zum sozialen Umbau der Risikogesellschaft. In: Rauschenbach, Thomas/Gängler, Hans (Hrsg.): Soziale Arbeit und Erziehung in der Risikogesellschaft. Luchterhand, Neuwied 1992, S. 185–202

BECK, Ulrich: Die Erfindung des Politischen. Zu einer Theorie reflexiver Modernisierung. Suhrkamp, Frankfurt am Main 1993

BELARDI, Nando (Hrsg.): Didaktik und Methodik Sozialer Arbeit. Diesterweg, Frankfurt am Main 1980

BELARDI, Nando: Integrative Gruppentherapie im Feld der Sozialen Arbeit. In: Brennpunkte Sozialer Abeit – Soziale Gruppenarbeit. Luchterhand, Neuwied 1990, S. 65–92

BELARDI, Nando: Supervision. Von der Praxisberatung zur Organisationsentwicklung. Junfermann, Paderborn 1992

BELARDI, Nando: Entwicklung und Schwerpunkte der Supervision in Deutschland. In: Soziale Arbeit, 41, 1992, S. 301–309

Beller, E. Kuno (Hrsg.): Forschung in den Erziehungswissenschaften. Deutscher Studien Verlag, Weinheim 1989

Berger, Peter L./Berger, Brigitte/Kellner, Hansfried: Das Unbehagen in der Modernität. Campus, Frankfurt am Main 1975

Berger, Peter L./Luckmann, Thomas: Die soziale Konstruktion der Wirklichkeit. Fischer, Frankfurt am Main 1977

Bergold, Jarg B./Filsinger, Dieter (Hrsg.): Vernetzung psychosozialer Dienste. Juventa, Weinheim 1993

Bergmann, Werner: Lebenswelt, Lebenswelt des Alltags oder Alltagswelt? In: Kölner Zeitschrift für Soziologie und Sozialpsychologie, 33, 1981, S. 50–72

Bernler, Gunnar/Johnsson, Lisbeth: Supervision in der psychosozialen Arbeit. Integrative Methodik und Praxis. Beltz, Weinheim 1993

Biesalski, Konrad: Was ist ein Krüppel? In: Zeitschrift für Krüppelfürsorge, 1, 1910, S. 11–17

Biesalski, Konrad: Über den Umfang der Krüppelfürsorge. In: Zeitschrift für Krüppelfürsorge, 2, 1910, S. 9–23

Biesalski, Konrad: Leitfaden der Krüppelfürsorge. Voss, Leipzig 1911

Biesalski, Konrad: Der sozialbiologische Einheitsgedanke in der Orthopädie. In: Zeitschrift der Krüppelfürsorge, 17, 1924, S. 145–152

Bock, Teresa (Hrsg.): Rektorbericht über die Gründungsphase. Katholische Fachhochschule Berlin, Berlin 1993

Bohnsack, Ralf: Rekonstruktive Sozialforschung. Einführung in Methodologie und Praxis qualitativer Forschung. Leske und Budrich, Opladen 1991

Bornscheuer, Lothar: Topik. Zur Struktur der gesellschaftlichen Einbildungskraft. Suhrkamp, Frankfurt am Main 1976

Briar, Scott: Toward the Integration of Practice and Research. In: Fanshel, David (ed.): Future of Social Work Research. National Association of Social Workers, Washington DC 1980

Brown, Richard Harvey: Society as Text. Essays on Rhetoric, Reason, and Reality. University of Chicago Press, Chicago 1987

Brown, Richard Harvey: Social Science as Civic Discourse. Essays on the Invention, Legitimation, and Uses of Social Theory. University of Chicago Press, Chicago 1989

Brown, Richard Harvey (ed.): Writing the Social Text. Poetics and Politics in Social Science Discourse. Aldine de Gruyter, New York 1993

Brüderl, Leokardia (Hrsg.): Theorien und Methoden der Bewältigungsforschung. Juventa, Weinheim 1988

Brunkhorst, Hauke: Der Intellektuelle im Land der Mandarine. Fischer, Frankfurt am Main 1987

Brunkhorst, Hauke: Professionalität, Kollektivitätsorientierung und formale Wertrationalität. In: Dewe, Bernd/Ferchhoff, Wilfried/Radtke, Frank-Olaf (Hrsg.): Erziehen als Profession. Leske und Budrich, Opladen 1992, S. 49–69

Bunge, Mario: Scientific Research. Springer, Heidelberg 1967

Bunge, Mario: Das Leib-Seele-Problem. Mohr, Tübingen 1984
Bunge, Mario: Kausalität. Geschichte und Probleme. Mohr, Tübingen 1987
Burkart, Gerhard: Strukturtheoretische Vorüberlegungen zur Analyse universitärer Sozialisationsprozesse. In: Kölner Zeitschrift für Soziologie und Sozialpsychologie, 34, 1992, S. 444–468
Cranach, Mario von/Doise, Willem/Mugny, Gabriel: Social Representations and the Social Bases of Knowledge. Hogrefe & Huber, Lewiston, NY 1992
Depner, Rolf/Linden, Hans/Menzel, Elmar: Chaos im System der Behindertenhilfe. Beltz, Weinheim 1983
Dewe, Bernd/Radtke, Frank-Olaf: Klinische Soziologie – eine Leitfigur der Verwendung sozialwissenschaftlichen Wissens. In: Beck, Ulrich/ Bonss, Wolfgang (Hrsg.): Weder Sozialtechnologie noch Aufklärung? Suhrkamp, Frankfurt am Main 1983, S. 46–71
Dewe, Bernd/Otto, Hans-Uwe: Akzeptanzprobleme der Sozialexpertise. Zum veränderten Verhältnis von Wissenschaft und Berufspraxis in der Sozialarbeit/Sozialpädagogik. In: Böllert, Karin/Otto, Hans-Uwe (Hrsg.): Soziale Arbeit auf der Suche nach Zukunft. Karin Böllert, Bielefeld 1989, S. 225–248
Dewe, Bernd: Beratende Wissenschaft. Unmittelbare Kommunikation zwischen Sozialwissenschaftlern und Praktikern. Schwartz, Göttingen 1992
Dewe, Bernd/Ferchhoff, Wilfried/Radtke, Frank-Olaf: Auf dem Wege zu einer aufgabenzentrierten Professionstheorie pädagogischen Handelns. In: dies. (Hrsg.): Erziehen als Profession. Leske und Budrich, Opladen 1992, S. 7–20
Dewe, Bernd/Ferchhoff, Wilfried/Scherr, Albert/Stüwe, Gerd: Professionelles soziales Handeln. Soziale Arbeit im Spannungsfeld zwischen Theorie und Praxis. Juventa, Weinheim und München 1993
Diessenbacher, Hartmut/Müller, Albrecht: Wissenschaftstheorie und Sozialpädagogik. In: Eyferth, Hanns/Otto, Hans-Uwe/Thiersch, Hans (Hrsg.): Handbuch zur Sozialarbeit/Sozialpädagogik. Luchterhand, Neuwied 1984, S. 1251–1262
Dörner, Dietrich: Die Logik des Mißlingens. Strategisches Denken in komplexen Situationen. Rowohlt, Reinbek 1989
Dörner, Klaus: Macht nur Arbeit sozial? In: Mühlfeld, Claus, u.a. (Hrsg.): Brennpunkte Sozialer Arbeit – Sozialarbeit in Europa. Luchterhand, Neuwied 1990, S. 93–100
Dreitzel, Hans-Peter: Die gesellschaftlichen Leiden und die Leiden der Gesellschaft. Vorstudien zu einer Pathologie des Rollenverhaltens. Enke, Stuttgart 1968
Egan, Gerard: The Skilled Helper. A Systematic Approach to Effective Helping. Brooks/Cole, Pacific Grove, Cal. 1990
Eichberger, Gerd, u.a.: Evaluation aus Betroffenensicht. Qualitative Interviews mit ehemaligen Bewohnerinnen eines psychiatrischen Übergangswohnheims. In: Archiv für Wissenschaft und Praxis der sozialen Arbeit, 25, 1994, S. 51–61

ENGELKE, Ernst: Soziale Arbeit als Wissenschaft. Eine Orientierung. Lambertus, Freiburg im Breisgau 1992

ENGELKE, Ernst: Nach-Denken in der Sozialen Arbeit? Über die Notwendigkeit und die Aufgabe der Sozialen Arbeit als Wissenschaft. In: Sozial, 44, 1993, S. 11–16

FARIS, Robert E.L.: Chicago Sociology. 1920–1932. Chicago University Press, Chicago 1970

FETH, Reiner: Studienreform an der kath. Fachhochschule Saarbrücken. In: Lewkowicz, Marina (Hrsg.): Neues Denken in der Sozialen Arbeit. Lambertus, Freiburg im Breisgau 1991, S. 236–261

FURGER, Franz: Wertgrundlagen und Sinnperspektiven der Rehabilitation. In: Mühlum, Albert/Oppl, Hubert (Hrsg.): Handbuch der Rehabilitation. Luchterhand, Neuwied 1992, S. 451–467

GARZ, Detlef/KRAIMER, Klaus/AUFENANGER, Stefan: Rekonstruktive Sozialforschung und objektive Hermeneutik. In: Zeitschrift für Sozialisationsforschung und Erziehungssoziologie, 1, 1983, S. 126–134

GARZ, Detlef/KRAIMER, Klaus: Qualitativ-empirische Sozialforschung im Aufbruch. In: dies. (Hrsg.): Qualitativ-empirische Sozialforschung. Konzepte, Methoden, Analysen. Westdeutscher Verlag, Opladen 1991, S. 1–33

GARZ, Detlef/KRAIMER, Klaus (Hrsg.): Die Welt als Text. Theorie, Kritik und Praxis der objektiven Hermeneutik. Suhrkamp, Frankfurt am Main 1994

GEERTZ, Clifford: Dichte Beschreibung. Beiträge zum Verstehen kultureller Systeme. Suhrkamp, Frankfurt am Main 1987

GEHLEN, Arnold: Der Mensch. Seine Natur und seine Stellung in der Welt. Athenäum, Wiesbaden 1972

GEHRMANN, Gerd/MÜLLER, Klaus D.: Forschendes Lernen als Strategie der Praxisreflexion im Studium der Sozialpädagogik. Dokumentation und Evaluation eines Studienprojekts. Deutscher Studien Verlag, Weinheim 1992

GEHRMANN, Gerd/MÜLLER, Klaus D.: Management in sozialen Organisationen. Walhalla, Berlin und Regensburg 1993

GEHRMANN, Gerd/MÜLLER, Klaus D.: Sozialarbeit, nicht Therapie! Eine Krisenintervention zur Vermeidung der Fremdplazierung „gefährdeter" Kinder. In: Sozialmagazin, 19, 1994, S. 38–45

GEISMAR, Ludwig L.: Strengthening the Scientific Base of Social Work. In: Dinerman, Miriam/Geismar, Ludwig L. (ed.): A Quarter-Century of Social Work Education. National Association of Social Workers, Washington, DC 1984, S. 133–155

GIBBS, Leonard E.: Scientific Reasoning for Social Workers: Bridging the Gap between Research and Practice. Merrill/Macmillan, New York 1991

GIDDENS, Anthony: The Consequences of Modernity. Polity Press, Cambridge 1990

GILDEMEISTER, Regine: Neuere Aspekte der Professionalisierungsdebatte. In: Neue Praxis, 22, 1992, S. 207–219

GLASER, Barney G./STRAUSS, Anselm: The Discovery of Grounded Theory. Strategies for Qualitative Research. Aldine, Chicago 1967

GOLL, Harald: Aktuelle Tendenzen in der Pädagogik. In: Geistige Behinderung, 32, 1993, S. 279–292
GRAF, Erich Otto: Forschung in der Sozialpädagogik: Ihre Objekte sind Subjekte. Edition der Schweizerischen Zentralstelle für Heilpädagogik. Luzern 1990
GRECA, Rainer: Praxisforschung in einer Sozialarbeitswissenschaft. In: Caritas, 94, 1993, S. 166–176
GRODDECK, Norbert/SCHUMANN, Michael (Hrsg.): Modernisierung Sozialer Arbeit durch Methodenentwicklung und -reflexion. Lambertus, Freiburg im Breisgau 1994
GUNSTEREN, Herman van: Four Conceptions of Citizenship. In: Steenbergen, Bart van (ed.): The Condition of Citizenship. Sage Publications, London 1994, S. 36–48
HAAG, Fritz, u.a.: Überlegungen zu einer Metatheorie der Sozialrbeit. In: Otto, Hans-Uwe/Schneider, Siegfried (Hrsg.): Gesellschaftliche Perspektiven der Sozialarbeit 1. Luchterhand, Neuwied 1973, S. 167–192
HABERMAS, Jürgen: Zur Rekonstruktion des Historischen Materialismus. Suhrkamp, Frankfurt am Main 1976
HAHN, Achim: Praxis und Interpretation. Die methodologische Herausforderung von Michael Walzers „Hermeneutik der Wiederholung“. In: Neue Praxis, 24, 1994, S. 16–35
HAUPERT, Bernhard: Evaluation in der Sozialarbeit – Ein Überblick. In: Sozialarbeit – Fachzeitschrift des Schweizerischen Berufsverbandes, 21, 1989, S. 3–8
HAUPERT, Bernhard: Vom narrativen Interview zur biographischen Typenbildung. In: Garz, Detlef/Kraimer, Klaus (Hrsg.): Qualitativ-empirische Sozialforschung. Westdeutscher Verlag, Opladen 1991, S. 213–254
HAUPERT, Bernhard: Qualitative und quantitative Methoden der Sozialarbeitsforschung – ihre Bedeutung für die Professionsentwicklung in der Sozialen Arbeit. In: Sozialarbeit – Fachzeitschrift des Schweizerischen Berufsverbandes, 24, 1992, S. 2–13
HAUPERT, Bernhard: Programmatische Überlegungen zur Gegenstandsbestimmung einer Theorie Sozialer Arbeit. In: Neue Praxis, 24, 1994, im Erscheinen
HAUPERT, Bernhard/KRAIMER, Klaus: Die disziplinäre Heimatlosigkeit der Sozialarbeit/Sozialpädagogik. In: Neue Praxis, 21, 1991, S. 106–121
HEARN, Gordon E.: Theory Building in Social Work. University of Toronto Press, Toronto 1958
HEIDEN, H.-Günter/SIMON, Gerhard/WILKEN, Udo: Otto Perl und die Entwicklung von Selbstbestimmung und Selbstkontrolle in der Körperbehinderten-Selbsthilfe-Bewegung. Verlag Bundesverband Selbsthilfe Körperbehinderter, Krautheim/J. 1993
HEINER, Maja (Hrsg.): Selbstevaluation in der sozialen Arbeit. Lambertus, Freiburg im Breisgau 1988
HEINER, Maja (Hrsg.): Praxisforschung in der sozialen Arbeit. Lambertus, Freiburg im Breisgau 1988

HEINER, Maja, u.a.: Methodisches Handeln in der sozialen Arbeit. Lambertus, Freiburg im Breisgau 1994

HELSPER, Werner, u.a.: Jugendliche Außenseiter. Zur Rekonstruktion gescheiterter Bildungs- und Ausbildungsverläufe. Westdeutscher Verlag, Opladen 1991

HESS, Henner/STEINERT, Heinz: Kritische Kriminologie – Zwölf Jahre danach. In: Kriminologisches Journal, 1. Beiheft 1986, S. 2–8

HILDENBRAND, Bruno: Alltag als Therapie. Ablöseprozesse Schizophrener in der psychiatrischen Übergangseinrichtung. Huber, Bern 1991

HITZLER, Ronald: Den Gegen-Stand verstehen. Zur Idee des Individuellen in der Sozialwissenschaft. In: Soziale Welt, 33, 1982, S. 136-156

HITZLER, Ronald/HONER, Anne: Lebenswelt – Milieu – Situation. In: Kölner Zeitschrift für Soziologie und Sozialpsychologie, 36, 1984, S. 56–74

HITZLER, Ronald/HONER, Anne: Der lebensweltliche Forschungsansatz. In: Neue Praxis, 18, 1988, S. 496–501

HITZLER, Ronald/HONER, Anne: Qualitative Verfahren zur Lebensweltanalyse. In: Flick, Ulrich, u.a. (Hrsg.): Handbuch qualitative Sozialforschung. Psychologie Verlags Union, München 1990, S. 382–388

HOLDEN, Gary/ROSENBERG, Gary/SHOWERS, Nancy: Restricted Social Science at the National Science Foundation. In: Social Work, 37, 1992, S. 184–190

HOLSTEIN, James A./MILLER, Gale (ed.): Reconsidering Social Constructionism. Debates in Social Problems Theory. Aldine de Gruyter, New York 1993

HOLLSTEIN-BRINKMANN, Heino: Soziale Arbeit und Systemtheorien. Lambertus, Freiburg im Breisgau 1993

HONER, Anne: Lebensweltliche Ethnographie. Ein explorativ-interpretativer Forschungsansatz am Beispiel von Heimwerker-Wissen. Deutscher Universitäts-Verlag, Wiesbaden 1993

HUNZIKER, Anton/LOWY, Louis: Sozialarbeit in der dynamischen Gesellschaft. Antonius, Luzern und Solothurn 1979

IBARRA, Peter R./KITSUSE, John I.: Vernacular Constituents of Moral Discourse: An Interactionist Proposal for the Study of Social Problems. In: Holstein, James A./Miller, Gale (ed.): Reconsidering Social Constructionism. Aldine de Gruyter, New York 1993, S. 25–58

JAHODA, Marie/LAZARSFELD, Paul F./ZEISEL, Hans: Die Arbeitslosen von Marienthal. 3. Auflage Suhrkamp, Frankfurt am Main 1980

JOAS, Hans/STEINER, Helmut (Hrsg.): Machtpolitischer Realismus und pazifistische Utopie. Krieg und Frieden in der Geschichte der Sozialwissenschaften. Suhrkamp, Frankfurt am Main 1989

JURCZYK, Karin/RERRICH, Maria S. (Hrsg.): Die Arbeit des Alltags. Beiträge zu einer Soziologie der alltäglichen Lebensführung. Lambertus, Freiburg im Breisgau 1993

KADE, Sylvia: Handlungshermeneutik. Qualifizierung durch Fallarbeit. Klinkhardt, Bad Heilbrunn 1990

KADUSHIN, Alfred: Supervision in Social Work. Columbia University Press, New York 1985
KÄHLER, Harro Dierich / SCHULTE-ALTEDORNEBURG, M.: Selbstrecherchierte Arbeitsfeldanalysen. Unveröffentlichtes Manuskript 1994
KAMERMANN, Sheila B., et al.: Knowledge for Practice: Social Science in Social Work. In: Kahn, Alfred J. (ed.): Shaping the New Social Work. Columbia University Press, New York 1973. S. 97–146
KANT, Immanuel: Werkausgabe XII. Schriften zur Anthropologie (Band 2). Suhrkamp, Frankfurt am Main 1977
KLEIN, Ferdinand: Heilpädagogik und Sozialarbeit in Praxis und Theorie – Fragment eines heilpädagogischen Handlungsbegriffs. In: Behindertenpädagogik, 32, 1993, S. 12–19
KLUMKER, Christian Jasper: Fürsorgewesen. Einführung in das Verständnis der Armut und der Armenpflege. Quelle & Meyer, Leipzig 1918
KONRAD, Franz-Michael: Sozialarbeit und Pädagogik. In: Soziale Arbeit, 42, 1993, S. 182–189
KRAIMER, Klaus / MÜLLER-KOHLENBERG, Hildegard: Ehrenamtliche Jugendgerichtshilfe. In: Recht der Jugend und des Bildungswesens, 38, 1990, S. 170–182
KRAIMER, Klaus: Sozialarbeit und Forschung. Zur qualitativen Erhebung von Klientenperspektiven. In: Archiv für Wissenschaft und Praxis der sozialen Arbeit, 22, 1991, S. 125-134
KRAIMER, Klaus / HAUPERT, Bernhard: Obdachlosigkeit in der Schweiz – Sozialarbeitsforschung als Lebensweltanalyse. In: Sozialarbeit – Fachzeitschrift des Schweizerischen Berufsverbandes, 24, 1992, S. 14–27
KRAIMER, Klaus: Die Rückgewinnung des Pädagogischen. Aufgaben und Methoden sozialpädagogischer Forschung. Juventa, Weinheim 1994
LAYDER, Derek: New Strategies in Social Research. Polity Press, Cambridge 1993
LECROY, Craig Winston: Case Studies in Social Work Practice. Wadsworth, Belmont, Cal. 1992
LEDER, Hans-Claus: Professionalisierung als Schlüssel zu Identität und Prestige in der Sozialarbeit. Wann wird sie in Deutschland Realität? In: Soziale Arbeit, 41, 1992, S. 295-311
LEPENIES, Wolf: Die drei Kulturen. Rowohlt, Reinbek 1988
LEWKOWICZ, Marina (Hrsg.): Neues Denken in der Sozialen Arbeit. Mehr Ökologie – mehr Markt – mehr Management. Lambertus, Freiburg i.Br. 1991
LIPPITZ, Wilfried: „Lebenswelt" – kritisch betrachtet. Ein Wort und viele Konzeptionen. In: Neue Praxis, 22, 1992, S. 295–311
LOWY, Louis: Sozialarbeit / Sozialpädagogik als Wissenschaft im angloamerikanischen und deutschsprachigen Raum. Lambertus, Freiburg i.Br. 1983
LÜSSI, Peter: Systemische Sozialarbeit. Praktisches Lehrbuch der Sozialberatung. Paul Haupt, Bern 1991
LUKAS, Helmut: Sozialpädagogik / Sozialarbeitswissenschaft. Entwicklungsstand und Perspektive einer eigenständigen Wissenschaftsdisziplin für das Handlungsfeld Sozialarbeit/Sozialpädagogik. Volker Spiess, Berlin 1979

LUKAS, Helmut: Verwissenschaftlichung des sozialpädagogischen Berufes. Sozialpädagogische Hochschulausbildung zwischen Berufsbild und Berufswirklichkeit. In: Pfaffenberger, Hans/Schenk, Hans (Hrsg.): Sozialarbeit zwischen Berufung und Beruf. Lit, Münster 1993. S. 53–64

MAIER, Hugo: Armenküche und Wissenschaft. Perspektiven einer Sozialarbeitswissenschaft an Fachhochschulen. In: Die Berufliche Sozialarbeit, 19, 1993, S. 106–112

MARLOW, Christine: Research Methods for Generalist Social Work. Brooks/Cole Publishing Co., Pacific Grove, Cal. 1993

MARQUARD, Albrecht/RUNDE, Peter/WESTPHAL, Gert: Psychische Belastung in helfenden Berufen. Westdeutscher Verlag, Opladen 1993

MERTON, Robert K.: Social Problems and Sociological Theory. In: Merton, Robert K./Nisbet, Robert (ed.): Contemporary Social Problems. Harcourt-Brace-Jovanovich, New York 1971, S. 793–845

MEYER, Carol H.: Assessment in Social Work Practice. Columbia University Press, New York 1993

MIDDLEMAN, Ruth R./Goldberg, Gale: Social Service Delivery: A Structural Approach to Social Work Practice. Columbia University Press, New York 1974

MILLER, Leslie J.: Claims-Making from the Underside: Marginalization and Social Problems Analysis. In: Holstein, James A./Miller, Gale (ed.): Reconsidering Social Constructionism. Aldine de Gruyter, New York 1993, S. 349–376

MITTELSTRASS, Jürgen: Der Blick aufs Ganze. Wider die Verzwergung der Geisteswissenschaften. In: Neue Züricher Zeitung vom 15. Mai 1993, S. 61–62

MÜHLFELD, Claus, u.a. (Hrsg.): Brennpunkte Sozialer Arbeit: Ökologische Konzepte für Sozialarbeit. Diesterweg, Frankfurt am Main 1986

MÜHLUM, Albert: Sozialpädagogik und Sozialarbeit. Eine vergleichende Darstellung zur Bestimmung ihres Verhältnisses in historischer, berufspraktischer und theoretischer Perspektive. Eigenverlag des Deutschen Vereins, Frankfurt am Main 1982

MÜHLUM, Albert: Theorie und Praxis der Sozialarbeit. Neue Antworten aus den Fachhochschulen? In: Zeitschrift für Jugendrecht, 73, 1986, S. 73–78

MÜHLUM, Albert, u.a.: Umwelt – Lebenswelt. Beiträge zu Theorie und Praxis ökosozialer Arbeit. Diesterweg, Frankfurt am Main 1986

MÜHLUM, Albert: Ökologie und Sozialarbeit. In: Zeitschrift für Jugendrecht, 78, 1991, S. 358–368

MÜHLUM, Albert: Das ökosoziale Paradigma und die Zukunft der Sozialarbeit. In: Archiv für Wissenschaft und Praxis der sozialen Arbeit, 25, 1994, S. 5–21

MÜHLUM, Albert/OPPL, Hubert (Hrsg.): Handbuch der Rehabilitation. Luchterhand, Neuwied 1992

MÜLLER, Burkhard: Sozialpädagogik als Wissenschaft und als Handwerk. In: Vahsen, Friedhelm G. (Hrsg.): Paradigmenwechsel in der Sozialpädagogik. Karin Böllert, Bielefeld 1992, S. 105–123

Müller, C. Wolfgang: Forschung. In: Kreft, Dieter/Mielenz, Ingrid (Hrsg.): Wörterbuch Soziale Arbeit. Beltz, Weinheim 1988. S. 201–202

Müller, C. Wolfgang: Sozialarbeit/Sozialpädagogik. In: Kreft, Dieter/Mielenz, Ingrid (Hrsg.): Wörterbuch Soziale Arbeit. Beltz, Weinheim 1988, S. 480–484

Münchmeier, Richard: Paradigmenwechsel in der Sozialen Arbeit? In: Vahsen, Friedhelm G. (Hrsg.): Paradigmenwechsel in der Sozialpädagogik. Karin Böllert, Bielefeld 1992, S. 24–48

Munson, Carlton E.: An Introduction to Clinical Social Work Supervision. Haworth Press, New York 1983

Nagel, Ulrike: Modelle und Methoden rekonstruktiver Theoriebildung. In: Ebert, Gerhard, u.a. (Hrsg.): Subjektorientiertes Lernen und Arbeiten – Ausdeutung einer Gruppeninteraktion. Pädagogische Arbeitsstelle des Deutschen Volkshochschulverbandes, Frankfurt am Main 1986, S. 28–55

Nussbaum, Martha C.: Menschliches Tun und soziale Gerechtigkeit. In: Brumlik, Micha/Brunkhorst, Hauke (Hrsg.): Gemeinschaft und Gerechtigkeit. Fischer, Frankfurt am Main 1993, S. 323–361

Obrecht, Werner: Zur Kritik des Radikalen Konstruktivismus oder: Eine andere Art, systemisch zu denken. In: Zeitschrift für systemische Therapie, 4, 1991, S. 281–286

Obrecht, Werner: Sozialarbeit und Wissenschaft. Ein Beitrag zur Theorie der Sozialarbeit. In: Sozialarbeit – Fachzeitschrift des Schweizerischen Berufsverbandes, 25, 1993, S. 23–38

Oevermann, Ulrich, u.a.: Die Methodologie einer „objektiven Hermeneutik" und ihre allgemeine forschungslogische Bedeutung in den Sozialwissenschaften. In: Soeffner, Hans-Georg (Hrsg.): Interpretative Verfahren in den Sozial- und Textwissenschaften. Metzler, Stuttgart 1979, S. 352–434

Oevermann, Ulrich: Hermeneutische Sinnrekonstruktion als Therapie und Pädagogik mißverstanden. In: Garz, Detlef/Kraimer, Klaus (Hrsg.): Brauchen wir andere Forschungsmethoden? Athenäum, Frankfurt am Main 1983, S. 113–155

Oevermann, Ulrich, u.a.: Die Methodologie einer ‚objektiven Hermeneutik'. In: Zedler, Peter/Moser, Heinz (Hrsg.): Aspekte qualitativer Sozialforschung. Leske und Budrich, Opladen 1983, S. 95–123

Olk, Thomas: Abschied vom Experten. Sozialarbeit auf dem Weg zu einer alternativen Professionalität. Juventa, München 1986

Oppl, Hubert: Die Entfaltung des ökosozialen Gedankens in der Sozialarbeit. In: Oppl, Hubert/Tomaschek, Arnold (Hrsg.): Soziale Arbeit 2000. (Band 1) Lambertus, Freiburg im Breisgau 1986, S. 81–138

Oppl, Hubert: Die handlungstheoretische Orientierung der Sozialarbeit. In: Speck, Otto/Martin, Klaus-Rainer (Hrsg.): Handbuch der Sonderpädagogik. Band 10: Sonderpädagogik und Sozialarbeit. Edition Marhold im Spiess-Verlag, Berlin 1990. S. 269–282

Oppl, Hubert: Künftige Entwicklung von Sozialarbeit/Sozialpädagogik und Konsequenzen für Lehre und Studium. In: Soziale Arbeit, 41, 1992, S. 92–98

ORCUTT, Ben A.: Science and Inquiry in Social Work Practice. Columbia University Press, New York 1990

OTTO, Hans-Uwe/Sünker, Heinz (Hrsg.): Soziale Arbeit und Faschismus. Karin Böllert, Bielefeld 1986

PAPENKORT, Ulrich/Rath, Matthias: Braucht Sozialarbeit(swissenschaft) Philosophie? Bemerkungen zur Philosophie als „Grundwissenschaft". In: Archiv für Wissenschaft und Praxis der sozialen Arbeit, 25, 1994, S. 22–32

PANTUCEK, Peter: Lebensweltorientierte Individualhilfe. Eine Einführung für soziale Berufe. Lambertus, Freiburg im Breisgau 1994

PARK, Robert E.: The City: Suggestions for the Investigation of Human Behavior in the Urban Environment. In: American Journal of Sociology, 21, 1915, S. 577–612

PARTON, Nigel: ‚Problematics' of Government. (Post)Modernity and Social Work. In: British Journal of Social Work, 24, 1994, S. 9–32

PAYNE, Malcolm: Modern Social Work Theory: A Critical Introduction. Macmillan, Basingstoke 1991

PESESCHKIAN, Nossrat: Der Kaufmann und der Papagei. Fischer, Frankfurt am Main 1979

PETERS, Helge: Die mißlungene Professionalisierung der Sozialarbeit. In: Otto, Hans-Uwe/Utermann, Kurt: Sozialarbeit als Beruf. Juventa, München 1971, S. 99–123

PFAFFENBERGER, Hans: Sozialpädagogik/Sozialarbeitwissenschaft als universitäre Disziplin. In: Nachrichtendienst des Deutschen Vereins für öffentliche und private Fürsorge, 54, 1974, S. 173–179

PFAFFENBERGER, Hans: Plädoyer zur Errichtung eines wissenschaftlichen Studienganges Sozialwesen. In: Caritas, 94, 1993, S. 156–165

PFAFFENBERGER, Hans: Entwicklung der Sozialarbeit/Sozialpädagogik zur Profession und zur wissenschaftlichen und hochschulischen Disziplin. In: Archiv für Wissenschaft und Praxis der sozialen Arbeit, 24, 1993, S. 196–208

PFAFFENBERGER, Hans/SCHENK, Manfred (Hrsg.): Sozialarbeit zwischen Berufung und Beruf. Professionalisierungs- und Verwissenschaftlichungsprobleme der Sozialarbeit/Sozialpädagogik. Lit, Münster 1993

PINCUS, Allen/MINAHAN, Anne: Social Work Practice: Model and Method. F.E. Peacock, Itasca, Ill. 1973

QUENSEL, Siegfried: Wie wird man kriminell? Verlaufsmodell einer fehlgeschlagenen Interaktion zwischen Delinquenten und Sanktionsinstanz. In: Kritische Justiz, 3, 1970, S. 375–382

RAPPE-GIESECKE, Kornelia: Theorie und Praxis der Gruppen- und Teamsupervision. Springer, Heidelberg 1990

RAUSCHENBACH, Thomas: Sozialpädagogik – eine akademische Disziplin ohne Vorbild? In: Neue Praxis, 21, 1991, S. 1–11

RAUSCHENBACH, Thomas: Soziale Berufe im Umbruch. In: Sozialmagazin, 18, 1993, S. 18–29

RAUSCHENBACH, Thomas/GÄNGLER, Hans (Hrsg.): Soziale Arbeit und Erziehung in der Risikogesellschaft. Luchterhand, Neuwied 1992

RAUSCHENBACH, Thomas/ORTMANN, Friedrich/KARSTEN, Maria-Eleonora (Hrsg.): Der sozialpädagogische Blick. Lebensweltorientierte Methoden in der Sozialen Arbeit. Juventa, Weinheim und München 1993.

REICHERTZ, Jo: Das Dilemma des „klinischen Sozialwissenschaftlers und Sozialpädagogen". In: Pfaffenberger, Hans/Schenk, Manfred (Hrsg.): Sozialarbeit zwischen Berufung und Beruf. Lit, Münster 1993, S. 205–222

REID, P. Nelson/POPPLE, Philip R. (ed.): The Moral Purposes of Social Work. The Character and Intentions of a Profession. Nelson-Hall, Chicago 1992

REYNOLDS, Bertha Capen: Social Work and Social Living. Explorations in Philosophy and Practice. Citadel Press, New York 1951

RICHMOND, Mary: Social Diagnosis. Russell Sage, New York 1917

RICHMOND, Mary: What is Social Case Work? Russell Sage, New York 1922

RIEMANN, Gerhard: Das Fremdwerden der eigenen Biographie. Narrative Interviews mit psychiatrischen Patienten. Fink, München 1987

ROBERTS, Richard: Lessons from the Past. Issues for Social Work Theory. Tavistock/Routledge, London 1990

RÖSSNER, Lutz: Theorie der Sozialarbeit. Ernst Reinhardt, München 1973

RÖSSNER, Lutz: Erziehungs- und Sozialarbeitswisenschaft. Ernst Reinhardt, München 1977

ROTHMAN, Jack: Planning and Organizing for Social Change. Columbia University Press, New York 1974

SACHSSE, Christoph: Mütterlichkeit als Beruf. Sozialarbeit, Sozialreform und Frauenbewegung 1871–1929. Suhrkamp, Frankfurt am Main 1986

SAHLE, Rita: Gabe. Almosen, Hilfe. Fallstudien zur Struktur und Deutung der Sozialarbeiter-Klient-Beziehung. Westdeutscher Verlag, Opladen 1987

SALOMON, Alice: Soziale Diagnose. Heymanns, Berlin 1926

SALOMON, Alice: Die Ausbildung zum sozialen Beruf. Heymanns, Berlin 1927

SALOMON, Alice (Hrsg.): Forschungen über „Bestand und Erschütterung der Familie in der Gegenwart". (13 Bände) Herbig, Berlin 1930-1933

SALUSTOWICZ, Piotr/HORN, Bernd/KLINKMANN, Norbert: Forschung an Fachhochschulen – Der Weg in eine neue Identität? Deutscher Studien Verlag, Weinheim 1992

SCHÄFER, Hans: Gesundheitswissenschaft. Versuch eines wissenschaftlichen Programms und seiner Anwendung. E.Fischer, Heidelberg 1993

SCHERPNER, Hans: Theorie der Fürsorge. Vandenhoeck & Ruprecht, Göttingen 1962

SCHERPNER, Hans: Geschichte der Jugendfürsorge. Vandenhoeck & Ruprecht, Göttingen 1966

SCHREYÖGG, Astrid: Supervision. Ein integratives Modell. Junfermann, Paderborn 1992

SCHÜTZ, Alfred/LUCKMANN, Thomas: Strukturen der Lebenswelt. (Band 1) Suhrkamp, Frankfurt am Main 1979

SCHÜTZE, Fritz: Prozeßstrukturen des Lebenslaufs. In: Matthes, Joachim/Pfeifenberger, Albert/Stosberg, Martin (Hrsg.): Biographie in handlungswissenschaftlicher Perspektive. Verlag der Nürnberger Forschungsvereinigung, Nürnberg 1981, S. 67–156

SCHÜTZE, Fritz: Biographieforschung und narratives Interview. In: Neue Praxis 13, 1983, S. 283–293

SCHÜTZE, Fritz: Sozialarbeit als 'bescheidene Profession'. In: Dewe, Bernd/ Ferchhoff, Wilfried/Radtke, Frank-Olaf (Hrsg.): Erziehen als Profession. Leske und Budrich, Opladen 1992, S. 132–170

SCHÜTZE, Fritz: Die Fallanalyse. Zur wissenschaftlichen Fundierung einer klassischen Methode der Sozialen Arbeit. In: Rauschenbach, Thomas/ Ortmann, Friedrich/Karsten, Marie-Eleonore (Hrsg.): Der sozialpädagogische Blick. Juventa, Weinheim 1993, S. 191–221

SCHUR, Edwin M.: Crimes Without Victims. Prentice Hall, Englewood Cliffs, N.Y. 1965

SECKER, Jenny: From Theory to Practice in Social Work. The development of social work student's practice. Avebury, Aldershot 1993

SEIDL, Elisabeth (Hrsg.): Betrifft: Pflegewissenschaft. Beiträge zum Selbstverständnis einer neuen Wissenschaftsdisziplin. Wilhelm Maudrich, Wien 1993

SEKRETARIAT DER STÄNDIGEN KONFERENZ DER KULTUSMINISTER (Hrsg.): Empfehlungen der Studienreformkommission Pädagogik/Sozialpädagogik/Sozialarbeit. Bonn 1984

SMELSER, Neil J.: Sociological Theories. In: International Social Science Journal, 46, 1994, S. 1–14

SPECHT, Harry/COURTNEY, Mark E.: Unfaithful Angels. How Social Work has Abandoned Its Mission. The Free Press, New York 1994

SPECTOR, Malcolm/KITSUSE, John I.: Constructing Social Problems. Aldine de Gruyter, New York 1977

SPIEGEL, Hiltrud von: Aus Erfahrung lernen. Qualifizierung durch Selbstevaluation. Votum, Münster 1993

STAUB-BERNASCONI, Silvia: Ein ganzheitliches Methodenkonzept – Wunschtraum? Chance? Notwendigkeit?. Problembezogene Arbeitsweisen in der Sozialen Arbeit. In: Staub-Bernasconi, Silvia, u.a. (Hrsg.): Theorie und Praxis der Sozialen Arbeit. Paul Haupt, Bern 1983, S. 277–316

STAUB-BERNASCONI, Silvia: Soziale Arbeit als eine besondere Art des Umgangs mit Menschen, Dingen und Ideen. In: Sozialarbeit, 18, 1986, S. 2–17

STAUB-BERNASCONI, Silvia: Zur Zukunft sozialer Arbeit. In: Nachrichtendienst des Deutschen Vereins, 69, 1989, S. 127–136

STAUB-BERNASCONI, Silvia: Jane Addams – das sanfte Entschwinden einer Nobelpreisträgerin sozialer Theorie und Arbeit. In: Henke, S./Mohler, S. (Hrsg.): Wie es ihr gefällt! Kore, Freiburg im Breisgau 1991, S. 49–67

STAUB-BERNASCONI, Silvia: Stellen Sie sich vor: Markt, Ökologie und Management wären Konzepte einer Theorie und Wissenschaft Sozialer Arbeit. In: Lewkowicz, Marina (Hrsg.): Neues Denken in der Sozialen Arbeit. Lambertus, Freiburg im Breisgau 1991, S. 12–46

STAUB-BERNASCONI, Silvia: Ist Soziale Arbeit zu einfach oder zu komplex, um theorie- und wissenschaftswürdig zu sein? In: Pfaffenberger, Hans/ Schenk, Hans (Hrsg.): Sozialarbeit zwischen Berufung und Beruf. Lit, Münster 1993, S. 131–171

STAUB-BERNASCONI, Silvia, u.a.: Methodischen Handeln in der Sozialen Arbeit. Lambertus, Freiburg im Breisgau 1994

STOLTENBERG, Cal D./DELWORTH, Ursula: Supervising Counselors and Therapists. A Developmental Approach. Jossey-Bass, San Francisco 1987

STRAUSS, Anselm L.: Grundlagen qualitativer Sozialforschung. Wilhelm Fink, München 1991

STUDIENREFORMKOMMISSION PÄDAGOGIK / SOZIALPÄDAGOGIK / SOZIALARBEIT: Rahmenprüfungsordnung Sozialwesen. Bonn 1988

TAYLOR, Charles: Multikulturalismus und die Politik der Anerkennung. Fischer, Frankfurt am Main 1993

THEIMER, Walter: Was ist Wissenschaft? Praktische Wissenschaftslehre. Mohr, Tübingen 1985

THIERSCH, Hans/RAUSCHENBACH, Thomas: Sozialpädagogik/Sozialarbeit: Theorie und Entwicklung. In: Eyferth, Hanns/Otto, Hans-Uwe/Thiersch, Hans (Hrsg.): Handbuch zur Sozialarbeit/Sozialpädagogik. Luchterhand, Neuwied 1984, S. 984–1016

THIERSCH, Hans: Die Erfahrung der Wirklichkeit. Perspektiven einer alltagsorientierten Sozialpädagogik. Juventa, Weinheim 1986

THIERSCH, Hans: Theorie der Sozialarbeit/Sozialpädagogik. In: Kreft, Dieter/Mielenz, Ingrid (Hrsg.): Wörterbuch Soziale Arbeit. Beltz, Weinheim 1988, S. 573–577

THIERSCH, Hans: Aschenputtel und ihre Schwestern. In: Zeitschrift für Pädagogik, 36, 1990, S. 711–727

THIERSCH, Hans: Das sozialpädagogische Jahrhundert. In: Rauschenbach, Thomas/Gängler, Hans (Hrsg.): Soziale Arbeit und Erziehung in der Risikogesellschaft. Luchterhand, Neuwied 1992, S. 9-23

THIERSCH, Hans: Lebensweltorientierte Soziale Arbeit. Aufgaben der Praxis im sozialen Wandel. Juventa, Weinheim und München 1992

TILLMANN, Jan: Bemerkungen zur Konstituierung einer „Wissenschaft Soziale Arbeit“. In: Festschrift für Paul Gerhard Jahn. Evangelische Fachhochschule Hannover, Hannover 1990

TOURAINE, Alain: Was nützt die Soziologie? Suhrkamp, Frankfurt am Main 1976

TURNER, Frances J. (ed.): Differential Diagnosis and Treatment in Social Work. Free Press, New York 1983

VAHSEN, Friedhelm G. (Hrsg.): Paradigmenwechsel in der Sozialpädagogik. Karin Böllert, Bielefeld 1992

VETTER, Hans-Rolf (Hrsg.): Muster moderner Lebensführung. Ansätze und Perspektiven. DJI Verlag Deutsches Jugendinstitut, München 1991

VIDEKA-SHERMAN, Lynn/Reid, William J. (ed.): Advances in Clinical Social Work Research. NASW Press, Silver Spring, MD 1990

VOGEL, Ursula: Is Citizenship Gender-specific? In: Vogel, U./Moran, M. (eds.): The Frontiers of Citizenship. Macmillan, London 1991, S. 58–85

VOSS, Gerd-Günter: Lebensführung als Arbeit. Über die Autonomie der Person im Alltag der Gesellschaft. Ferdinand Enke, Stuttgart 1991

WALKER, Carol: Managing Poverty. The Limits of Social Assistance. Routledge, London 1993

WEBER, Max: Vom inneren Beruf zur Wissenschaft. In: Weber, Max: Soziologie. Universalgeschichtliche Analysen. Politik. Kröner, Stuttgart 1956, S. 311–339

WEBER, Max: Wirtschaft und Gesellschaft. Mohr, Tübingen 1980

WEISSENFELS, Ulf: Wissenschaftliche Sozialarbeit? – Ansichten aus einem Fachbereich für Sozialarbeit/Sozialpädagogik. In: Neue Praxis, 10, 1980, S. 399–406

WENDT, Wolf Rainer: Ökologie und soziale Arbeit. Ferdinand Enke, Stuttgart 1982

WENDT, Wolf Rainer: Eignung. Ethische Erwägungen. Moritz Diesterweg, Frankfurt am Main 1989

WENDT, Wolf Rainer: Ökosozial denken und handeln. Grundlagen und Anwendungen in der Sozialarbeit. Lambertus, Freiburg im Breisgau 1990

WENDT, Wolf Rainer: Geschichte der sozialen Arbeit. 3. Auflage, Enke, Stuttgart 1990

WENDT, Wolf Rainer (Hrsg.): Unterstützung fallweise. Case Management in der Sozialarbeit. Lambertus, Freiburg im Breisgau 1991

WENDT, Wolf Rainer: Rehabilitation: der ökosoziale Bezugsrahmen. In: Mühlum, Albert/Oppl, Hubert (Hrsg.): Handbuch der Rehabilitation. Luchterhand, Neuwied 1992, S. 429–450

WENDT, Wolf Rainer: Werkstattgespräche zur Sozialarbeitswissenschaft: Positionsbestimmungen. In: Nachrichtendienst des Deutschen Vereins, 72, 1992, S. 270–271

WENDT, Wolf Rainer: Zivil sein und sozial handeln. Das Projekt der Bürgergesellschaft. In: Blätter der Wohlfahrtspflege, 140, 1993, S. 257–261

WENDT, Wolf Rainer: Mit Pädagogenansprüchen auf soziale Arbeit ist es nicht weit her. In: Soziale Arbeit, 42, 1993, S. 407–410

WENDT, Wolf Rainer: Ritual und rechtes Leben. Studien zwischen den Kulturen. Ferdinand Enke, Stuttgart 1994

WHITTAKER, James K./TRACY, Elizabeth M.: Social Treatment. Second Edition. Aldine de Gruyter, New York 1989

WHYTE, W. Frank: Street Corner Society. The Social Structur of an Italian Slum. Chicago University Press, Chicago (1943) 1981

WIELER, Joachim: Alice Salomon und ihr Einfluß auf die Ausbildung zur sozialen Arbeit. In: Fachhochschule für Sozialarbeit/Sozialpädagogik Berlin (Hrsg.): 60 Jahre International Association of Schools of Social Work. Berlin 1989, S. 67–87

WILKEN, Udo: Beruf, Freizeit und Behinderung. Der Stellenwert beruflich-sozialer Eingliederung im Rehabilitationsprozeß bei Körperbehinderten mit Lernbehinderung. REHA-Verlag, Bonn 1980

Wilken, Udo: Selbstbestimmt leben – Handlungsfelder einer offensiven Behindertenpädagogik. Olms, Hildesheim 1992 (a)
Wilken, Udo: Professionelle Moral und das Ethos verantwortlicher Elternschaft – Anfragen zu Anthropologie und Ethik der pränatalen Diagnostik. In: Zeitschrift für Heilpädagogik, 43, 1992 (b), S. 183–190
Wilken, Udo: Die Rolle des Behindertenbeauftragten. In: Zeitschrift Selbsthilfe, 5/6, 1992 (c), S. 14–17
Windisch, Matthias / Kniel, Adrian: Lebensbedingungen behinderter Erwachsener. Deutscher Studien Verlag, Weinheim 1993
Winkler, Michael: Modernisierungsrisiken. Folgen für den Begriff der Sozialpädagogik. In: Rauschenbach, Thomas / Gängler, Hans (Hrsg.): Soziale Arbeit und Erziehung in der Risikogesellschaft. Luchterhand, Neuwied 1992, S. 61–80
Winkler, Michael: Hat die Sozialpädagogik Klassiker? In: Neue Praxis, 23, 1993, S. 171–185
Zacher, Hans: Fachhochschulen für Sozialwesen in freier Trägerschaft. In: Caritas, 93, 1992, S. 174–183
Zink, Dionys: Aufforderung zur Konstitution von Sozialarbeitswissenschaft an Fachhochschulen. In: Ulke, Klaus-Dieter (Hrsg.): Ist Sozialarbeit lehrbar? Lambertus, Freiburg im Breisgau 1988, S. 40–54.

Autoren, Herausgeber

Nando Belardi, Prof. Dr. phil., ist Professor für Sozialpädagogik an der Technischen Universität Chemnitz-Zwickau. Er hat Wirtschafts- und Sozialwissenschaften studiert und war in der Jugend- und Erwachsenenbildung tätig, bevor er 1977 Professor an der Fachhochschule Köln wurde. 1981/82 nahm er eine Gastprofessur in Hongkong wahr. Aus- und Weiterbildung in verschiedenen Verfahren der Psychotherapie und Supervision. Zahlreiche Veröffentlichungen, u.a.: Didaktik und Methodik Sozialer Arbeit (Frankfurt a.M. 1980); Supervision (Paderborn 1992); China Sozial (Marburg 1994).

Gerd Gehrmann, Prof. Dr. phil., hat Soziologie und Sozialpädagogik studiert und praktische Erfahrungen in der Gemeinwesenarbeit und in der Heimerziehung gesammelt. Er lehrt an der Fachhochschule Frankfurt am Main. Seine Arbeitsschwerpunkte sind die Sozialarbeitsforschung, die Konzept- und Methodenentwicklung und das Sozialmanagement. Veröffentlichungen: Quo vadis Sozialarbeit? (Weinheim 1981), Forschendes Lernen (Weinheim 1992); Management in sozialen Organisationen (Berlin 1993).

Bernhard Haupert, Prof. Dr. phil., ist nach Lehrtätigkeit an der Universität Freiburg (CH) seit 1993 Professor für Soziologie und Sozialarbeitsforschung an der Katholischen Hochschule für Soziale Arbeit, Saarbrücken. Zahlreiche Veröffentlichungen zu: Alltagsgeschichte, Qualitative Sozialforschung und Theoriebildung der Sozialarbeitswissenschaft.

Klaus Kraimer, Prof. Dr. phil., ist Sozialarbeiter (FH) und Diplompädagoge. Nach Lehrtätigkeit an den Universitäten Osnabrück und Freiburg (CH) jetzt Professor für Pädagogik und Interventionslehre Sozialer Arbeit an der Katholischen Hochschule für Soziale Arbeit, Saarbrücken. Veröffentlichungen zu: Abweichendes Verhalten, Lebensweltanalysen und Qualitative Sozialforschung, Die Rückgewinnung des Pädagogischen (Weinheim 1994).

Albert Mühlum, Prof. Dr. phil., ist Diplom-Sozialwissenschaftler und nach beruflicher Tätigkeit in der Marktforschung, in der Jugend- und Erwachsenenbildung und als Fachhochschullehrer in Freiburg/Br. Professor für Soziologie und Sozialpolitik an der Fachhochschule der Stiftung Rehabilitation in Heidelberg. Zahlreiche Buch- und Zeitschriftenbeiträge zu: Praxis und Theorie der Sozialarbeit, Handbuch der Rehabilitation (Neuwied 1992).

Silvia Staub-Bernasconi, Dr. phil., ist Sozialarbeiterin und hat nach Studium der Soziologie, Sozialethik und Pädagogik in Zürich und Minneapolis in der Gemeinde-Sozialarbeit, in der Erwachsenenbildung und in Gemeinwesenprojekten gearbeitet. Seit 1967 Dozentin an der Schule für Soziale Arbeit Zürich. Sie lehrt auch an den Universitäten Freiburg (CH) und Trier sowie in einem interdisziplinären Universitätslehrgang für Sozialökonomie, Management und Organisation Sozialer Dienste in Krems (A). Zahlreiche Veröffentlichungen zu: Theorie der Sozialen Arbeit, methodisches Handeln, Theorie und Praxis der Sozialen Arbeit (Bern 1983); soziale Probleme (1983); Systemtheorie, soziale Probleme und Soziale Arbeit: lokal – national – international (Bern 1994).

Wolf Rainer Wendt, Prof. Dr. phil., ist Leiter des Ausbildungsbereichs Sozialwesen der Berufsakademie Stuttgart. Seit 1994 Vorsitzender der Deutschen Gesellschaft für Sozialarbeit. Zahlreiche Veröffentlichungen: Ökologie und soziale Arbeit (Stuttgart 1982); Geschichte der sozialen Arbeit (3. Auflage Stuttgart 1990), Eignung – Ethische Erwägungen (Frankfurt a.M. 1989), ökosozial denken und handeln (Freiburg 1990); Unterstützung fallweise (Freiburg 1991), Ambulante sozialpflegerische Dienste (Freiburg 1993); Ritual und rechtes Leben (Stuttgart 1994).

Udo Wilken, Prof. Dr. phil., ist Diplompädagoge und lehrt seit 1973 an der Fachhochschule Hildesheim, Lehrgebiet Sonderpädagogik und Rehabilitation Behinderter im Studiengang Sozialwesen. Davor Pastor, Volks- und Sonderschullehrer. Wissenschaftliche Schwerpunkte und Publikationen im Bereich der beruflich-sozialen Rehabilitation, der Geschichte der Körperbehindertenfürsorge, der Freizeit- und Tourismusforschung. Mitherausgeber der „Hildesheimer Schriften zur Sozialpädagogik und Sozialarbeit“ und der Reihe „Netzwerk – Religion und Ethik in der Sekundarstufe II“.